Wien, heute: In der Silvesternacht wollen Anna und ihre Freund:innen das alte Jahr rituell verabschieden. Dazu sollen sie ihre Tiefpunkte auf therapeutische Steine schreiben und später in die Donau werfen. Doch die guten Vorsätze sind zwei Stunden nach Mitternacht schon wieder vergessen. Je heftiger das Koks knallt und der Kult stresst, desto stärker wirkt der Strudel aus Lügen, Misstrauen und Täuschung. Wie lange werden die Steine schweigen? Dann reißt ein ungebetener Gast alles mit, woran sich Anna und ihre Freund:innen festgehalten haben.

»Ein Roman wie ein Silvesterfeuerwerk: voller Farben, Gefahren und großen Ahs und Ohs.« Monika Peetz

Sophia Fritz wurde 1997 in Tübingen geboren. Sie studierte Drehbuch an der Hochschule für Fernsehen und Film München und erarbeitet für verschiedene Produktionsfirmen Serienformate. Für ihre literarischen Kurztexte hat sie zahlreiche Literaturpreise und Stipendien erhalten, sie schreibt für DIE ZEIT. *Steine schmeißen* ist ihr Romandebüt.

Sophia Fritz
Steine schmeißen

Roman

kanon verlag

Die Erstausgabe erschien 2021 im Kanon Verlag Berlin.

ISBN 978-3-98568-080-1

1. Auflage 2023

Umschlaggestaltung: Anke Fesel / bobsairport
Unter Verwendung einer Illustration von Daniela Raisich
Herstellung: Daniel Klotz / Die Lettertypen
Satz: Marco Stölk
Druck und Bindung: Pustet, Regensburg
Printed in Germany

www.kanon-verlag.de

They are really having fun,
drinking glasses of wine
and talking about things
that they like.

Richard Brautigan

1. Kapitel

Jetzt kommt wieder die Drachenzeit, hatte mein Vater zum Herbst gesagt, als wir vor Jahren die Rundstäbe auf das Seidenpapier geklebt hatten und später, um die Drachen fliegen zu lassen, den Hang hinuntergerannt sind. Mein Vater war der Erste, der sich meine Theaterstücke angesehen hat und danach seine senfgelben Ärmel hochschob und sagte, schau, schon Gänsehaut.

Jetzt kommt wieder die Drachenzeit, hatte mein Vater gemeint, als er monatelang versuchte, in dem Spalt zwischen den beiden Matratzen zu versinken, jetzt sind die Drachen da, wusste ich dann, nur nicht die bunten.

Meine Hand tastete die Kirchenbank entlang, über den kalten Kleiderhaken und dann zum Schoß meiner Mutter, die unsere Finger zusammenpresste. Siehst du, fragte ich meinen Vater, wo du jetzt gerade fehlst. Irgendwann hielt ich es drinnen nicht mehr aus, weil meine Mutter nicht aufhören konnte zu weinen und weil ich mich die ganze Zeit für all die leer gebliebenen Bänke rechtfertigen wollte, aber nicht wusste, vor wem, und weil ich ahnte, dass Alex schon längst vor der Tür saß und mir eine Zigarette anbieten würde. Draußen beobachteten wir, was abbrannte und was übrig blieb. Ich dachte an den senfgelben Ärmel meines Vaters, was meine Sprache unter seiner Haut angerichtet hatte und wo ich sie jetzt suchen gehen sollte.

Eine blasse Hand legte sich auf meinen Arm, und Fede kauerte sich neben mich. Die Haare trug er seit ein paar Monaten kurz und aschblond, und das Piercing an seiner Nase war noch rot, aber er sah nicht härter aus als früher, auch wenn ich ihm das gesagt hatte, er sah aus wie ein schüchterner Junge mit einem Stück Metall im Gesicht. Ihr zieht nach Wien, fragte Fede.

Ja, schniefte ich, Alex und ich haben das letzte Woche zusammen geplant, und wir wussten ja nicht, das kam jetzt alles doch schneller, als erwartet.

Ich habe dich gar nicht gesehen, sagte ich, und er drückte meinen Arm. Meine Mutter wollte sich lieber etwas weiter nach hinten setzen, um die vorderen Reihen freizulassen, sagte er leise, ich bin da, falls du mich brauchst.

Ich weiß, sagte ich, und trotzdem war mir seine Hand zu schwer, und ich schob sie sanft weg, später, sagte ich.

Klar, sagte Fede, tut mir so leid für deine Mutter und dich, und weil ich darauf nicht antworten konnte, las ich den Aufdruck der Zigarettenschachtel laut vor. Rauchen kann ihre ungeborenen Kinder töten, Alex sagte: *Win-Win*, Fede lachte, und ich schaute erst weg und rückte dann an Alex' Seite, schob mein Gesicht in seinen Anorak, atmete in seinen Oberarm und beobachtete seine Nasenspitze. Ich muss mal kurz spazieren gehen, Alex, sagte ich, kommst du mit. Wir hatten September, und ich fühlte mich durchsichtig, die Blätter klebten an den Bäumen, bunt, schwerer als Seidenpapier.

Alex schüttelte nur den Kopf und sah zu Boden. Ich drückte meine Zigarette aus.

Ich weiß nicht, ob es seine Stirnfransen waren und die Lachfalten um seine Augen oder die Orgelmusik und der Aschenbecher, aber plötzlich wollte ich von ihm in die Hand genommen, ausgestreut, eingerollt und inhaliert werden.

Kommst du, fragte ich noch mal, und danach sah ich ihn so lange an, bis er langsam aufstand und sagte, ja.

Wir gingen hinter die Kirche, und er drückte seinen Zigarettenstummel zwischen meine Beine und den Rauch zurück in meine Lunge, er presste seinen Filter zwischen meine Lippen, er wickelte mich ein, er strich mich glatt.

Das war nicht in Ordnung, sagte ich ihm später, als wir den Trauerzug einholten, der gerade auf dem Weg zum ausgehobenen Grab war.

Was, fragte er.

Das, sagte ich und drückte seine Hand.

Als er sie mir entzog und ich sagte, so schlimm wäre das nicht gewesen, da war es schon zu spät.

Jetzt ist wieder Drachenzeit, sagte ich zur Schaufel und zum Sand. Meine Mutter drückte meine Schulter, möchtest du meinen Schal, fragte sie mich, und wir fragten uns am Grab und später in der Gaststätte und dann auf dem Parkplatz noch mal, wann es endlich aufhören würde zu regnen und wann es anfangen würde zu schneien und wann danach der Sommer kommen würde, damit es wieder warm werden würde, oder so etwas Ähnliches.

Du möchtest jetzt sicher alleine sein, sagte Alex später, als wir mit seinem alten Volvo schon in der Garage standen, aber keiner von uns die Tür öffnete, deine Mutter braucht dich doch.

Ja, sagte ich und dachte an meinen Vater.

Dass es das Gegenteil von unserem Schweigen gegeben haben musste, unsere zusammen verbrachten Tage, wie viele Stunden, und wer würde davon jetzt noch wissen wollen.

An was denkst du, fragte Alex.

Ich denke, sagte ich, es war heute, und dabei fiel mir kein Wort mehr ein, also dachte ich an Alex' Daumen, an die Innenseite. Und an seine Handflächen, unter denen ich ausatmen konnte.

Was, fragte er, und ich blickte nur auf das Garnichts vor der Windschutzscheibe, wie konnte es sein, dass sich die Bilder zwischen uns nicht übersetzten, die aufgeschüttete Erde, der nasse Asphalt, die steifen Kissen, die blauen Adern auf den Handrücken meiner Mutter und die absolute Schwärze.

Kannst du mich nach unten drücken, fragte ich Alex später im Dunkeln, kannst du deine Hand bitte, und er drehte mich auf den Bauch und schob seine Faust an meiner Wirbelsäule entlang, so, fragte er, und ich sagte, fester. Meine Beckenknochen drückten sich in die Matratze.

So, fragte er, und ich sagte, noch mehr, und dann, bleib da, weil ich nicht wusste, wo er noch hingreifen konnte, damit es aufhörte.

Was soll aufhören, fragte er, und ich sagte, probiere es mal so, bis er mit seiner Hand mein Gesicht ins Kissen presste und ich meinte, besser.

2. Kapitel

Wenn mich meine Mutter anruft, denke ich daran, wie lange ich ihr schon nicht mehr im Garten geholfen habe.

Ich wollte euch nur einen guten Rutsch wünschen und alles Gute fürs nächste Jahr, sagt sie und hört sich entfernt an, als hätte sie das Telefon neben sich auf dem Tisch abgelegt.

Ebenso, sage ich, wünsche ich dir auch.

Sobald ich bei meinen Besuchen auf die Einfahrt rolle, dreht meine Mutter ihre Baumwollbrüste in Richtung Blumenbeet, was sollen wir da noch anpflanzen, fragt sie dann, Hyazinthen, Verbenen oder Immergrün. Ich denke an meine Mutter, wenn ich an fremden Vorgärten im Vorbeigehen Blätter abknicke.

Je seltener ich sie besuche, desto dichter bepflanzt sie den Weg durch ihren Vorgarten, auf dem Klingelschild stehen noch all unsere Namen.

Mich macht immer nervös, wie viel Zeit sie zum Telefonieren hat. Man hört sie und den Raum, in dem sie am liebsten ist, und all die Nebenzimmer.

Wir sind bei Freunden, sage ich, und feiern gleich rein, aber ganz gemütlich, mit Kachelofen.

Geht´s euch gut, fragt meine Mutter lachend. Nach der Beerdigung hat sie angefangen, viel zu lachen, sie lachte immer, wenn sie sagte, das würde ihm jetzt auch gefallen, und jetzt sieht er uns bestimmt gerade von oben zu. Ich lachte dann mit, ja, den Rosmarin mochte er doch, noch mehr als die Cortaderia.

Na ja, lache ich zurück und schmunzle eine Weile in mein Handy, während ich durch Maries Vorgarten in das Küchenfenster schaue. Hinter dem rauchen Marie und Fede, sie reden und stellen Flaschen kalt, die Papierbecher glänzen rot auf der Kücheninsel, bereit und unbefüllt.

Na ja, sage ich noch mal, Alex hat mit mir Schluss gemacht.

Was, fragt meine Mutter, wie?

Einfach so, sage ich, mit einem Gespräch.

Wie, fragt sie, wann?

Vor ein paar Tagen, sage ich, eigentlich Wochen.

Ich drehe mich im Vorgarten um und schaue zurück zu Fede und Marie, die jetzt über ein Schneidebrett gebeugt still stehen. Meine Mutter ist zu Hause zwischen Wollfilz und Stichen, Tauwetter und Jack Wolfskin und vielen, vielen Wegrainen.

Gut, dass Fede gerade bei dir ist, sagt sie, warum hast du es mir nicht früher erzählt?

Fede weiß es nicht, sage ich, eigentlich weiß es niemand.

Anna, beginnt sie, aber lässt sich dann zu lange Zeit.

Ich muss jetzt auflegen, sage ich, es gibt gleich Abendessen.

Raclette, fragt meine Mutter. Fede winkt mir durch das Küchenfenster mit einem Schneidebrett und zwei abgeschnittenen Strohhalmen.

Fast, sage ich, Buffet.

Erzählst du es Fede bitte, ruft sie, ich meine, du weißt schon.

Klar, sage ich, und rutsch gut rüber, mach's gut, Mama, bald komme ich wieder und helfe dir im Garten.

Meine Mutter lacht, warum willst du mir im Garten helfen, Maus, wir haben doch Winter.

Nachdem ich aufgelegt habe, möchte ich ihr noch etwas schreiben, ein Herz vielleicht. Als ich vor zwei Jahren noch zu Hause lebte, weinte ich abends in Alex' Hände und schluchzte, ich halte das nicht mehr aus, sie muss sofort raus.

Wo raus, fragte er, und ich sagte, aus diesem Garten.

Einfach mal raus waren wir beide noch nie. Zu ihrem Geburtstag schenkte ich ihr einen Flug nach Chicago.

Meine Mutter fand Chicago befremdlich, den Flug, die Aussichtsplattformen, die überfüllten Straßen und sogar den Unity Temple.

Der gilt als erstes modernes Gebäude weltweit, sagte ich, das ist doch historisch, jetzt fühl dich doch mal frei.

Mach ich, sagte sie und schaute auf die dünnblättrigen Ahornbäume am Gehsteig.

Hier können wir alles tun, was wir wollen, sagte ich.

Sie verschränkte die Arme, und ihr Mund entknitterte sich nicht, als sie sagte, es ist doch schön, wir sind doch da.

Wir sprachen nicht viel in der Woche, meine Mutter spürte, dass ich böse auf meinen Vater war, weil er mich immer ein bisschen mehr gemocht hatte, wenn er mir Taschengeld in die Hand drücken durfte und weil es sein Geld gewesen war, von dem ich uns den Flug gebucht hatte.

Das war nett von dir, Maus, hatte meine Mutter auf dem Heimflug gesagt, das war was Besonderes.

Stimmt, sagte ich, und danach packte ich meine Sachen und zog mit Alex zusammen nach Wien.

Der Himmel hat Lampenfieber und winkt die Wolken weiter, Marie sieht sie nicht in der Küche im dritten Stock. Sie ist damit beschäftigt, den Bauch nicht mehr einzuziehen und Krümel mit den Fingerkuppen von der Tischplatte aufzupicken, bis sie sich ächzend eine Chipstüte aufreißt, Fede ausführlich von einem Ex-Freund erzählt und sich dabei die nächste Zigarette anzündet.

Ich sehe sie durch das Fenster wie in einem Stummfilm miteinander reden, es gibt den polnischen Abgang, wenn man verschwindet, ohne sich zu verabschieden, aber ich möchte immer irgendwo sein, ohne davor dort ankommen zu müssen.

Leise trete ich in das Treppenhaus und durch die offene Flügeltür zurück in den Flur. Matsch klebt an den Schuhen auf dem Fliesenboden, die Jacken wurden zu einem Haufen in den Eingang gelegt. Einige von ihnen erkenne ich wieder, zwei davon haben mal mir gehört. Marie, Jara und ich tauschen Klamotten aus, die wir online gebraucht kaufen. Die Adds auf Instagram füttern mich immer mit Kurzzeitzielen, mit denen ich dann die nächsten vier bis fünf Werktage überbrücke.

Aus dem Wohnzimmer dröhnt Musik. Ein paar Leute sitzen auf dem Teppich und lehnen sich an die speckigen Ledersessel. Die Möbel sehen aus, als wäre auf jedem schon mal jemand von hinten erwürgt worden, wie Requisiten aus einem Theaterstück von Agatha Christie, das ich mal in London gesehen habe, aber der Titel fällt mir nicht mehr ein.

Heute ist die Nacht, sagt Marie und umarmt mich von hinten. Jedes Mal, wenn mein Gesicht in ihre Schulter und ihre Locken eintaucht, denke ich, dass sie so ähnlich riecht, wie Leonard Cohen singt. Ein bisschen rauchig und modrig und einen Tick zu dunkel, aber immer so, dass man Marianne verstehen kann, Marianne und Joni und Janis und all die anderen schönen Frauen, die sich in seiner Nähe aufhielten.

Okay, sage ich, und für einen Moment glaube ich es wirklich. Ich glaube es ihr, weil sie mich so grundlegend umarmt und ich ihre Handflächen und ihre Fingerspitzen, ihre Unterarme durch meine Jacke hindurch spüre, die mich bejahen und mich in ihre Küche zurückholen, die beleuchtet ist.

Marie hat eine Tasse, auf der steht Girlboss. Heute hat sie nicht viel dabei, klassisch, sagt sie und strahlt mich an, drei Gramm Koks und eine kleine Kante MDMA, zur Feier des Tages, weil heute die Nacht ist.

Nachdem Marie sich von mir gelöst hat, um ihre Locken in eine andere Richtung zu drehen, sieht Fede mich über den Tisch hinweg an, als wüsste er etwas über die Nacht, von der Marie gesprochen hat, oder über das Herz, das nicht versendet wurde.

Alles gut, möchte ich ihm zunicken, aber er kommt mir mit einem angedeuteten Lächeln zuvor, das ohne Erwartung an mir vorbei weiter durch den Raum schwebt.

Ich atme lange aus, während ich sein Lächeln weiter beobachte. Das macht er immer, möchte ich Marie neben mir stolz sagen, Fede ist jemand, neben dem man es lange aushalten kann, weil man seinen Augen nie eine Antwort schuldet, obwohl sie alles sehen.

Fede ist extra aus Frankfurt hergekommen für heute Abend, wir kennen uns schon seit der Grundschule, sage ich zu Marie. Eigentlich Ferdinand, sagt Fede, hab ich ihr schon erzählt.

Ja, lächelt Marie in Fedes Richtung, alles schon geklärt, fühl dich wie zu Hause, wir haben alles da, außer Raketen.

Mega, nicke ich, dass ihr da auf die Umwelt achtet.

Marie zuckt mit den Schultern, gleich böllern sie wieder, die Schweine, die sollten sich lieber selbst anzünden, dann ginge es der Erde wieder gut.

Eh, sage ich, ich dachte, du bist Pazifistin, wegen Fridays for Future.

Ne, sagt Marie, das ist mir egal, ich bin ja nicht für die Welt, ich bin nur gegen den Klimawandel.

Fede lacht, und ich möchte irgendetwas erwidern und stoße dann doch nur mit ihnen an. Mir fällt auf, dass Fede seinen Nasenring nicht mehr trägt, man sieht nicht mal mehr eine Narbe, seine Nase ist schmal und phasenlos.

Und, fragt Marie in meine Richtung, was gibt es bei dir so. Nichts Neues, sage ich und halte nach Altem Ausschau, über das wir reden können, über die Vor- und Nachteile der Kupferkette, über ihre Schilddrüse und über jede Hausarbeit, an der wir gerade arbeiten.

Weil ich weder ein altes noch ein neues Thema vor mir sehe, schauen wir alle drei vom Küchentisch aus auf den Bildschirm im Wohnzimmer.

Krass, oder, sagt Marie, ich wusste nicht, dass man Lagerfeuer streamen kann.

Ich auch nicht, sage ich, aber immerhin brennt es in Echtzeit runter.

Beim Betrachten wird mir erst warm und dann kalt, ich denke an die Gänsehaut meines Vaters und den Aschenbecher und an Maries Finger, die ihren Zigarettenstummel auf einem Unterteller ausdampfen.

Ich mag Marie, weil sie nicht so tut, als würde sie gerne lesen, weil sie sogar mit den Augen rollt, wenn jemand laut davon erzählt, was ihn am *Zauberberg* so gefesselt hat. Ich weiß nicht, wann Marie und ich das letzte Mal von einem Buch gefesselt waren.

Nicht mal von Worten lassen wir uns berühren, damit etwas Spuren hinterlässt, muss es uns am Kiefer packen, in den ersten drei Sekunden explodieren oder sehr persönliche Fragen stellen.

Marie lässt sich nie auf die Langatmigkeit ein, dafür ist sie die Einzige, die wirklich immer pünktlich kommt. Nach meiner Augenoperation zum Beispiel stand sie breitbeinig an der Rezeption und rief, beeilst du dich bitte mit dem Aufwachen, ich stehe auf dem Behindertenparkplatz.

Weißt du noch, sage ich, aber da klingelt es, und Marie tanzt zur Haustüre.

Ist das Alex, fragt mich Fede.

Nein, sage ich, Alex hat Magen-Darm.

Ich winke Jara zu, die mit Marie und Lukas im Arm durch den Flur ins Wohnzimmer wankt.

Der Arme, sagt Fede und schaut mich mitfühlend an.

Ja, sage ich zu Fede, aber es geht ihm sicher bald wieder besser.

Jara strahlt in die Küche, Anna, sagt sie und umarmt mich fest. Wie immer denke ich, dass Jara und Lukas sich ähnlich sehen, ähnlich groß und ähnlich blond und dünn, als wären sie schon längst eine Familie und keine On-off-Beziehung.

Jara lächelt laut, das tut sie meistens, wenn sie Räume betritt, und den hier kennt sie gut, hier haben Marie und sie schon zusammen mit Puppen gespielt, Muffins gebacken und Rührschüsseln ausgeleckt.

Jara behält ihren dicken cremefarbenen Wollmantel trotzdem in der Hand und weiß nicht recht, wohin damit, dabei könnte sie den einfach zwischen den Wasserkocher und den ausladenden Brotkorb knüllen, ohne dass er aussehen würde wie ein Fremdkörper. Alles hier ist bauchig, der runde Tisch, das Spülbecken im Erker, der Ausblick nach draußen ins Dunkle, und die gelben Kerzenstumpfe auf der Fensterbank sind es auch. Hier kann man sich auf den Terracottaboden fläzen oder als Kind vom Wohnzimmer aus auf den Knien reinschlittern, weil man ein Pferd in der linken Hand hat, das mitgaloppieren muss.

Gebt die mal mir, sagt Marie und greift nach Jaras Mantel und Lukas' Jacke, nur, um beide im Flur auf den großen Haufen zu schmeißen.

Marie schmeißt Sachen aus Überzeugung, weil Maries Vater einmal nach einem Streit mit Maries Mutter die Putzfrau abbestellte. Maries Mutter war nie reich, Maries Vater schon, Marie hat sein Doppelkinn geerbt, und Jara ist so geworden, wie sich Maries Vater das von seiner Tochter gewünscht hatte. Ihre Haare sind gerade geschnitten, gespült und besprayt, und der breite Gürtel hält ihre Hüfte schmal.

Lukas ist irgendwann zu Jara hinzugekommen, und ich mit Alex zu ihrem Studium. Marie hatte nie jemand Festes bei sich, nur manchmal ihren Bruder, von dem sie sich beschützen lässt.

Hey Anna, sagt Lukas und umarmt mich flüchtig, jetzt nur noch in einem braunen Wollpullover, den Marie bestimmt langweilig findet, wo hast du Alex gelassen.

Alex hat leider Magen-Darm, sagt Fede zu Lukas, der sich neben uns auf einen Barhocker zur Kücheninsel setzt, und ich bin übrigens Ferdinand.

Lukas, darf ich vorstellen, mein bester Freund Fede, wir kennen uns schon seit der Grundschule.

Freut mich, sagt Lukas, seine Halsschlagader pocht Aftershave in meine Richtung, was mich schon immer frustriert, ist, dass er viel attraktiver riecht, als er aussieht.

Ich mag es, dass die Leute hier gleich nach Alex und mir fragen, weil wir von Anfang an zusammen waren und gleich klarmachten, dass wir auch nicht vorhatten, uns jemals wieder zu trennen. Wir sind im selben Dorf aufgewachsen, wir hatten dieselben Hausaufgaben und denselben Abschlussball, und ein Bild von uns beiden war in der Abizeitung bei der Umfrage, wer aus der Stufe als Erstes heiraten wird.

Wir sind im gleichen Grundriss aufgewachsen, hatte ich in der Therapie einmal gesagt, und weil meine Therapeutin nur nickte und nichts verstand, sagte ich noch mal: Wir hatten den gleichen Grundriss.

Im letzten Jahr hatten wir Marie, Jara und Lukas öfter zu uns nach Hause eingeladen. Ich mochte es, so lange zu kochen, bis alle am Tisch sagten, das ist ja Wahnsinn, und an ihren Rhabarbersaftschorlen nippten. Und ich mochte es, dann lässig abzuwinken und zu sagen, ach, die ist auch selbst gemacht, ich hab hier einen neuen Entsafter.

Alex war anders, er nahm immer das zu sich, was er irgendwo fand, Pizzareste, Kaffee, Reiswaffeln oder Aspirin. Du hast das Konzept von Frühstück nicht ganz verstanden, sagte ich einmal zu ihm, als er morgens die Käsefondueresste auskratzte. Er schüttelte nur den Kopf und fragte, bist du jetzt auch so jemand, der frisch in den Tag starten will.

Im März sagte Alex, er wolle jetzt einen Cut machen. Ich mache jetzt einen Cut, sagte er, brach seine Ausbildung bei der Bank ab und begann eine neue in einem Seniorenheim im elften Bezirk. Ich machte mir Sorgen.

Alex fand die Demenz erfrischend, zumindest nachdem er bei der Bank gearbeitet hatte und der Einzige war, der am achten Januar fragte, ob das ein Witz sei, dass die Sternsinger die Eingangstür gesegnet hätten, und eine Kollegin nur fragte, nein, wieso denn?

Du hättest den doch in der Flasche lassen können, sagte Alex, als er sich nach seinem ersten Arbeitstag im Pflegeheim auf den Küchenstuhl fallen ließ und mir seine rote Tupperbox zuschob, in die ich am morgen Champagner gegossen hatte.

Ja, sagte ich, aber dann wäre ich keine gute Ehefrau gewesen. Alex hatte gelacht, wir beide dachten zu dem Zeitpunkt über das Heiraten nach. Ich dachte daran, meinen Namen abzulegen. Alex dachte daran, dass man den Ring von einer Hand, die Arthrose hat, nicht noch mal abbekommt.

Ich erinnere mich nicht mehr an den restlichen Abend, nur, dass Alex betrunken, glücklich und erschöpft seinen Kopf auf seinen dünnen Unterarmen ablegte und ich den Alkoholgeruch aus dem Plastik wusch. Und dass er sagte, das liebe ich an dir, dass mir alles mit dir in Erinnerung bleibt.

Kennt ihr euch alle, fragt Fede, was Marie und Jara bestätigen.

Du wirst alle mögen, sage ich zu ihm. Fede meint, er ist nicht gut darin, Leute zu mögen, er ist gut im Tanzen, und er möchte sich gerne noch verlieben, am besten in den nächsten vier Stunden, dafür würde er gerne betrunken sein.

Uh, sagt Marie und klatscht in die Hände, wer kommt da infrage, Jara, was meinst du. Gute Frage, sagt Jara, bis Mitternacht, das ist ambitioniert.

Während die anderen ins Gespräch vertieft sind, schickt meine Mutter mir ein Bild von Alex' altem Pullover, *soll ich den weggeben?*

Meine Mutter zoomt gerne in Sachen rein. Als Profilbild hat sie manchmal eine Blüte und manchmal einen Sonnenuntergang. Einmal habe ich ihr eine Postkarte aus Wien geschickt, mit lieben Grüßen, schrieb ich drauf. Ich hatte nichts gefunden, was ihr gefallen hätte, keinen Magneten von Freud und kein Bild von Paul Klee, also hatte ich ihr die Postkarte von Dürer geschickt, und sie hatte mir ein verwackeltes Bild von der Karte geschickt, als sie ankam, und geschrieben, schöner Hase.

Was machst du in meinem Zimmer? Schreibe ich zurück.

Ich kippe Lukas Averna Sour in ein Wasserglas. Ich dachte, das trinkt man wie Schnaps, meint er, irgendwie weniger.

Wieso, frage ich, es schmeckt doch gut, ich habe das erst hier kennengelernt, weil Alex meinte, dass er den perfekten Zitronenanteil rausbekommen hat.

Wie geht es ihm denn, fragt Lukas, na ja, mir ist es zu bitter.

Ausmisten, schreibt meine Mutter und schickt mir ein Bild von meinem offenen Kleiderschrank.

Neben dem roten Pullover liegen ein BH mit Glitzerpailletten und ein paar Röhrenjeans, in die ich nicht mehr reinpasse.

Was ist noch von ihm? Sie schickt mir ein Video, in dem sie mit der linken Hand über die Wäschestapel fährt. Das Sammelsurium an alten Kleidern sieht aus wie eine Mischung aus JAKO-O und Hunkemöller.

Die Tangas nicht, schreibe ich zurück.

Ist das deine Mum, fragt Fede.

Ja, sage ich, warum hat sie keine Freunde, mit denen sie jetzt Raclette isst oder so?

Sag mal liebe Grüße, sagt Fede, bevor er mit beiden Händen anfängt, seine Worte zu unterstreichen. Alle tun immer so, als wäre Verlieben ein Glücksspiel, dabei ist es reine Übungssache.

Ihr werdet schon sehen, sagt er, ich finde noch jemanden, und ihr werdet es gleich bemerken, so, wie man es in den Filmen immer bemerkt, dass nach ungefähr fünfzehn Minuten jemand reinkommt, der circa genau gleich schön aussieht, und das ist dann der Eine für mich.

Okay, sagt Marie und betrachtet ihn, Erik könnte gehen, was wäre denn dein Traumtyp?

Ach, Traumtyp, sagt Fede und zieht die Nase hoch, Hauptsache unter vierzig und austherapiert.

Das da, schreibe ich meiner Mutter und schicke ihr einen Screenshot von einem übergroßen grauen Hemd, *das kann weg*.

Gut, schreibt sie, *was noch*?

Ich gehe das Video langsam durch, wische über die Shirts und Pullover und Hosen, manche von mir und manche von Alex, zwei von Fede. Ich mache das um ihretwillen, weil meine Mutter es auch wichtig findet, jedes Frühjahr die Äste zurückzuschneiden. Von den Ästen hat meine Mutter viel gelernt, vom Wegschneiden und Aussortieren.

Haushaltsauflösung, hatte meine Mutter vor sich hingemurmelt, kurz nach der Beerdigung und kurz vor Chicago, wir lösen jetzt den Haushalt auf, und dann ist Schluss.

In Wirklichkeit ließ sich gar nichts auflösen, sondern nur ausräumen und umschichten, ein immerdauerndes Wiederfinden von Bildern, Briefen und Schlüsselanhängern mitten im Vergessenwollen.

Meine Tante hatte an der Tür geklingelt, wie es sonst bei uns nur noch der Postbote tat. Du darfst dich jetzt nicht selbst aufgeben, hatte sie gesagt und meine Mutter betrachtet, als wäre sie ein Paket, das nicht ausreichend frankiert worden war, und meine Mutter hatte den Kopf geschüttelt, an welcher Packstation hätte sie sich denn aufgeben sollen, und welchem Adressaten hätte man das zumuten wollen, natürlich nicht, hatte sie gesagt, da musst du dir keinen Kopf machen.

Ich hatte im Nebenzimmer weiter gepackt, während meine Tante ihren selbst gebackenen Kuchen im Esszimmer aufschnitt. Aus dieser Zeit habe ich nichts mitgenommen, außer dass es nicht

Selbstaufgabe, sondern Selbstauflösung, und nicht Haushaltsauflösung, sondern Haushaltsaufgabe hätte heißen sollen, dann hätte ich gewusst, was da auf mich zukam.

Das und das, schreibe ich meiner Mutter, aber ich schicke ihr keine Bilder von Alex' Hoodies, sondern von meinen neonfarbenen Bustiers.

Dann nehme ich einen großen Schluck von irgendeinem Weißwein. Ich weiß, wenn Fede an den Einen denkt, dann denkt er an Fabi aus der zwölften und Lennard, der schon mit der Schule fertig war, an Mark, aber Mark war verheiratet, und manchmal denkt er noch an Joni.

Wenn ich an den Einen denke, dann denke ich daran, auf wie viele Arten Alex an einem Juweliergeschäft vorbeilaufen konnte. Und dass er letztes Jahr auf Rügen meinte, dass ich mich sowieso nie für ein Kleid entscheiden könnte, dass ich zwei bis drei Kleider auswählen sollte, um sie im Verlauf des Abends an- und wieder ausziehen zu können. Und dass es am Tag unserer Hochzeit eine überteuerte Location mit einem billigen Hinterhof geben sollte, dass Alex und ich dann nach dem Sektempfang dahin verschwinden würden, mit seiner Flasche und seinem Schaum in meinem Mund, mit allem, allem außer Tischdeko.

Ein paar Wochen bevor ich mit Alex zusammengekommen war, hatte ich angefangen, diesen Körper, den ich nur von außen kannte, zu rasieren. Ich trug Selbstbräuner auf und schaute Pornos. Der Aufkärungsunterricht lag hinter uns, ich wusste was über Befruchtung und Kondome und dass man danach schwanger und krank werden kann. Sex, das war Offenheit und Selbstaufgabe, das fiel mir leicht, weil ich schon lange nicht mehr bei mir war, sondern immer nur versucht hatte, die Version von mir zu sein, die meine Eltern mir verziehen. Ich packte Alex und nahm ihn mit, und seine Mutter war mir dankbar. Sie sagte, der ist so lethargisch, der braucht jemanden, der sich mal um ihn kümmert. Zu unserem Einmonatigen schenkte Alex mir seinen roten Pullover. Ich trug ihn wie eine Daseinsberechtigung. Mein Kopf war müde und mein Körper in einer Beziehung mit den weißen Sicherheitslinien am Bahnsteig. Seitdem gibt es meine

Brüste, meine Haut und meine schwachen Stunden, mein genug an Körpern, mein Sharen, mein Teilen, mein Austeilen und Einstecken, meine Absagen und meine Erinnerungen. Jeden Monat blute ich, und jeden Monat schreibe ich jemandem, der kein Vater wird.

Die kannst du weggeben, schreibe ich zurück, *aber nicht den roten Pullover.*

Weißt du denn, ob Elin heute noch kommt, frage ich in Maries Richtung. Marie hebt ihre Nase nicht vom Schneidebrettchen, um zu antworten, sie hält lediglich einen Zeigefinger hoch, damit ich auf ihre Antwort warte. Ich weiß, dass sie sich dieses Jahr die Wangen unterspritzen ließ, um ihren Vater aus ihrem Gesicht zu löschen. Keine Ahnung, sagt Marie, kann schon gut sein, ich habe sie eingeladen, aber jetzt in den letzten Wochen nichts mehr von ihr gehört.

Letzte Woche hatten Elin und Alex Fotos von einem gemeinsamen Ausflug auf ihren Social-Media-Kanälen geteilt, Alex zuerst und sie drei Stunden später. Auf dem Foto hatte ich lange versucht, etwas an Elin nicht schön zu finden, aber der einzige Satz, der mir dazu einfiel, war, du siehst so aus, als hättest du zu viele Zähne, und den verwarf ich gleich wieder.

Die anderen müssen das Bild von Elin und Alex auch gesehen haben, aber niemand hat mich darauf angesprochen. Vielleicht, weil sie es normal finden, dass man sich auf der Arbeit auch mal gut versteht.

Auf das Pflegeheim war Alex über Marie gekommen. Elin arbeitet dort, hatte sie gesagt, das ist eine gute Freundin von mir, die frag ich mal. Und zwei Wochen nach dem Einstellungsgespräch sagte Marie mir, weißt du, eigentlich gehört meinem Vater der Laden, meinem Vater gehört hier ziemlich viel.

Alex hat Magen-Darm, wiederholt Lukas und schenkt mir nach, und da bleibst du nicht bei ihm?

Ich durfte nicht, sage ich, er hat es mir verboten.

Bevor Lukas darauf antworten kann, deute ich auf das Stofftier aus Polyester, das er fest in der rechten Hand hält. Ist das eine Schildkröte oder eine Biene, frage ich ihn.

Das gehört Jara, sagt er und stopft ihr das Tier in die Hosentasche. Jara kichert und streichelt es, kaum größer als ihre Handfläche.

Marie schraubt eine Flasche Wein auf, ihre Armbänder klirren an den Gläsern. Schön sieht sie aus, wegen dem teuren Echtgold und den nervös abgekauten Nägeln und dem abblätternden roten Lack, auf uns, sagt sie, und alle stoßen an.

Das gehört Lukas, sagt Jara und hebt das Bienentier hoch, vorher waren wir auf dem Prater und hatten Glück, Lukas hat es rausgeholt, mit diesen Greifarmen, mit denen man sonst nie irgendetwas erwischen kann.

Einmal hat Samir so ein Teil aufgebrochen, wirft Marie ein, aber so was würde ich nie machen, alles, was ich mitgehen lasse, sind so Pfeffermühlen aus großen Burgerketten, also nur aus denen, die sich das leisten können.

Das wollten wir auch machen, sage ich, als wir nach Wien gezogen sind, aber es ging nicht.

Was ging nicht, fragt Marie, das geht doch einfach. Ich weiß, sage ich, aber wir haben das nicht über uns gebracht. Ich erzähle ihnen die Geschichte, als Alex und ich uns in einer Kneipe anstarrten und die Pfeffermühle jedes Mal wieder aus der Jutetasche holten, bevor wir das Restaurant verließen. Einmal haben wir es dann doch geschafft, sage ich zu den anderen. Aber wir haben uns damit so unwohl gefühlt, dass wir anfingen, bei jedem weiteren Besuch etwas mitzubringen, einen Sticker oder ein Lesezeichen, einen Aschenbecher, und dann sind wir in den Urlaub nach Rügen gefahren. Als wir wiederkamen, hatte die Bar zugemacht, und unsere Sachen waren fort.

Das passt zu euch, sagt Jara, und Fede lacht und sagt, ihr habt euch gar nicht verändert.

Lukas lässt sich nicht beirren und deutet auf das Stofftier und sagt, das habe ich für dich da rausgeholt. Jara legt das Tier neben sich auf die Kücheninsel, gleich neben das Koks, meine Taschen sind zu klein, sagt sie, aber hier liegt es doch gut.

Jetzt hebt Marie das Tier hoch, was ist das denn, fragt sie noch mal, das sieht aus wie der Inbegriff von Umweltverschmutzung.

Ein Bienentier, sagt Lukas, wir dürfen es nur nicht vergessen, ich hab noch nie was gewonnen. Ist gut, sage ich und streiche dem Tier über den Kopf, ich denke dran, dass Jara es später wieder mitnimmt. Ich wollte Jara einen Gefallen tun, aber jetzt nickt Lukas mir dankbar zu, als wäre seine Freundin nicht achtsam mit ihm umgegangen, obwohl sie so eine ist, die bei Unwetter vom Fahrrad steigt, um einen Regenwurm mit zwei Stöckchen vom Beton zu heben.

Schön, dass du da bist, sagt Jara und prostet Fede zu.

Jara nimmt Orte behutsam ein, mit ihrer schwarzen High-Waist-Jeans und ihren spitzen Knien und ihren silbernen Ringen an jedem Finger. Unglaublich, wie lange wir uns jetzt schon nicht mehr gesehen haben, sagt sie zu mir.

Ja, sage ich, die Zeit rennt.

Die Zeit rennt uns immer davon, sagt Lukas mit erhobenem Zeigefinger, Jara küsst ihn auf die Wange, als hätte er damit etwas Wichtiges gesagt.

Du hast mir gefehlt, sage ich und lehne meinen Kopf für einen Moment an Jaras weiche Schulter.

Du mir auch, sagt Jara, warum hast du dich nicht gemeldet, ich war doch da.

Ich leider nicht, erwidere ich. Oft hatte ich eine Nachricht begonnen, aber kein einziges Mal wusste ich, wie ich erklären sollte, was in den letzten Monaten passiert war, mit welcher Erzählung ich anfangen konnte, damit das Ende kein schlechtes Licht auf mich warf.

Jara, schrieb ich ihr vor drei Wochen, *ich war einkaufen, und auf der Milchpackung steht, dass da viel Liebe drin ist, warum kann ich das nicht von mir*
Jara, begann ich einige Tage später erneut, *ich habe eine Wette mit dem Schnee am Laufen, wer von uns beiden länger liegen*
Jara, versuchte ich es letzte Nacht, *warum gibt es nur die Nervenenden, warum hat noch keiner Nervenanfänge*

Dann schloss ich den Chat und löschte vorsichtshalber die gesamte App. Dass es mir die letzten Wochen nicht gut ging, wäre für Jara keine Entschuldigung gewesen, mich nicht zu melden. Wenn es ihr schlecht geht, dann weint sie sich bei Freunden aus, wenn es mir schlecht geht, dann lache ich mir Fremde an. Weil es Jara im letzten Jahr oft schlecht ging, durfte sie in unserer Wohnung oft machen, was sie wollte, und sie machte es meistens konsequenter als ich.

Einmal kamen wir nach einem Wochenende nach Hause, und sie saß am Küchentisch. Lukas hatte sich schon wieder von ihr getrennt. Wir haben elf Uhr morgens, sagte ich zu ihr und deutete auf den gefüllten Aschenbecher und auf die Brandlöcher und den Alkohol, was soll das da sein, und Jara schaute auf den Tisch und murmelte, Brunch.

Aber heute musst du mir alles erzählen, fordert Jara mich sachte auf, was bei dir so los war in den letzten Wochen. Ich hebe meinen Kopf von ihrer Schulter und nehme einen großen Schluck aus meinem Glas.

Eh nichts, sage ich.

In den letzten Tagen habe ich mir überlegt, wie ich Elin ansprechen soll, wenn sie heute Abend auch kommt.

Hey Elin, würde ich sagen, du kennst doch Alex, oder.

Elin hat Alex vor zwei Jahren eingearbeitet. Sie hat ihm die Bewohner und die anderen Pfleger vorgestellt, das ist Adolf, sagte sie beispielsweise, der ist aus dem Krieg nicht mehr heimgekommen, und das ist unser neuester Stationsleiter Murat, wir werden oft zu dritt Schicht machen.

Wenn ich im letzten Jahr nach Elin gefragt hatte, war Alex mir immer ausgewichen und hatte mir stattdessen von den Bewohnern erzählt. Von Adolf, der im Krieg geblieben war, und dass er sich manchmal, wenn der alte Mann schlief, auf den Sessel neben dem Bett setzte und für ein paar Minuten so tat, als wäre er mit ihm dort geblieben.

Wenn Elin heute Abend kommt, frage ich sie, wo Alex ist. Dann gehe ich zu ihm und verspreche ihm, dass das nur ein Ausrutscher war und ich es sowieso schon längst beendet habe. Und dann vergrabe ich mein Gesicht in seiner Achselhöhle und lasse lange nichts anderes zu, bis Alex seine Hand in meine Haare schiebt und sagt, ist okay, Anna, ich habe dir schon längst alles verziehen.

Marie, ruft Jara, kann ich dir denn noch irgendwie bei den Vorbereitungen helfen? Marie dreht sich zu uns um. Nie ist sie da, wenn man sie anspricht, immer muss sie sich zuerst umdrehen oder sammeln oder einmal kurz blinzeln, bevor sie antwortet.

Nein, lächelt sie, ich habe alles im Griff.

Wo sind denn deine Eltern heute, frage ich und winde mich aus Jaras Umarmung. Ich habe das Gefühl, Maries Mutter zu kennen, weil die große Küche genau so eingerichtet ist, wie ich das von Maries Küche erwartet hatte. Teuer und ein bisschen schlampig und weil es ihr Humor ist, der da auf Postkarten an der Kühlschranktür hängt. Skifahren, sagt Marie, glaube ich.

Sie strahlt stumm vor sich hin, und mir fällt ein, dass Marie ihr Gras immer in einer alten Bonbonschachtel aufbewahrt, auf der steht Pflanzliche Naturkraft für Ihre Stimme.

Marie hat mit zwölf Ritalin verschrieben bekommen.

Ich bin ihnen dankbar, sagte Marie, weil ich ohne Ritalin nie auf Modafinil gekommen wäre, das ist besser, auf Moda kannst du neun Stunden lang durcharbeiten. Marie arbeitet durch, sie arbeitet neben dem Studium als Moderatorin und wird bald befördert.

Ich glaube, die meisten kommen noch, sagt Marie jetzt, aber erst, wenn sie fertig sind mit ihrem Raclette und mit dem Dinner for One.

Und, fragt Lukas, während er sein Handy mit der Bluetooth-Box verbindet, was ist der Plan für heute Abend? Marie fährt herum und streicht sich aufgeregt durch die Locken, der Plan, sagt sie, ist, jetzt zu trinken und später auf die Dachterrasse zu gehen, es kommen noch ein paar, wenn sie nicht doch alle spontan weggeflogen sind.

Na ja, sagt Lukas und nimmt sich eine Handvoll Erdnüsse vom Tisch, ist ja immer noch nicht so cool mit Reisen gerade.

Marie zuckt die Schultern. Die hoffen an Silvester immer, dass einer noch kommt und sie daraus rettet, dass einer sie woanders eingeplant hat. Die halten sich immer eine Möglichkeit offen, bis alles ab zwanzig Uhr so läuft, wie es läuft, wenn nichts geplant ist, und dann gibt es Sekt.

Nice, sagt Jara, Lukas hat noch was vorbereitet. Lukas nickt, es gibt einen Programmpunkt, der kommt gleich, ihr werdet sehen.

Könnte ich Elins Nummer haben, frage ich Marie. Wenn ich die Hände frei habe, sagt Marie und leckt sich Himbeersaft vom Finger, oder frag mal Alex, der hat die auf jeden Fall.

Elin ist eine Arbeitskollegin von Alex, sage ich zu Fedes Lächeln, das sich daraufhin vertieft.

Das ist ja schön, sagt er, dann freue ich mich darauf, sie kennenzulernen. Fede nippt an Lukas' Averna Sour-Glas und kann meine Gedanken nicht lesen. Sein Blick fehlt mir. Ich möchte ihn fragen, ob er das ernst meint mit dem Verlieben und was er von meinem Plan mit Elin hält und ob er aufgehen wird heute Abend.

Aber schön, dass so viele kommen werden, oder, fragt Marie und bemerkt meine Anspannung nicht, weil gerade etwas anfängt, ihr wehzutun, wirklich schön.

Ich beobachte meine Freunde im Raum, wirklich schön, antworte ich, und Fede sieht mich an. Ich muss mal kurz wohin, sagt er und verlässt die Küche.

Marie ist mir ähnlicher als Jara, weil sie ständig so beschäftigt damit ist, sich Schmerz nicht anmerken zu lassen, dass sie gar nicht dazu kommt, nach dem der anderen zu fragen. In Maries Nähe bin ich gerne, weil es nie auf einen zukommt, das Reden über die Löcher.

Ich habe euch was mitgebracht, ruft Fede aus dem Flur und streckt uns, als er wiederkommt, ein Glas Frankfurter Würstchen entgegen.

Aus Frankfurt.

Wow, sage ich und lache, Frankfurter, lustig, danke.

Frankfurter Würstchen, gibt's die noch, ruft Marie.

Was, fragt Jara, du bist doch Veganerin.

Aber noch nicht so lange, meine ich.

Du bist Veganerin, fragt Fede und schaut mich verwirrt an, machst du da jetzt auch mit?

Ich glaube, räuspert sich Lukas neben mir, hier isst niemand Würstchen.

Ich dachte, das wäre witzig, Fede fährt sich mit einer Hand durch die Haare, mit der anderen hält er das Würstchenglas fest. Für das gibt es in Maries Küche keinen Ablageort, hier legt man nur Sachen aus dem Alnatura ab, Avocados und Lachs mit Haut und, wenn Discounter, dann Rügenwalder Mühlen-Wurst.

Krass, sagt Marie, die hab ich seit meiner Kindheit nicht mehr gegessen.

Ich glaube, sagt Lukas, nicht mal da hab ich so was runtergekriegt.

Die schmecken eigentlich ganz gut, sagt Fede, die gab's bei uns immer, ich dachte halt, Frankfurt.

Ne klar, sage ich, aber Marie verdreht nur die Augen, steck die mal lieber wieder ein, bevor mein Bruder kommt, wenn du keinen Vortrag hören willst.

Samir kommt, frage ich Marie, seit wann das?

Seit grade, sagt Marie, hat er mir geschrieben. Nirgendwo fällt etwas runter, nichts zerbricht am Boden, nur ich atme zweimal tief ein und beobachte Fedes Hände, die sich unsicher an dem Würstchendeckel festhalten. Spitzenqualität, 5 Würstchen im zarten Saitling, komm Fede, sage ich, ich zeig dir mal das Wohnzimmer.

3. Kapitel

Bist du jetzt wirklich vegan, fragt Fede, während ich ihn an den Menschen auf dem Teppich vorbei in Richtung der Sofas leite. Er setzt sich auf das glatte Leder, das Glas mit den Würstchen fest zwischen beiden Händen wie eine Andachtskerze, sind das etwa alle Veganer, fragt er irritiert.

Ja, sage ich, aber nur manchmal, bei Würstchen kann ich doch nicht widerstehen.

Ehrlich, fragt Fede, und weil er immer noch unsicher aussieht, sage ich, klar, gib mir mal eins.

Wirklich, er schaut mich verwirrt an, jetzt?

Ich hab Hunger, sage ich, du nicht?

Doch, sagt er, eigentlich hab ich mich den ganzen Tag schon drauf gefreut.

Fede lacht und angelt sich zwei Würstchen aus der klaren Flüssigkeit. Ich bin froh, dass du da bist, sage ich, und ich hoffe, es ist in Ordnung, dass wir gleich hierhergekommen sind.

Klar, sagt er, ich hatte sowieso einen Schlafsack eingepackt. Bevor er den ersten Bissen nimmt, prostet er mir noch mal mit dem Würstchen zu, er schaut mir dabei tief in die Augen, ich bin in drei Läden gerannt, um die richtigen zu erwischen.

Danke, sage ich, die hab ich echt vermisst.

Na, dann, sagt er, lass es dir schmecken.

Wenn wir zu zweit miteinander reden, verfallen Fede und ich wieder in den Dialekt, in dem man früher viele Sachen gar nicht und andere gut aussprechen konnte.

Boys will be boys wurde früher im Dorf von den Lehrerinnen oft gesagt, aber die Jungs, die wir kannten, waren noch nie die Jungs gewesen, die sie hätten bleiben sollen. Das Wort *heiraten* konnte man als Synonym für *noch mal die Kurve kriegen* verwenden. Das Wort *halbstark* hing ein Jahrzehnt über unseren Köpfen, obwohl die Gläser immer halb leer waren und man es gewohnt war, in allen Dingen das Defizit zu sehen, nur in uns wollte man das Halbstarke erkennen. Wir fühlten uns falsch verstanden, und das nannte man den Generationenkonflikt.

Erinnerst du dich daran, dass wir fast gleichzeitig mit Joni und Alex zusammengekommen sind, fragt er mich. Ich antworte, dass ich mich kaum noch an Joni erinnere, dass ich mich besser an alles andere erinnere als an ihn, zum Beispiel daran, dass die Blumenmesser am Anfang der Saison noch wirklich scharf waren.

Bei Fede und mir hat alles mit Fleisch von glücklichen Tieren angefangen und mit seiner Mutter, die Hack knetete und die Eier an der Schüssel immer so aufschlug, dass die Schale splitterte. Sie musste den Ehering abstreifen, um mit ihren nackten Händen in das feuchte Fleisch zu greifen, um das Ei zu verquirlen und die Masse mit den Fingern zu kneten und zu formen.

Fedes Vater hat früher nie viel gesprochen, nur einmal hat er sich während des Autofahrens zu uns auf der Rückbank umgedreht und laut gesagt, es tut mir leid, dass das nichts geworden ist mit der Idylle. An den Satz denke ich öfter.

Die Würstchen erinnern mich an die Zeit am Baggersee, in der wir die Wale retten wollten und dann doch nur fast gleichzeitig zum ersten Mal geküsst wurden, zwischen der Minipille und den Plastikverschlüssen der aufblasbaren Badebälle und der Sonnencreme, die uns an den Fingern klebte.

Das dort war schön, aber ich vermisse die Sommer nicht und meide die Erinnerung an das Leck in uns, das wir circa ab dem gleichen Monat nicht mehr schließen konnten. Wir kaperten uns am Baggersee, wir fingerten nach den Perlen der anderen und pressten dabei ihre Holzbretter nach oben, nur um mal reinzugucken.

Das Fleisch schmeckt nach nichts und nach Kindheit. Ich denke, dass entweder mit ihm alles angefangen hat oder damit, dass Fede zum Abendessen nach Hause musste und seine Mutter dann von dem Metzger ihres Vertrauens schwärmte und Fedes

Vater die Küche verließ und sie die Frikadellen schweigend gegessen haben.

Ich streiche über den Lederbezug des Sofas, nicht nett von uns, denke ich, aber gut, der Typ, der vorher in den Kühlschrank gerülpst hatte, dreht sich vom Teppich aus in unsere Richtung und fragt, ob er auch eine haben kann.

Das ist aber kein Tofu, sage ich.

Ach so, sagt er, na, komm, weil heute Silvester ist.

Ich angle ihm eine Wurst aus dem Glas. Ich nehme auch noch eine, sage ich zu Fede, weil ich die Verpackung gleich im Altglas vergraben möchte, bevor der Abend hier anfängt.

Ich war auch noch nicht so oft bei Marie daheim, sage ich und beuge mich vor, damit Fede aufhört, die Signaturen auf den Bildern an der Wand gegenüber anzustarren, während er stumm an seiner Wurst rumkaut.

Fede atmet tief ein, gehen wir morgen zu dir, fragt er dann und atmet langsam wieder aus, ich möchte unbedingt eure Wohnung sehen.

Auf jeden, sage ich, allerdings habe ich mich heute Morgen ausgesperrt.

Shit, sagt Fede, wie das. Er grinst mich an, du bist immer noch die alte, Anna, sagt er. Ich schlinge die Wurst hinunter, fünf Bisse, ich schäme mich dafür, Wurst zu essen, ich schäme mich auch dafür, dass ich joggenden Menschen immer auf die Beine schaue, um zu sehen, ob sie es nötig haben.

Irgendwie, sage ich, aber heute ist die Nacht. Heute sind wir hier. Und Marie ist das alles nicht so wichtig, wie sie tut.

Was denn, fragt Fede.

Keine Ahnung, sage ich, das Klavier zum Beispiel.

Das ist ein Steinway, erwidert Fede trocken.

Die Bilder auf dem Steinway zeigen Marie und Samir in der Grundschule, im Zoo und beim Abitur, seitdem sind ein paar ungerahmte Jahre vergangen, die in den Highlights auf Instagram zu finden sind. Auf den Fotos sieht sich Marie selbst immer noch ähnlich, nur dass ihre ausladenden Hände und ihre Handflächen heute den anderen im Gespräch immer einklammern möchten.

Samir hatte in der achten Klasse einen matschigen Körper und ein Gesicht wie Tauwetter, erst beim Abi saß sein Blick, dunkle Locken, definierte Schultern, kantiges Lächeln, jetzt wieder gefroren.

Wenn Fede und ich letztes Jahr telefonierten, dann ging es meistens um Frankfurt oder Wien und um die Unikurse und darum, dass wir uns unbedingt mal besuchen kommen sollten. Immer war es ungelegen, und ab Oktober brauchte ich länger zum Antworten oder schickte nur Bilder. Im Dezember meinte Fede, jetzt müssen wir das doch endlich mal festmachen, mit dem Besuchenkommen, jetzt sag mal, wann es dir passt, was ist mit Silvester?

Gut ist Silvester, sagte ich und glaubte es mir nach ein paar Minuten selbst, weil Silvester vielleicht auch ein Zeitraum ist, an dem man den ganzen Abend in der Stadt unterwegs sein kann und am nächsten Tag verkatert. Dann würde ihm vielleicht nur auffallen, dass Alex nicht mehr da war, aber nichts von den anderen Dingen.

Samir habe ich ihm gegenüber nie erwähnt, obwohl er gleich nach unserem Umzug auf der Uniparty war, auf die ich alleine gehen musste. Er stellte sich neben mich in den Windfang und bot mir Tabak an. Als ich ablehnte, fragte er erstaunt, echt nicht, du siehst so dünngeraucht aus. Samir sagte das, als wüsste er, dass ich zwar noch nie jemanden umgebracht hatte, aber einmal schon über einen Obdachlosen drübergestiegen war, als ich in Eile war.

Und du, fragte ich. Er drehte sich eine Zigarette, die aussah, als hätte sie Schwindsucht, das durchsichtige Papier zitterte im Restwind, und die Tabakhalme flatterten wie Haare.

Ich bin nicht süchtig, sagte er, ich rauche nur, um nachher etwas ausdrücken zu dürfen.

Während er neben mir ausatmete, fing ich an, ihn zu mögen, weil er mir gleich wichtige Dinge sagte. So etwas wie, ich finde, du solltest lieber Germanistik studieren, wie meine Schwester, die ist dir ähnlich, oder soziale Arbeit, so wie ich, das würde zu dir passen. Während Alex immer nur sagte, das ist deine Sache, das musst du für dich entscheiden.

Ich mochte ihn, weil er mir das Johari-Fenster erklären konnte und mir seine blinden Flecken auflistete und weil er sofort sagte, dass ich originell sei, obwohl ich mir damals schon dachte, dass das gelogen war, weil ich immer lieber zitiert habe und nie genau weiß, ob jemand wirklich mit mir Zeit verbringen möchte oder ob ich nur die Erinnerungen aus meinen Erlebnissen filtere, von denen ich ahne, dass sie dem anderen gefallen.

Als es uns drinnen zu laut wurde, redeten wir draußen weiter.

Auf dich, sagte Samir und prostete mir zu, willkommen in Wien, dann schnippte er die Asche von seiner selbst gedrehten Zigarette ab, sie rieselte auf meine Hose, schnippte den Filter zu Boden, verscharrte ihn im Kies, ich schmiss meinen drauf, schmiss mich an ihn ran, meine Sätze stolperten, meine Worte taumelten in seine Richtung, ich hakte mich bei ihm ein. Wir prosteten uns zu, stießen unsere Gläser aneinander, Bier tropfte mir über die Finger, über die Tischkante und auf den Beton.

Er zog meine Gürtelschlaufe an seine Hüfte, in der Musik konnten wir uns wiegen, bei dem Bass konnten wir so tun, als hätten wir denselben Rhythmus, wir prallten aufeinander, ein Glas zerbrach am Boden, am Ende ist es immer die Schwerkraft, dachte ich, heute Nacht würde ich versuchen, mich in ihm zu vergraben.

Was ich Fede nicht erzählt habe, ist, dass wir dann zu zweit von der Feier verschwunden sind und dass er mich im McDonalds fragte, ob ich einen Freund hätte, und ich meinte, ja, und dass wir dann an der Haltestelle Pilgramgasse standen, Samir mit seinem McDouble und ich mit meiner Doppelmoral.

Ich mochte Samir, als Namen, und seine Schneidezähne. Ich dachte an Alex, aber an nichts Konkretes, nur, wie anstrengend die Wohnungssuche mit ihm gewesen war und dass er mich bis zu unserem letzten Streit seinen BASTLERHIT genannt hatte und danach nicht mehr, dass ich den Maklern immer zu viel glaube und dass ich das letzte Mal, als wir miteinander geschlafen hatten, über die Bezeichnung *Betreutes Wohnen* nachdenken musste.

Samir berührte mich an der Schulter, du bist so in Gedanken, fragte er, was ist los, doch ich schüttelte den Kopf. Er schmiss die Serviette in den Mülleimer, komm, sagte er, wir schauen mal, wann der Nachtbus fährt. Mit uns an der Bushaltestelle stand eine alte Frau im Licht des Werbeplakats, mit lila Mütze, lila Jacke und lila Hose, und ein Mädchen ohne Mutter mit einem grünen Ballon, den sie immer wieder in die Höhe stupste.

Samir fuhr mit dem Finger an meinem Unterarm entlang, kommst du noch mit zu mir, fragte er, meine Steinsammlung von der Nordsee anschauen, ich lachte und dachte an Alex, an die Muscheln, mit denen etwas schon nach zwei Stunden nicht mehr stimmte, und ich betrachtete das Mädchen mit ihrem grünen Ballon und hatte auch Lust auf das Anstoßen und Fliegenlassen, und ich sagte, ja, und wir stiegen in den 13A.

Drinnen wurde mir klar, dass die Dame und das Mädchen auf eine andere Linie warteten, und während ich die alte Frau darum beneidete, dass sie ihre Farbe gefunden hatte, fuhr der Bus an.

Ich brauch noch eins, sage ich, und weil Fede nicht schnell genug ist, schnappe ich mir das letzte Frankfurter Würstchen und schlinge es hinunter, damit die Bauchschmerzen vor den Gefühlen kommen.

Du hast mir nie von ihnen erzählt, sagt Fede und nickt erst zu Maries Bild und dann zu Samirs, und er sieht eigentlich heiß aus.

Marie, sage ich, ist ganz unkompliziert, und Samir, aber in dem Moment dreht Marie sich am Ende des Raumes zu uns und setzt sich neu zusammen. Fede hebt die Hand und nickt ihr zu, Marie winkt aufgeregt und stolz lächelnd zurück, als wäre sie auf einem Kreuzfahrtschiff, das gerade abgelegt hat und von dem jetzt niemand mehr entkommen kann.

Wenn Fede seinen Arm senken würde, würde er auf meinem Oberschenkel liegen bleiben, doch er hält ihn nach dem Winken noch eine Weile oben.

Marie merkt sich nicht, ob man seinen Kaffee mit Milch trinkt oder mit wie vielen Männern man schon geschlafen hat oder nach was man in den letzten fünf Jahren bei YouPorn und bei Chefkoch gesucht hat. Marie ist das alles ganz egal, auch das

Vegansein, ich glaube, wir sind nur befreundet, weil sie mich nie gefragt hat, warum ich so bleich aussehe.

Das spricht für sie, sagt Fede.

Eben, meine ich. Fede fragt, was wir noch zusammen gemacht hätten im letzten Semester, aber ich erinnere mich nicht an viel, nur an Wandfarben und aufblitzende Gefühle, an die Werbung an den Bushaltestellen, an meine Knie, die immer wehtun, wenn ich sie zu lange überkreuze, an meinen Rücken an der Lehne in der Uni und wie Marie einmal meinte, die Tage sind so lang, wenn man nicht gerade fickt.

Aber du fühlst dich hier wohl, oder, fragt Fede und schwenkt dabei sein Glas durch den Raum, an dem Steinway vorbei zu Lukas und Jara, als würde er beides gleichzeitig meinen, die hohen Decken und die Pärchenabende. Irgendwas hat sich zwischen uns verändert, Fede weicht meinem Blick aus.

Ja, sage ich, schon.

Egal, sagt Fede und drückt meine Hand. Ich erwidere den Druck fester und denke an die Ecke seines Schneidezahns, den Fede mir mit elf Jahren in die Handfläche gespuckt hat. Ob das mit seinen Verlustängsten an dem Tag angefangen hat oder zwei Wochen später, als Fede das erste Mal von den anderen Jungs auf dem Schulklo eingesperrt wurde und seine Mutter am Telefon für einen kurzen Moment nicht wusste, was sie sagen sollte.

Weißt du, frage ich Fede, was Marie gut kann?

Was, endlich lässt er seinen Arm sinken, aber nur, um seinen Kopf darauf abzustützen und ihn in meine Richtung zu drehen.

Chipstüten aufreißen, sage ich, aber auf so eine Art, dass alle gleich zugreifen. Fede dreht sich zu mir um und zieht seine Knie nach oben auf das Sofa.

Dein Opa, sage ich zu Fede und tippe ihm auf die Jeans, dein Opa hätte Marie einen herzhaften Kerl genannt.

Fede lacht, das stimmt, sagt er, das hätte er gesagt. Dann nimmt er meine Hand in seine, verschränkt die Beine zum Schneidersitz, heute ist die Nacht, nickt er noch mal.

Ich dachte, dir geht es gut in Frankfurt, sage ich nach einer Weile.

Was meinst du, murmelt er in sein Glas. Es gibt da nur nicht so viel Neues.

Aber du hast doch was mit wem angefangen, hake ich nach, du hast doch da Leute.

Ne, sagt Fede, nicht so richtig, und dann korrigiert er sich halb, ich habe vor einem Jahr eine Playlist erstellt, bei der ändere ich nur noch jedes Mal den Titel, und dann verschicke ich sie an den Typen, in den ich gerade verliebt bin.

Ist das nicht irgendwie weird, frage ich.

Ne, sagt er, weird ist, dass die Lieder immer passen.

Ich finde das gut, sage ich und schaue auf die Uhr.

Was, fragt Fede.

Mit dem Verlieben, sage ich, wenn das ernst gemeint war.

Wirklich, fragt Fede und schaut mich unsicher an.

Na klar, sage ich, du könntest hier jeden haben.

Fede grinst, er hat eine Zahnlücke zwischen den Schneidezähnen, für die er oft Komplimente bekommt.

Bitte, sage ich, genieß den Abend hier richtig, ich bin Wingwoman, und scheiß auf die Veganer.

Darauf stoßen wir an, während Fede das leere Würstchenglas zuschraubt, Neujahr, keine Neuanfänge, sagt Fede, und auch kein Comeback, ergänze ich in Gedanken.

Im Frühjahr habe ich das freiwillig gemacht mit den Riemen und den Schnüren und den Seilen, du bist ein Geschenk, hatte Samir zu mir gemeint, als er mich zum ersten Mal darin von oben bis unten betrachtete.

Als er dann meine Handgelenke festband, hatte ich mich gefühlt, als würde ich ihn belügen unter der Verpackung, als wäre ich nur ein Gutschein für einen Laden, der alles hat.

Ich öffne das Fenster hinter unserem Sofa und lehne mich über das Rückenpolster, um hinausblicken zu können.

Schau mal, sage ich, der Nachthimmel. Draußen hängt ein Restleuchten über den Straßenlaternen, das meiste ist verziert und irgendwie schokoladig. Man denkt es drinnen vorher nie, und dann tut man's halt doch, draußen irgendetwas Schönes sehen.

Ich verstehe, warum du nicht wegfahren wolltest, sagt Fede nach einigen Minuten, in denen wir schweigend nach draußen geschaut haben, wo könnte die Stimmung feierlicher sein?

Ich sehe mich um und gebe ihm recht, weil Wien wirklich schön ist, selten habe ich das konkrete Gefühl, irgendwo richtig zu sein, eigentlich nur in den Wartezimmern, in denen es noch genau einen freien Stuhl gibt.

Fede meint, dass das nächste Jahr unser bestes Jahr werden wird. Er beobachtet einen Mann, der unter unserem Fenster vorbeiläuft und seine Bierdose neben einem übervollen Mülleimer abstellt, und sagt, er verspreche mir das aus tiefstem Herzen. Ich glaube ihm, obwohl ich sein Herz seit vierzehn Jahren kenne und weiß, dass es nicht besonders tief ist.

Während Fede aus dem Fenster starrt, erzähle ich ihm vom Donaukanaltreiben im Mai und denke, dass, wenn wir Gewässer wären, Fede sicher kein Fluss wäre, sondern ein Teich, der irgendwann gekippt ist. Ich denke daran, dass man die Wasserqualität von Menschen messen können sollte, als wäre jeder ein eigenes Biotop, um ungefähr vom selben zu sprechen, wenn man von Liebe spricht.

Dass man mit einem langen Meterstab überprüfen müsste, wann man am Boden ankommt, dass man gewissenhaft vorgehen müsste, um den festgesetzten Schlamm vom endgültigen Grund zu unterscheiden. Ich erinnere mich daran, wie Fede und ich mal im Schulunterricht in der neunten Klasse zusammen einen Weiher ausmessen mussten und wie er in der Mitte untergetaucht ist und meinte, er würde eh niemandem fehlen, ich musste erst einen Lehrer holen, der ihm drohte, seiner Mutter Bescheid zu sagen, erst da ist er zum Ufer geschwommen und hat betont, er habe mit den Füßen den Boden berühren können.

Wie geht es deinen Eltern denn, frage ich zögerlich, weil ich weiß, dass die Frage ihm manchmal wehtun kann, dann presst er sich eine Hand in die Seite.

Meiner Mutter geht es immer gut, wenn sie nicht anruft, und meinem Vater geht es schlecht, wenn er nicht anruft, sagt er, ich habe ihn seit November nicht mehr gesprochen.

Aber er hat seine Freundin noch, frage ich nach, doch Fede schüttelt den Kopf, keine Ahnung, murmelt er, er redet mit mir da nicht so gerne drüber. Fede meldet sich nicht oft bei seinen Eltern, weil er ihnen unbedingt beweisen möchte, dass ihm nichts fehlt, wenn sie nicht da sind.

Ich erinnere ihn an die Dinge, die sein Vater eine Zeit lang als Idylle bezeichnet hat, die Hoffeste im Ortskern und die Gottesdienste im Grünen und das Flaschenbier der umliegenden Brauereien.

Ich lehne mich weiter nach vorne, tauche meine Finger in den Plastikbecher mit Wein, um die Vintagewarmen und die Clickbaitficker unter uns auf der Straße damit zu besprenkeln. Fede hilft mir, er streckt den Arm weit aus, um so viel Stadt wie möglich mit Alkohol zu bekleckern.

Deine Freunde sind nett, sagt Fede und fährt mit einem Zeigefinger das Fensterbrett entlang, als würde er etwas suchen. Das macht er schon, seit ich ihn kenne. Fede fasst die Städte an, als wären es Stauräume für Dinge, die er irgendwann mal darin vergessen hat. Bis wir vorhin bei Marie angekommen waren, hat er eine schwarze Jacke gefunden, einen Ohrring in der U3, zwei Teile einer Kreditkarte und ein Stück Schleifpapier.

Hattest du mir nicht von Jara erzählt, fragt Fede leise, während er seine Jacke durchwühlt und seine Schätze begutachtet, von der Abtreibung? Ich nicke.

Wie geht es denn deiner Mutter, fragt er mich, du sahst seltsam aus am Telefon.

Gut, sage ich und dann nach einem kurzen Zögern, ich weiß nicht, was ich ihr sagen soll, außer dass ich an ihrer Stelle einsamer wäre.

Ja, sagt Fede, das Gefühl kenne ich.

Während Fede Vorfreude in die Nachtluft atmet, überlege ich, ob wir nicht doch fliehen könnten, bevor Marie recht behält.

Hast du denn sonst noch mit jemandem Kontakt, frage ich Fede, und er nickt, was ich befürchtet habe, und fängt mit beiden Händen an, aufzuzählen, von wem er sich nicht lösen möchte.

Du bist mir aber am wichtigsten, sagt er mitten im Zählen, du bist nur sehr weit weg.

Er greift nach meiner Hand. Und Joni hat sich nie mehr gemeldet, sagt er, aber so toll war er ja nie.

Nein, sage ich, schau, meine Mutter denkt an uns. Ich zeige Fede das Display meines Handys, auf dem ihre Nachricht aufblinkt.

Zeig mal, sagt Fede. LG, schreibt meine Mutter und schickt mir einen Jahresrückblick, den ihr Handy automatisch erstellt hat, mit GEMA-freier Hintergrundmusik. Fede und ich in der zehnten Klasse, die Nachmittage am Baggersee, eine Zeltfolie aus dem Jahr 2003, das Blumenfeld, die Mückenstiche und das Aufgekratztsein. Ein Bild von Fede und mir, Arm in Arm auf dem Feld, nach Fedes erster OP.

Fede erinnert mich daran, dass wir jedes Jahr für zwei Euro zum Muttertag und kurz danach für drei Euro zu den Geburtstagen ein paar Tulpen auf dem Blumen-zum-Selberpflücken-Feld abgeschnitten haben. In einem dieser Julis fingen wir an, dort rumzuhängen, Fede und ich und Alex und Joni und ein paar andere aus der Stufe, die irgendetwas Ähnliches fühlten.

Was meine Mutter nicht schickt, sind meine Schnitte und mein Schneiden und meine Ärmel im Sommer darauf. Was sie nicht schicken kann, ist der Geruch von Fedes Schulranzen, der ein halbes Jahr lang nach Bratensoße gerochen hat, weil er Rehrücken und Krustenbraten in der Tupperdose dabei hatte.

Auf dem nächsten Bild ist mein Vater, einen Arm hat er dabei um meine Schulter gelegt, er schaut ernst, während ich neben ihm in die Kamera grinse. Man sieht, dass er da die Diagnose noch nicht hatte, sage ich und zoome in sein Gesicht.

Wegen der Haare, fragt Fede. Nein, sage ich, weil er da nicht mal versucht, zu lächeln.

Für einen Augenblick tut mein Vater mir leid, weil er seinen Freunden in der Grundschule nie die Haare kämmen durfte, weil er nie auf dem Schoß seiner Freunde sitzen durfte in der großen Pause. Fede und ich haben alle Sommermonate bei einander verbracht, mit chlorwassernassen Haaren, die auf der Gänsehaut des anderen trockneten.

Ich weiß gar nicht, wo er als Jugendlicher mit den ganzen Gefühlen hingegangen ist, vermutlich auf die Autobahn oder einen Sportplatz, und dann hat ihm ein Freund dreimal flüchtig auf den Rücken geklopft. Mein Vater bekam die ganze schöne Liebe nur über Umwege, erst musste er Pflegestufe 4 erreichen, um auf dem Bett in Embryohaltung liegen zu dürfen und den Rücken gestreichelt zu bekommen.

Antworte ihr doch, sagt Fede, und da schicke ich meiner Mutter eine Blume.

Ich fing an, nach der ersten Liebe zu suchen, als meine Mutter überlegte, ob sie sich scheiden lassen sollte, aber dann wurde im Sommer mein Vater krank, und Fedes Vater wurde Vegetarier, und Fedes Mutter trennte sich wirklich.

Zwei Jahre lang gab es für uns nichts zu tun, außer abzuwarten. Aber ab Oktober hatte sich etwas verändert, ab da presste ich das bunte Laub zwischen die Bücher, und die Jungs pfiffen um unsere Ecken und Kanten, ich zerwühlte mein Unterholz, ich prasselte auf andere Haut.

Ich wusste vieles nicht nach vier Tagen Aufklärungsunterricht in der zehnten Klasse. Aber ich wusste, dass mein Vater die Schlagermusik hörte, in der eine Frau von Zärtlichkeit sang, wenn sie Sex meinte, also habe ich mit Sex Alex und mich gemeint und mit Zärtlichkeit alles verglichen, was davor oder danach kam. Mein Kinderzimmer, die Mixgetränke, der Blick in den Badezimmerspiegel und den Vergleich, wie viel von Alex' Fingerkuppen überstand, wenn wir unsere Handflächen aneinanderpressten.

Als wir das erste Mal zusammen geduscht hatten, fragte ich ihn, was er an mir liebte. Ich wollte keine Komplimente, nur eine Antwort darauf, wie viel von mir schon Frau war.

Keine Ahnung, sagte er, was liebst du denn an dir?

Ich, sagte ich, nichts, ich hockte mich auf den Abfluss, saß neben seinen Knöchel, die dick waren vom Laufen, und sah zu, wie der Wasserpegel langsam stieg.

Die Frage blieb da, als Fedes Vater sich ayurvedisch ernährte und mein Vater aufhörte, zu essen.

Sie blieb da, während ich Rücksicht auf meinen Vater nahm, und als ich wütend auf ihn wurde und meine Mutter sagte, du musst aber verstehen, er hat's nicht leicht mit allem.

Bei meinen Eltern hasste ich es immer, dass ich jemand war, der Lärm machen musste, dass ich jemand war, dem Teller runterfielen.

Alex wurde zu Hause auch nie gesagt, was man an ihm liebte, also sagte ich ihm das, ich sagte ihm, dass ich seine Augen liebe und seinen Tatendrang, seine Haare und seinen Musikgeschmack.

Ich dachte darüber nach, wenn wir Sex hatten, ich dachte, was liebe ich an mir, jedenfalls nicht mein Gesicht. Das Einzige, was ich wirklich von mir liebte, waren die Schnappschüsse, auf denen ich dünn aussah.

Hör auf, mich so anzustarren, sagte Alex dann und knipste die Nachttischlampe aus, an der Wand hing ein Poster vom BVB. Das passiert nur in den Filmen, sagte er, dass man beim Ficken irgendwas flüstern muss, das gibt's in echt gar nicht.

Woher willst du das wissen, fragte ich, du hattest doch auch noch nie vorher.

Ich weiß es, sagte er, und da blieb es unentschieden, bei Beerdigungen und beim Sex konnten wir beide nur zitieren.

Ich fing an, mich bei meinem Vater zu entschuldigen und bei Alex einzufordern, jetzt sag doch endlich, was du an mir liebst, jetzt lieb mich doch endlich, jetzt lieb doch endlich zumindest meine Hände, die dich halten wollen.

Du nervst, sagte er dann, und ich atmete tief durch und dachte, er hat es ja auch nicht leicht mit allem.

In Wien haben wir nie zusammen geduscht. Wenn er nach dem Laufen ins Bad ging und sein Handy im Schlafzimmer liegen ließ, las ich seine Nachrichten und war enttäuscht, wenn ich nichts fand, das er vor mir hätte rechtfertigen müssen.

Als ich im Sommer mit Samir unterwegs war, fielen mir die Dinge ein, die ich an Alex liebte, seine Schreibschrift und die Auswahl der Bücher neben seiner Seite des Bettes, seine Haarfarbe und seine Heavy-Rotation-Playlist auf Spotify.

Wenn er wüsste, wie gut ich über ihn denke, dachte ich im Sommer, wenn es einen Weg gäbe, ihm das ohne Übersetzungsfehler zu vermitteln. Aber dann hatte Samir unterm Tisch der Eisdiele nach meinem Bein gegriffen, und ich hatte seine Hand dort festgehalten, weil es ja trotzdem nicht mehr aufhörte, das Wohlfühlen im Sein um ihn herum.

Mir wird schlecht von den Gedanken an die Würstchen und das Fleisch und die Sonne und die Eiscreme, Fede, frage ich, wie wär's, wenn wir uns heute einfach nur zu zweit einen gemütlichen Abend machen?

Quatsch, sagt Fede, das würde ich auch sagen, wenn ich die alle in fünf Minuten gegessen hätte, jetzt leg dich doch einfach kurz aufs Sofa.

Ne, sage ich zu ihm, ich will einfach mit dir feiern, ich will nicht an den ersten denken und den zweiten und sechsten Januar, ich will, dass so viel passiert, dass ich alle vorigen Silvester vergesse, vielleicht können wir ja irgendwo reinspringen, in ein Hallenbad einbrechen und uns um Mitternacht im Schwimmerbecken gegenseitig taufen, oder wir beschriften ein Schloss mit F & A und hängen es an eine Brücke, als Zeichen.

Was soll das denn für ein Zeichen sein, fragt Fede.

Einfach ein Zeichen, antworte ich.

So wie bei *Hangover*, Fede schlägt vor, dass wir uns heute Nacht noch tätowieren lassen, dabei will ich das Gegenteil davon, dass irgendeine unsichtbare Handschrift von mir weggelasert wird.

Dann stupst er mich in die Seite, ich kenn dich, Anna, wenn wir jetzt hierbleiben, wirst du morgen froh sein, dass wir dageblieben sind, und ehrlich, mir macht das nichts aus mit den ganzen Veganern.

Ich klopfe dreimal auf das Mahagoni des Couchtisches vor mir und versuche, mich zu entspannen.

Komm schon, sagt Fede, strahlt und deutet auf die Freundesgruppen, die jetzt durch den Flur strömen, wir haben einen guten Zeitpunkt erwischt.

Ich möchte, dass Fede seine Euphorie wieder vergisst und sich an seine Angst erinnert, dass wir auf der Stelle wieder zurück ins

Dorf ziehen. Nicht in dasselbe, aber in ein ähnliches, mit einer kontrollierbaren Großzügigkeit und windstillen Wohnzimmern. In ein Dorf, in dem sie der Volksbank mehr vertrauen als ihren Kindern, in dem die Hunde ihre Zähne fletschen und sich ins Geschirr lehnen. Ein Dorf, in dem die Männer nach der Arbeit ihre Gesichter im Fell vergraben und ihre Söhne Umzugskartons packen und in dem die Mütter verkrampfen, sobald die Hunde anfangen, zu jagen.

Jetzt, sagt Fede und nippt an seinem roten Pappbecher, erzähl mir alles.

Was denn? Na, sagt er, was so passiert ist letztes Jahr.

Es war gar nicht so aufregend.

Dein erster Umzug, ruft Fede, der erste Umzug in deinem Leben, und du sagst, es war nicht aufregend.

Als ich nicht sofort antworte, mustert Fede mich, sag mal, willst du immer noch sofort gehen, oder können wir noch kurz austrinken?

Ein Bier, sage ich, und wenn es mir in zwanzig Minuten nicht besser geht, dann gehen wir.

In Ordnung, sagt Fede. In dem Moment kommt Samir aus dem Flur geschlendert, groß und ruhig und ohne Eile, als wüsste er, dass man im Leben nie etwas verpasst, sondern immer nur zeitgleich anderswo anwesend ist.

Das ist Samir, sage ich zu Fede, von dem habe ich dir auch nichts erzählt.

Ist er auch unkompliziert, fragt Fede. Ich nicke, was nicht stimmt, nur ich werde unkompliziert in seiner Nähe, dann atme ich immer gleich aus und werde plötzlich zum Herdentier, mit keinem besonderen Wunsch, außer mich eine Weile an seinem friedlich zentrierten Bauch orientieren zu dürfen, der überall anders fehlt.

Bevor Samir mich entdeckt, entschuldige ich mich schnell bei Fede, bahne mir einen Weg zur Toilette und lasse mich dort sofort auf den Boden fallen. Ich schreibe meiner Mutter eine Nachricht, wünsche ihr noch mal einen guten Rutsch, sage, dass ich nach den Feiertagen vielleicht zu ihr fahre, weil ich meinen Schlüssel verloren habe, weil ich mich immer gleich aus der ganzen Stadt aussperre.

Wenn ich an meine Mutter denke, dann immer mit Fußnoten, dann immer mit der Hoffnung, dass sie weiß, wie sehr ich sie, wenn wir da auf meinen Zug warten, ihre Plastiktüten mit Butterbroten in meiner Hand, ihr Zurechtrücken meiner Kleidung, ihr Zusammenfalten der Wäsche, ihr Nachfragen, mein Ausweichen, mein Weggehen, mein Fernbleiben, immer die Hoffnung, dass wir doch dieselbe Sprache sprechen und uns dasselbe sagen wollen, wenn sie fragt, wie es mir geht, und ich erwidere, dass es mir gut geht, immer unsere Angst vor den letzten fünfzehn Jahren, vor den Vorwürfen, die mit mir aufgewachsen sind, vor den Eingeständnissen, die genauso alt sind wie ich, vor unserem Nichtvergessen, das wir gemeinsam großgezogen haben.

Ich möchte ihr am Telefon von den Männern erzählen, die mir nachschauen und dann nicht nach mir schauen, Mama, will ich sagen, sieh, wie wir uns ähnlich werden, wie wir uns vermischen, wie ich langsam Gefallen finde am Gefälligsein, wie ich anderen aus der Hand fressen kann, wie ich mich an meine Zähne gewöhne.

Ich möchte ihr noch etwas schreiben, etwas über meinen Vater, aber mir fällt nicht ein, was das sein sollte. Ich stecke das Handy wieder ein und lasse mir eine Weile kaltes Wasser über die Hände laufen, bevor ich mich zurück ins Wohnzimmer drängle.

Als ich wiederkomme, kann ich Samir nirgendwo mehr entdecken, aber ein neuer Gast sitzt auf der Couch neben Fede, ein junger Mann mit breitem Kreuz und langen Beinen, der sich angeregt mit ihm unterhält.

Sorry, sagt Fede in meine Richtung, während er eine leere Bierflasche hochhält, ich habe gesagt, der Platz ist frei, weil er super cute aussieht, ich glaube, er ist Professor.

Du hast was, frage ich Fede, aber dann sieht der Mann mich an und lächelt super cute.

Professor für welches Fach, frage ich.

Eigentlich nur wissenschaftlicher Mitarbeiter, meint er und hebt dann entschuldigend und lächelnd die Hand, dein Freund schmeichelt mir. Er schüttelt noch einmal den Kopf, während er sich gut riechend von der Couch schiebt und Fede ansieht. Hätte ich damals nicht diese Pleite erlebt, sagt er mit einem Seitenwink, als hätten sie eben über das Thema gesprochen, ich sag's dir, dann würde ich heute immer noch mit so reichen Schmarotzern abhängen und wäre sicher schon geschieden.

Er atmet lange aus.

Und das sind Sie nicht, hakt Fede nach.

Nein, sagt der schöne Mann.

Schade, sagt Fede.

Nachdem der Mann wieder verschwunden ist, betrachten Fede und ich die fliegenden Lichter im Raum, die inzwischen warme Punkte geworden sind und dann zu gelben Sternen werden, die langsam tanzen. Du meinst das wirklich ernst mit dem Verlieben, was, frage ich.

Da, sagt Fede und winkt, Maries Bruder.

Mein Herz klopft laut, als Samir auf uns zu kommt, was ich befremdlich finde, weil klopfen tut man nur, wenn beim anderen die Klingel nicht funktioniert oder die Nachricht nur ein Häkchen hat. Weil ich nicht weiß, wie ich dem Herz antworten soll, bleibe ich einfach ganz still sitzen und halte mich an der Armlehne des Sofas fest, als wäre niemand in mir zu Hause, bis das Herz irgendwann aufgibt und ich es nicht mehr hören kann.

Anna, sagt Samir gleich darauf in meine Halsbeuge, ich habe gehofft, dass du heute Abend auch kommst.

Samir, sage ich, wir wollten gerade gehen.

Wollen wir gar nicht, sagt Fede, ihr ist nur schlecht von den Würstchen.

Ich spüre seine Hand an meinem Rücken und halte mich irgendwo an seinem linken Unterarm fest. Die erste halbe Stunde passiert mir Samirs Nähe immer nur, wie anderen ein Auffahrunfall passiert, ich dachte, du wärst heute bei Freunden.

Hab mich umentschieden, sagt er, ich wollte dich treffen. Er sagt das langsam und leise, mit langen Mhm-Lauten und versprachlichten Denkpausen, Samir lässt sich in Sätze gleiten wie ein Schwimmer, der sich unterm Wasser vom Beckenrand abstößt und erst für die letzte Hälfte der Strecke wieder auftaucht.

Das ist jetzt ungünstig, sage ich mit einem Stockfotolächeln und wische mir die Hände an den Hosenbeinen ab, ich werde heute gar keine Zeit haben, ich habe jemanden mitgebracht. Ich greife nach Fedes Hand, mein bester Freund, sage ich, wir kennen uns schon seit der Grundschule. Fede, das ist Samir, Maries Bruder, sein Bild steht da auch auf dem Klavier.

Das hättest du jetzt nicht sagen müssen, sagt Samir und drückt Fedes Hand, für einen kurzen Augenblick berühre ich sie beide. Samirs Beobachtungen bleiben halb unausgesprochen.

Fede also, sagt Samir, lässt endgültig von mir ab und nickt ehrfürchtig, er ist gut darin, sich Namen zu merken, meistens hat er mehrere für eine Person, einen für hier und einen für hinter dem Rücken.

Ihr werdet euch mögen, sage ich zu Fede, Samir macht auch Kunst, er schreibt traurige Gedichte auf Absperrbänder.

Samir deutet auf das Würstchenglas in meiner Hand, das ganze, ehrlich.

Nicht alle, sage ich.

Ja, sagt Fede, sag nicht, du isst auch vegan.

Nur vegetarisch, sagt Samir, ehrlich, da weiß man doch gar nicht, was da alles drin ist.

Aber koksen geht, sage ich.

Touché, nickt er, kann ich kurz mit dir sprechen, Anna?

Er fragt das, ohne dabei Fedes Hand loszulassen. Samir nimmt zur Begrüßung immer bewusst alle zehn Finger, als würde er sanft etwas Zerbrechliches zwischen beide Handflächen gelegt bekommen.

Lieber nicht, sage ich, echt nicht.

Samir sieht mich bittend an, in den letzten Tagen hatte ich ihm nicht mehr geantwortet, seine Zuneigung ist neu, normalerweise ist Samir derjenige, der entscheidet, wann er wen treffen möchte, und betteln muss er nie.

Freut mich auch, sagt Fede, grinst wie ein Spatz und schwankt daraufhin, tut mir leid, ich bin nicht sehr authentisch, mir ist ein bisschen schwindlig.

Ich finde es besser, wenn Leute nicht authentisch sind, sagt Samir und setzt sich zwischen uns, die Straßenverkehrsordnung ist auch nicht authentisch, aber dafür dürfen alle mal fahren.

Ist das von Thees Uhlmann, frage ich.

Nein, sagt er, das hast du doch mal gesagt. Er deutet mit einem Zeigefinger auf mich, sie vergisst immer alle unsere Gespräche, klagt er mich bei Fede an, da siehst du, wie wichtig ich ihr bin. Fede lacht auf und streicht aufgeregt seinen Pony zur Seite.

Bei Samir war ich von Anfang an stummer gewesen, weil man auf seine halb verschluckten Sätze kaum antworten kann und weil er sich als Pädagoge mit jeder Form von nonverbaler Kommunikation auskennt. Wie viele Formen eine Hand annehmen kann, das hatten wir gemeinsam erforscht, welche Abdrücke sie hinterlassen kann, wie viele Finger er braucht, bis ich anfange, wie viele Finger er braucht, damit ich aufhöre.

Wochen später hatte Alex mal einen daumengroßen blauen Fleck an meiner Rippe gefunden, woher kommt der, hatte er mich gefragt, und ich musste plötzlich weinen.

Alex tätschelte mir die Schulter, ist doch nicht so schlimm, sagte er, du hast dich halt gestoßen.

Das war keine gute Nacht, aber zumindest eine, in der wir uns nah waren, und dann gab es noch die anderen.

Sag mal, sagt Samir, was machst du denn für Kunst?

Fede schüttelt den Kopf und winkt mich dann zuerst an seinen Mund, bevor er ihm antwortet, kannst du mir noch mal Wein bringen, flüstert er und fügt dann noch leiser hinzu, ich habe ein gutes Gefühl, vielleicht kann ich mich verlieben, geh mal, ich muss mich konzentrieren.

In Ordnung, flüstere ich zurück und nehme seinen Becher und das Würstchenglas.

Ich geh mal zu Marie, sage ich, und dann zum Altglas.

Samir sieht erstaunt auf, bisher war er es, der eine Seite von mir am Telefon wegdrücken durfte, aber ich wollte doch mit dir reden.

Bad timing, sage ich. Seine Augenbrauen sind dicht und gerade, in der gezupften Mitte ist jetzt eine kleine Falte.

Plötzlich ist sein Gesicht so nackt, dass ich seinen Ausdruck zuknöpfen möchte und wegschauen muss.

Samir beugt sich wieder zu Fede, weg von der Verwirrung, super, dein Freund ist eh interessanter. Fede lacht.

Wir haben uns noch nie wortlos verstanden und danach auf irgendeine Art zusammen ausgeatmet.

Ihr habt euch sicher viel zu sagen, zwinkere ich Fede zu, viel Spaß.

Fede grinst mich an und sagt wortlos, jetzt geh endlich.

Auf dem Weg zur Küche drehe ich mich noch mal um und beobachte, wie Samir plötzlich so dasitzt, als würde er gleich anfangen, Fede Pink Rabbits auf der Gitarre vorzuspielen, wie seine Hände auf der Sofaritze vor Fedes Oberschenkel abwarten, wie er auflacht und verstummt und meinem Freund immer wieder wohlwollend zunickt, egal, was er sagt.

Ich habe nicht oft an Samir gedacht in den letzten Wochen. Öfter als an ihn an die Bäume vor seinem Schlafzimmerfenster und an die Jahreszeiten, die gingen und kamen, als wollten sie mir etwas sagen, und trotzdem wieder die Knospen und trotzdem wieder seine Klingel und mein Herz, das anklopfte, die Treppenstufen zu seiner Wohnung, die Fußmatte und meine dort abgestellten Schuhe, die ohne meine Füße verloren aussahen.

Seit wir angefangen haben, aufeinanderzutreffen, habe ich mit dem Zählen nicht mehr aufgehört. Anfangs zählte ich die Schuhe, die auf seinem Vorleger standen, die Tage, die es dauerte, bis wir uns wiedersahen, die Dessous, die ich für ihn kaufte, und die Unterwäsche, die mich seit Jahren begleitete, die überraschend immer wieder im Wäschekorb aufgetaucht war, obwohl ich sie weder ausdrücklich behalten noch unbedingt verlieren wollte.

Mit dem Kleid über der Wäsche hatte ich in den ersten Sommermonaten vor ihm gestanden, meine Brüste stumm unter dem Stoff, während er in der Eisdiele von seinem Tag erzählte, und ich hatte ihn dabei beobachtet, wie er seine Sätze falsch begann.

Alles da, sagte Samir, als wir Käsekrainer an der Bushaltestelle aßen, und nickte auf die andere Straßenseite, auf die Werbetafeln von Kinderwagen Cindy, Nahtlose Tapeten, Prince Mobile und die Chiang Mai Thaimassage. Nirgendwo anders würde ich noch Wurst essen, antwortete ich ihm. Wien eignete sich für Ausnahmen. Wenn man in die Stadt einfährt, sieht man in grünen Lettern den Waffenladen, der gar nicht mehr drin ist, aber niemand hängt die Lettern ab, das bleibt so klar stehen. *Willkommen in Wien*, und hinter dem 13A der Waffenladen, der nicht mal so tut, als wäre er was anderes.

Ich glaube nicht, das Wien sehr religiös ist, hatte ich Samir auf dem Heimweg gesagt, nachdem wir die Pappteller mit Senfresten in den Mülleimer geschmissen hatten, die Pappteller, die Senfreste und das Brot, das ich nicht mehr ganz geschafft hatte, obwohl es noch weich war und essbar, nur eben zu viel.

Ich mochte Samir, weil er mein Brot wegschmiss, während ich mit meinem Gewissen kämpfte. Dass ich ihm einfach den Pappteller mit Brot geben konnte, und er kümmerte sich um den Rest.

Was soll das, fragte ich ihn am Stephansplatz und deutete auf den Wagen, *Zum goldenen Würstel*, so kann doch niemand etwas nennen und es ernst meinen, ihr könnt das doch nicht einfach überall Würstel und weiße Spritzer nennen und wuzzeln statt Tischkicker spielen, wir wuzzeln zusammen, ich meine, come on.

Samir sagte, die Deutschen wären nicht besser, und zwischen Schwedenbomben oder Schaumküssen wäre es ja ganz klar ausgeglichen.

Ist das nicht übergriffig, dass ich zum *Mann, der verwöhnt* gehen muss, wenn ich eine Handsemmel möchte, fragte ich, warum gibt es da keinen Aufstand, warum gibt es zumindest keine Frau, die verwöhnt, auch dazu. Wien ist immer so laut in allem, mit seinen ganzen schönen Seiten, die Häuser hängen über, sie glänzen dir ins Gesicht.

Sehe ich gar nicht so, erwiderte Samir, du bist halt noch neu hier, und er verstand nicht ganz, vielleicht, weil er es einfach gewöhnt war, die Zunge beim Sprechen an den Gaumen zu drücken, um die Wörter so weich klingen zu lassen. Wir sollten ein

Schloss an der Brücke anbringen, hatte ich Samir beim nächsten Treffen unvermittelt gesagt, als ich ihm eine Weile beim Denken zugesehen hatte, als Zeichen. Er hatte nach meiner Hand gegriffen, als Zeichen für was?

Wenn ich wieder heimkam, zählte ich Alex' Blicke, ob sie zumindest die Stellen wahrnehmen würden, von denen ich jetzt wusste, dass andere sie lieben konnten. Ich dachte, man könnte einen Körper nur dann wollen, wenn er einem nicht schon gehörte, aber je distanzierter ich wurde, desto mehr Raum hatte er zum Ausatmen. Ich freu mich, wenn du weg bist, sagte er einmal, dann habe ich die Wohnung ganz für mich allein.

Ich fragte ihn nicht mehr, was er an mir liebte, und erinnerte ihn nur noch an das Versprechen, das er mir am Jahrestag gegeben hatte und an die Dinge, denen wir in den letzten sieben Jahren gemeinsam entwachsen waren, als hätte ich die Jahre wie Beweise gesammelt, die ich ihm jetzt vorlegen konnte.

Jetzt entspann dich mal, sagte er dann, ich muss den ganzen Tag arbeiten, ich glaube, du hast einfach zu viel Zeit, um nachzudenken.

Ich fing an, mein Handy mit dem Bildschirm nach oben irgendwo liegen zu lassen und Alex Sachen hinterherzutragen. Am besten ging es uns immer dann, wenn ich sagte, schau, ich habe dir eine Brotzeit gerichtet, und er sagte, danke, das hätte ich sonst nicht mehr geschafft.

Die einzigen Momente, in denen ich mich in der Beziehung noch sicher fühlte, waren die, in denen seine Mutter lieber mit mir als mit ihm telefonierte.

Er war schon immer so, Anna, sagte sie mir, da musst du dir keine Sorgen machen. Alex' Mutter hatte auch einen Vorgarten, aber einen, den sie irgendwann aufgegeben hatte. Jetzt lief sie manchmal nackt hindurch und lachte über Alex, der sich dann für sie schämte.

Wie denn, fragte ich, und sie deutete auf Findus, der sich sonnte und sich dabei langsam die Pfoten leckte, und sagte, so wie unser Kater. Alex erinnerte mich nicht an seinen Kater, er erinnerte mich an jemanden, der nie damit aufhören konnte, sich nach einer Katzenklappe umzusehen.

Als Kind war Alex ein schlechter Esser gewesen, seine Mutter hatte ihm den Brokkoli mit der Gabel in den Brei drücken müssen, sie hat extra Sahne in die Soße gemischt, damit er etwas zunahm, sie hat ihm Obst in Schokolade getunkt und ihm morgens die Banane mit Milch und Kakaopulver vermixt, wegen der Vitamine.

Ich bin kein schlechter Esser, noch nie gewesen, ich löffle Mascarpone und Kichererbsen aus der Dose, ich habe ein Süßigkeitenversteck, selbst in unserer Wohnung in Wien. Jetzt mach mal auf, hatte seine Mutter früher zu Alex gesagt und mit dem harten Silberlöffel an seinen Mund gestoßen, der ganz blutlos war vom Zusammenpressen. Hier kommt ein Zug, sagte sie, jetzt probier doch wenigstens mal.

Alex ist heute noch ein schlechter Esser, ich habe mich angeschlichen, angekuschelt, aufgedrängt, ich legte meine Hand auf seinen Bauch, in Wien habe ich zugenommen und mich gefragt, wann er es merkt, aber nie hatte er Hunger, immer aß er sporadisch, steckte sich einen Müsliriegel in den Mund, fingerte Nahrungsergänzungsmittel aus den Schubladen, manchmal, ohne noch mal auf die Verpackung zu schauen.

Im November fand Alex ständig irgendwo Haare, die nicht seine waren, die seinen nicht mal ähnlich waren. Irgendwann haben wir beide geschrien, dann war er im Bad verschwunden und kam nicht raus, bis ich gegangen war.

Ich fragte ihn, ob er nicht auch eine andere hätte, ich fing sogar an, Sachen nach ihm zu werfen, um eine Antwort aus ihm rauszutreffen.

Alex sagte erst wenig dazu und dann gar nichts mehr, bis er eines Abends, als ich heimkam, nicht mehr in der Wohnung war und auch nicht mehr dahin zurückkehrte.

Samir wollte in der Zeit für mich da sein, weil er dachte, ich bräuchte nach der Trennung einen aktiven Zuhörer, doch als ich es nicht aushielt, mich in seiner Nähe besser zu fühlen, wurde er wütend.

Er nannte es neurolinguistisches Programmieren, die Anrufe und Nachrichten, den Arm, den er mir auf den Rücken drehte, und die Fragen, die er mir dabei stellte, aber ich schaffte es trotzdem, alleine zu sein, als die Traurigkeit Tage später aus der Mitte kam.

Ich wusste, was ich an Samir hatte, und ich kenne ihn gut genug, um zu wissen, dass er Fede jetzt von den krebskranken Kindern erzählen muss, für die er sich die Haare wachsen lässt, von seiner Plattensammlung, seiner Mitgliedschaft bei Amnesty International und von den Geschichten hinter den Tattoos.

Samir will nicht mehr so sein, wie ich ihn kannte. Er hat zusammen mit seiner Bisexualität seine weiche Seite entdeckt und angefangen, Soziale Arbeit zu studieren. Menschen wie mir passieren ihm nur noch ab und zu, dann wird er wieder Patriarchat, dann zitiert er wieder Härte.

In die Härte ist Samir in diesem Wohnzimmer hineingewachsen, hier fühlt sich sein Vater zu Hause. Es ist nicht bauchig, sondern gerade geschnitten, mit einer großen Flügeltür im Eingangsbereich und einem Holzboden im Fischgrätenmuster, typisch für Wien, sagte er Gästen früher und versuchte, typisch für Wien zu sein.

Um zu den Schlafzimmern im zweiten Stock zu kommen, kann man rechts von der Küche eine Wendeltreppe mit handgeschnitztem Treppengeländer benutzen. Darauf hat man als Kind sicher nicht runterrutschen dürfen, da hat man sich nur nachts im Frottee-Schlafanzug müde auf die oberen zwei Stufen setzen können, um den Eltern unten beim Streiten zuzusehen.

Heute Abend ist alles hier drin untypisch für Wien. Vor den Gemälden an den Wänden stehen die küssenden Pärchen, The National wummert aus den Boxen, der Teppich ist handgeknüpft, Marie stellt Pappbecher darauf ab und lächelt.

Warte, ich schenke dir nach, ruft sie, als sie mich bemerkt, und greift nach meinen beiden Bechern.

Gerne, sage ich, und eins ein bisschen voller.

Mit einer Suppenkelle gießt sie mir Bowle über die Finger, bis beide Gläser gefüllt sind.

Sorry, sagt sie, ich bin schon ein bisschen betrunken.

Ist doch alles super.

Meinst du, Marie hält nach leeren Gläsern, freien Plätzen und anhaltendem Schweigen Ausschau.

Ich hab in der Küche noch Chips, sie deutet in die Küche, und die Pizzaschnecken im Ofen.

Die geben wir denen nachher, sage ich, dann werden sie jetzt schneller betrunken.

Marie grinst, du bist ja berechnend, ruft sie, weißt du, was das Berechnendste ist, das mir jemals passiert ist? Dass ein Typ mal das Ladekabel von meinem Vibrator mitgenommen hat.

Im Ernst, frage ich.

Ja, lacht sie, ist aber schon etwas her.

Marie nennt sich auf Tinder selbst *humorvoll.* Passt das so, hatte sie mich gefragt, als ich gegenlesen sollte. Ja, hatte ich gesagt, Marie ist immer randvoll mit Humor, so voll, dass nicht mehr viel anderes hineinpasst, zumindest nichts, was dick oder traurig machen könnte. An den Tagen, an denen sie viel moderiert, nimmt sie Noopept und Phenylpiracetam, und Aniracetam in den Tagen danach.

Man muss nicht viel beachten, sagt Marie. Nur jeden Tag eine Konter-Banane und das Kokstaxi nicht vor Donnerstag rufen.

Für einen kurzen Moment schauen wir beide zum Sofa.

Ich weiß, dass es Begegnungen geben kann und Partys, die zu Ende gehen, und dass Fede dann immer in die Richtung von jemandem sickert, der sich gerade überlegt, wessen Bodensatz er jetzt noch trinken möchte. Jetzt ist er verliebt, das sehe ich seinen Knien an, die auf Samir zeigen, und seinem Lächeln, das in seine zugewandte Mimik strahlt, weil er jemand ist, der ein bisschen rebelliert, aber nicht zu sehr, und mein Magen verkrampft sich.

Ich kann kaum hinsehen, nur kurz beobachte ich Fede, wie er vor Samir seine Zahnlücke entblößt, wie er ihn beeindrucken möchte und selbstbewusst ist, offen.

Ich hätte mir das denken können mit seinem Interesse für Samir, weil der einem genau wie Joni immer Wörter entgegenstreckt, in die man reinwachsen darf, um sich größer zu fühlen.

Joni hatte Fede mit der Verkäuferin in der Sportartikelabteilung betrogen, als er gerade sein freiwilliges Jahr gemacht hatte, und weil Fede danach dachte, es liege vielleicht an dem Dorf, dass alle fremdgingen, kam ihm der Umzug nach Frankfurt ganz recht. Von Lennard, Mark und Fabi hat Fede mir im letzten Jahr am Telefon erzählt. Ab und zu hat er noch von seiner Vorstellung von dem einen geredet, aber so wie man das macht, wenn man sich dabei selbst nicht zuhört.

Samir deutet auf ihn, und Fede fühlt sich von demselben Finger gemeint, der auch in mich eindrang, als Samir sagte, du bist immer dann feucht, wenn ich das will.

Fede bewundert Samir, er möchte unbedingt seine Gedichte lesen und ihm seine Gedanken dazu mitteilen. Ich hatte sie auch lesen wollen, all die Zeilen. Alle Zeilen. Ich schaue weg.

Dein Freund, fragt Marie, wie lange habt ihr in Wien?

Da wird nichts laufen, beruhige ich Marie. Und als sie mir nicht antwortet, sage ich, keine Sorge, Fede ist nicht sein Typ, bis ihr Kiefer sich lockert.

Ich weiß, dass Marie Angst davor hat, ihren Bruder an jemand anderes zu verlieren, weil man bei Menschen, wenn man sie verliert, in der Regel genau weiß, wo man sie suchen müsste, aber sie dann nicht mehr eingesteckt und mit nach Hause genommen werden wollen. Samir ist schon weiter weg von Marie, als sie ahnt, weiter weg als von ihr bis zum Sofa. So weit, dass er in ihrer Abwesenheit nachsichtig über sie spricht und sagt, dass sie es schon noch irgendwann schaffen wird, auf eigenen Beinen zu stehen.

Weißt du, willst du uns nicht noch einen Wein aufmachen, was magst du lieber, Rot oder Weiß?

Rot, ruft Marie, oder Weiß, ist mir egal, Hauptsache, keinen Rosé.

Bring ich dir, sage ich und wähle aus dem Kühlschrank eine Flasche mit einem guten Hals aus, einem, der es aushält, an den Mund angesetzt oder an die Wand geschlagen zu werden.

Marie zündet sich eine Zigarette an und winkt den Rauch zum Küchenfenster. Ich betrachte ihren breiten Mund und das nervöse Gold an ihren Handgelenken.

Ganz deutlich spüre ich wieder, Großstädter sind die, die wie Marie sind, mit ihrer auf links gedrehten Achtsamkeit und dem heißen Sommer in Beton. Fede und ich sind Menschen vom Dorf, die in der Großstadt leben, mit simplen Gedanken und warmer Unterwäsche.

Übrigens, mit Alex, ruft Marie, die im Türrahmen stehen geblieben ist, aber dann unterbreche ich sie, da steht *Rusalka* auf dem Etikett, das ist eine Oper von Antonín Dvořák. Was, fragt Marie, wie kommst du jetzt darauf?

Rusalka, sage ich, das ist die Geschichte mit der kleinen Meerjungfrau, Rusalka bekommt Beine und darf an Land, und dann verliebt sich ein Prinz in sie.

Und dann, fragt Marie. Ich weiß nicht mehr genau, sage ich, er geht fremd, oder war das in Arielle, vielleicht ist es auch dieselbe Geschichte, da geht es doch eh immer um ihre Fischschwänze und die Irrlichter und das Uferlose und um die Prinzen, die sie rauslocken, und die Verwandelten, die dann nicht mehr zurückkönnen.

Krass, sagt Marie.

Ja, so schmeckt er auch.

Wie, fragt sie.

Irgendwie fischig.

Super, sagt Marie, den müssen wir im nächsten Semester mal den anderen mitbringen.

Im letzten Jahr hatten wir die gemeinsamen Momente, die mich so sehr geprägt haben, dass ich Maries Abdruck manchmal in meinem Gesicht spüre, ihre brachiale Laune, ihr Mirdochegal, das sich in den guten Momenten wie mein eigenes anfühlt.

Ich denke oft an dich, auch wenn wir uns in den letzten Monaten nicht so häufig gesehen haben, sage ich zu ihr, während ich mir den Rusalka und Marie einen Verschnitt einschenke, Marie lächelt mich an.

Nachdem ich es ihr gesagt habe, fühle ich mich nicht besser, auch nicht schlechter, nur so, als hätte es etwas Dringlicheres zu sagen gegeben, auf das ich aber nicht gekommen bin.

Geil, oder, sagt Marie nach einer Weile und deutet auf die Sterne, die über uns hinwegziehen, war sogar im Angebot.

Es gibt jetzt diese App, sage ich, wo man nur das Handy nach oben halten muss, und dann wird einem schon angezeigt, welche Sternzeichen da gerade zu sehen sind.

Alex hatte einmal damit angefangen, und ich habe ihm seine Begeisterung nie ganz abgenommen, ich bin mir jetzt noch nicht sicher, was er mir eigentlich damit sagen wollte, oder ob es ihm immer nur darum ging, nicht mehr derjenige zu sein, der als Erstes auf den Großen Wagen deutet.

Ich find's ja gut, sage ich, dass Menschen noch den Drang haben, Synonyme für Unfälle zu finden, dass sie das jetzt kosmische Kollisionen nennen, und ich denke daran, dass es acht Planeten gibt, aber ich mich auf die schwarzen Löcher konzentriere, dass ich immer noch über Pluto rede, aber dass er davon auch nicht größer wird.

Sag das mal meinem Bruder, sagt Marie, dem würde das gefallen, wie du redest, wusstest du, dass es einen Sturm auf dem Jupiter gibt, der seit dreihundervierzig Jahren ununterbrochen wütet.

Ne, wo steht das?

Jetzt weißt du's, sagt sie, auf Instagram.

Na dann, ich nehme einen Schluck, schaffen wir die nächsten sechzig hier ja auch noch.

Sicher, nickt Marie und stemmt die Hände in die Seiten.

Heute Abend beten wir noch, zu Allah oder Gott, sagt sie dann zu Lukas, der an ihr vorbeikommt, und sie nickt nach oben, was glaubt ihr, fragt sie, wie das von dort aus aussieht. Sie deutet zur Küchendecke, aber meint vielleicht den Himmel oder glaubt ihr an Karma.

Ich glaube, man bekommt immer, was man verdient, sage ich, aber man kann sich meistens heimlich mehr nehmen.

Ich möchte ein Foto machen und es Alex schicken, aber mir fällt kein Motiv ein, auf das er mir antworten müsste.

Wie schmeckt dein Wein, frage ich Marie.

Ich finde, er schmeckt irgendwie hinterlistig, sage ich, Marie schaut schon wieder zu Samir und Fede, wie ein trockener Weißwein, der sich als süßer Rosé verkleidet, wie ein Rachefeldzug, auf dem man sich die Lippen rot anmalt, weil man weiß, man wird heute die neue Freundin des Ex-Partners treffen, und man weiß, man wird sie auf beide Wangen küssen und ihr Outfit loben und sie wird es erwidern und irritiert sein von der ganzen Freundlichkeit, der Gelassenheit und dem warmen Empfang, bis man sich entschuldigt und wieder ins Auto steigt und dem glücklichen Paar winkt und die Sitzheizung auf drei stellt und denkt, die Herzenswärme, die ist eigentlich Fieber.

Mann, Anna, unterbricht mich Marie, kannst du nicht einfach sagen, der Rosé ist mir zu süß?

Wie geht es Alex, fragt sie dann, den Blick endlich auf mich gerichtet, bist du sicher, dass wir nicht zu ihm gehen sollten?

Ne, ne, sage ich, ich war die letzten Tage bei ihm, und er meinte, heute sollte ich den Abend genießen.

Okay, nickt Marie, nett von ihm, und gut von dir, dass du da auf dich achtest.

Ja klar, sage ich.

Ich möchte jetzt einen anderen Weg einschlagen, hatte er mir bei unserem letzten Gespräch ans Schlüsselbein geschrien, irgendwie wortwörtlich, für einen Moment hatte ich geglaubt, er würde Beton aufbrechen wollen. Wenn ich wüsste, wo Alex jetzt ist, würde ich sofort losziehen.

Alex hat einen Cut mit mir gemacht, genau wie mit dem Bankstudium, darin ist er ein Naturtalent.

Alex hatte die Schule nach der elften Klasse abgebrochen, um Cutter zu werden. Wenn Alex den Abend filmen würde, könnte er Fede und Samir einfach rausschneiden.

Er hatte es professionell machen wollen, weil er schon mit siebzehn dafür schwarz bezahlt wurde. Hunni ist Hunni, hatte er dann gesagt. Mit hundert Euro konnten wir viel machen. Erdbeeren klein schneiden, in Schokolade tunken und uns ein Tretboot holen, die Handymusik laut stellen und in den wolkenlosen

Himmel brüllen. Ich konnte ihm die Schokoladenschlieren vom Bauchnabel küssen, er konnte mir das Bikinioberteil mitten auf dem See ausziehen und mich mit der Hand befriedigen, und ich konnte so lange laut stöhnen, bis ein anderes Boot anfing, auf uns zuzupaddeln, und dann hatten wir immer noch achtzig gehabt, um für die nächste Woche einzukaufen.

Samir sieht von der Couch aus zu mir herüber, während Fede auf ihn einredet. Er möchte eine Stellungnahme zu seinem Verhalten, aber ich halte nicht an, ich bleibe nicht stehen, ich drehe mich von ihm weg, und Marie fängt meinen Blick ab, und ich umarme sie. Heute ist die Nacht, wippt sie in mein Ohr, ich küsse sie auf die Wange und wanke uns zum Balkon, weil mir der Raum plötzlich zu voll ist.

Geh du mal, lacht sich Marie aus unserer Umarmung, ich muss in die Küche, die Getränke verteilen.

Kaum bin ich draußen, sehe ich eine Frau rechts von mir, die sich so weit über die Brüstung lehnt, dass ich sie von drinnen nicht sehen konnte.

Das ist jetzt schräg, meint sie, aber ich habe Julia immer beneidet.

Ich auch, sage ich.

Wirklich, fragt sie, und ich nicke.

Ich wette, Julia konnte ihm alles glauben, und zwar weil er so jung war, vierzehn oder so, je älter, desto unglaubwürdiger, mit Mitte dreißig ist doch niemand mehr Single, wer kann da noch behaupten, er wäre nicht in einer offenen Beziehung.

Hier, sagt sie, ich meine Julia Mayr, aus SoWi.

Ah, weil du auf dem Balkon stehst, versuche ich, zu erklären, und denke, weil sie so melodramatisch ausschaut, mit ihrem geflochtenen Zopf und dem verschnörkelten Ausschnitt.

Nein, sagt sie, weil Julia immer schöner war als ich, aber das ist nicht der Punkt, sondern jetzt ist er mit ihr zusammen.

Okay, sage ich, verstehe.

Und selbst das, sagt sie und haut ihren Zeigefinger in die Luft vor mir, selbst das ist nicht das Schlimmste, das Schlimmste ist, dass ich vorgestern ein Attest brauchte und der Arzt meinte, zeigen Sie mir mal genau, wo es jetzt gerade wehtut, und dass ich dann angefangen habe, zu weinen, weil mich das so lange niemand mehr gefragt hat, ich brauche ein neues Leben.

Ja, sage ich, ich weiß genau, was du meinst.

Ich nehme einen großen Schluck aus meinem Glas.

Wie findest du den Rosé, ich finde, er schmeckt wie eine Babyshower im amerikanischen Reality-TV, als würde ein großer Ballon zerplatzen und rosa Papierschnipsel würden auf einen herabflattern, und eine sehr große Blondine auf weißen Highheels schreit links hinter einem, oh my God, it's gonna be a girl.

Magst du Rosé, frage ich Linda und reiche ihr Fedes Glas. Linda schluchzt trocken auf und nimmt einen großen Schluck.

Das ist kein Rosé, sagt sie dann, das schmeckt wie Bowle mit Erdbeeren und Vanillezucker, was soll ich denn jetzt machen?

Meine Freundin, sage ich, meinte mal, Rosé ist der Beweis dafür, dass man sich nicht für Rot oder Weiß entscheiden muss, dass auch die ganzen Zwischentöne gut schmecken können.

Okay, schnieft Linda.

Jara hatte das bei einer Feier gesagt und dabei quer durch den Raum auf Lukas gezeigt und gesagt, ich bleibe jetzt bei dem Zwischentönchen dort.

Zu dem Zeitpunkt waren die beiden schon seit zwei Jahren ein Paar gewesen, und ich hatte genickt, weil ich Jara alles zutraute, auch, den Rest ihres Lebens Rosé zu trinken, kurz hatte ich mich gefragt, wie sie das anstellen wollten, aber auf der anderen Seite konnten Jara und Lukas vieles, was ich nicht konnte, zum Beispiel gut weißen Fondant ausrollen, chemische Formeln ausgleichen, gemeinsam auf einer Anti-FPÖ-Demo Dr. Martens-Schuhe tragen, Sprengkörper zünden und trotzdem liebenswert aussehen, und wenn sie das zusammen schafften, dann traute ich ihnen auch alles andere zu.

Okay, sagt Linda noch einmal, aber glaubst du, dass ich klammere, sag mir das ehrlich.

Klammern, sage ich, das macht doch jeder, ich zum Beispiel auch. Ich hebe meinen Rosé, um mit ihr anzustoßen, und entsperre dann mein Handy, während Linda in die Nachtluft starrt und nachdenkt.

Ich kann nicht aufhören, Elins gemusterte Strumpfhosen immer wieder aufzurufen, ihre überkreuzten Beine, ihre Knie, die auf Alex zeigen, ihren Schoß, der sich in seine Richtung dreht. In den letzten Wochen habe ich öfter an Elin gedacht als an die Bäume vor Samirs Fenster, öfter als an die Schuhe, die auf der Fußmatte ohne mich darin verloren aussahen.

Ich möchte etwas über gemusterte Strumpfhosen wissen, ich möchte sie fragen, wie sie sich das mit den Quadraten auf ihrem Oberschenkel vorstellt, was sie sich dabei denkt, Muster zu tragen und ein Kleid anzuziehen, was für Möglichkeiten sie sich damit ausrechnet und ob sie heute schon auf Alex zählen konnte.

Die einzigen Menschen, über die ich mir Gedanken mache, sind die Männer, in die ich verliebt bin, und die Frauen, in die sie verliebt sind.

Wirklich, fragt Linda, weil ich habe das Gefühl, ich klammere.

Quatsch, sage ich, Verlustängste, wie soll man die denn nicht haben, wenn man immer so kontextlos bleibt, wenn einen der Alltag dazu zwingt, die Zusammenhänge nicht mehr zu begreifen, wenn man immer nur die Spülung drücken muss, damit alles verschwindet, und niemand mehr weiß, wo die Dinge hingehen, was mit den Blumen auf dem Kreisverkehr passiert, sobald sie welken, da ist es doch kein Wunder, wenn man sich wünscht, mit etwas oder jemandem einmal von Anfang bis Ende vertraut zu bleiben, verstehst du, was ich meine?

Sie schüttelt den Kopf, ich dachte jetzt eher wegen Julia, ob ich da klammere.

Ne, meine ich, das glaube ich nicht.

Wirklich, danke, sagt sie und umarmt mich, ich bin Linda. Für einen Augenblick erwidere ich den Griff und halte meine Arme fest um sie, weil ich plötzlich Angst bekomme, dass sie sonst davonschweben könnte, als wäre sie ein Ballon, aus dem schon ein wenig, aber nicht genug Luft gelassen wurde.

In dem Moment schiebt Fede seinen Kopf durch die Balkontür und winkt mich wieder nach drinnen.

Tut mir leid, sage ich, ich habe eben zwei Gläser gebraucht.

Macht nichts, meint Fede, hat auch so funktioniert. Er strahlt mich an, und seine Augen lächeln selbst im Hintergrund noch, die sind ausgefüllt mit Vorfreude, weil wir in Wien sind und ich bei ihm bin und er verliebt ist.

Im Wohnzimmer beobachtet Fede Samir dabei, wie er sich die Hand beim Gähnen nicht vor den Mund hält und sich danach eine Strähne aus dem Gesicht wischt, ohne dass die Festivalbändchen an seinem Handgelenk verrutschen.

Ich frage mich, ob das zum Frausein gehört, dass ich mir trotz jedem reposteten Tweet zum Thema Feminismus sofort vorstelle, wie es wäre, in seinem Bett liegen zu bleiben, dass ich mir sofort vorstelle, wie ich hinter seinem Nachnamen verschwinden könnte.

Es ist eigentlich kein Rosé, sage ich, er schmeckt wie eine Bowle mit Erdbeeren und Vanillezucker, probier mal, Linda und ich finden ihn zu süß.

Dafür trinkst du nicht schlecht, sagt Fede.

Hi, sagt Linda und winkt ihm vom Balkon aus zu, das meiste davon war ich.

Wenn man viel trinkt, verändert der Rosé seinen Geschmack, erkläre ich Fede, dann wird er plötzlich bitter. Linda nickt und bleibt draußen, um kurz alleine zu sein mit der kalten Luft und dem Polarstern, der schon für sie gefunkelt hat, als sie noch ein Kind war.

Gehst du noch laufen? Schreibt meine Mutter.

Warum?

Hier, sie schickt mir das Bild einer alten Laufhose. *Und hier. Können wir das am Wochenende machen?*

Meine Mutter tippt, geht offline, geht wieder online, tippt, *jetzt bin ich grade schon mal dabei.*

Ich stecke mein Handy kurz ein und atme tief durch. Das war noch nie gut, wenn meine Mutter grade schon mal dabei ist.

Fede hält mich am Ärmel fest und nickt bedeutsam zu der ausladenden Wendeltreppe rechts von uns, wusstest du, dass sie einen eigenen Aufzug für die Dachterrasse haben, fragt er mich, während wir in die Küche gehen. Ich denke daran, dass ich zu Alex einmal meinte, seine Liebe sei ein Fahrstuhl, der irgendwann stecken geblieben ist, aber zu einem Zeitpunkt, an dem zum Glück niemand drin war.

Ich passe nicht mehr rein, schreibe ich meiner Mutter, *kannst du weitergeben.*

Mein Vater war sein Leben lang Läufer gewesen. Ich war neben ihm hergejoggt, selbst mit Seitenstechen, Gras, Gras, Beton, Schotter, unsere Füße nebeneinander.

Weil meine Mutter gerade schon mal dabei ist, macht sie mit den unteren Schubladen weiter.

Da liegt der vierzigste Geburtstag meines Vaters.

Schau mal, schreibt sie. Auf dem Bild steht mein Vater über allem, in der Therapie habe ich ihn einmal als Bär gemalt, der mit seinen Armen unsere Familie einrahmt, eine Hand hat er auf meiner Schulter abgelegt, die andere auf der meiner Mutter.

Meine Mutter ist eine Frau, die gut aussieht, wenn sie lächelt. Ihre blonden Haare hat sie geflochten über die Seite geschwungen, und die grobmaschige Strickjacke trägt sie immer zugeknöpft, seitdem sie mit meinem Bruder und mir schwanger gewesen war. *Wie süß!,* schreibt meine Mutter und zoomt auf mein Kindergesicht. Sie hält sich gerne in der Vergangenheit auf, weil da nichts Unerwartetes mehr passieren kann. Wie machen das Eltern, dass sie ihren Kindern immer Fröhlichkeit ansehen?

Als Antwort fange ich ihr vier Sekunden lang tanzende Menschen aus dem Wohnzimmer ein.

Wir waren immer eine Familie gewesen, die gut Weihnachtsgrußkarten an Bekannte verschicken konnte, weil man auf Grußkarten nichts machen muss, außer zuversichtlich in dieselbe Richtung zu lächeln.

Das konnten meine Eltern gut, selbst, als sie ihre Erwartungen nicht mehr laut aussprachen. Es kam nie so weit, dass man meiner

Mutter eine Schwangerschaft ansehen konnte. Aber bei den ersten drei Versuchen sprach sie noch von meinem Brüderchen.

Wenn sich meine Mutter in den letzten zwei Schwangerschaften nach meinem Vater umdrehte, war er schon einen Schritt voraus. Wenn sie in die Küche kam, hatte er die Eier schon aufgeschlagen, wenn sie in den Flur kam, hatte er ihr schon die Jacke aus dem Schrank geholt.

Meine Mutter wollte mit ihrer Trauer bei ihm einziehen, aber mein Vater wollte nicht trauern, jedenfalls nicht so lange, nicht die ganze Zeit, er ging rennen, und ich rannte mit, meine Mutter ging in den Garten. Ich bekam Alex, meine Mutter einen Familienhund und mein Vater eine Affäre.

Habt ihr das alles getrunken, schreibt meine Mutter in dem Moment mit diesem Smiley, der die Augen so weit aufreißt, weil sie die Flaschen auf dem Tisch gesehen hat, *schon gut,* schiebt sie dann hinterher, *Mama hört ja schon auf zu kontrollieren*, aber ich stecke mein Handy wieder ein, ohne ihr zu antworten. Nach der letzten Schwangerschaft wurde meine Mutter eindimensionaler.

Manchmal blieb ich während des Laufens stehen. Dann drehte sich mein Vater um, was ist? Ich rang nach Atem. Was ist? Nichts, sagte ich. Na dann, sagte er, weiter. Die Leute, bei denen was ist, die gehen nicht weiter, wenn sie einmal stehen bleiben.

In Wien bin ich die Brücken abgelaufen, aber es gab keine Fußabdrücke mehr, denen ich hinterhertreten konnte, überhaupt war der Beton nicht gut für die Knie, sie taten weh, wenn ich länger rannte, und ich hielt mir die Seiten und konnte niemandem sagen, dass nichts war.

Im Nachhinein. Im Nachhinein waren die Nachmittage mit den Landkarten, die Geocache, die Google Maps-Routen und die FitBit-Uhren nur Fluchten gewesen. Wir longierten um meine Mutter herum, weil sie nicht Nichts sagen konnte, wenn was war. Sie schmiss Sachen nach meinem Vater, um ihn zu berühren, erst Küchenschwämme, dann Besteck.

Deine Mutter, sagte mein Vater zu mir, während ich neben ihm herlief, müssen wir im Blick behalten.

Okay, erwiderte ich, die Augen auf den Horizont fixiert.

Einmal kam ich abends nach Hause, und er war nicht da.

Papa ist laufen, sagte meine Mutter.

Wo, fragte ich.

Keine Ahnung, sagte sie, sagt ihr mir ja nie.

Er kommt nicht wieder, dachte ich. Weil die Schuld nicht hier war, die hatte ja weder ich noch sie noch er, ich ahnte, wenn wir sie nicht hatten, dann musste sie trotzdem irgendwo anders sein, ich hatte Angst, er würde sie suchen gehen, nicht hier, sondern vielleicht in Thailand oder in der mongolischen Steppe.

Lukas dreht im Wohnzimmer die Boxen lauter, *Brainy*, alle fangen an, zu wippen, *everything you say has water under it.*

Ich muss dir was erzählen wegen Alex, sage ich zu Fede, aber in dem Moment kommt Erik auf uns zu. Ich mag Erik, weil er online ehrlich ist, er postet auf Instagram auch die Stunden, in denen er immer wieder ein großes Stück Parmesan abbricht und es tief in grünes Pesto tunkt.

Erik, sage ich, während wir drei uns nacheinander umarmen, studiert mit uns zusammen.

Kommt mal alle her, höre ich in dem Moment Marie schreien, ich hole jetzt die Wunderkerzen.

Marie muss man nie lange suchen, die ist immer bei den Vielen. Wenn Silvester wie ein One-Night-Stand ist, dann benimmt sich Marie so wie der Mann in meiner Wohnung heute Morgen, der nicht wieder verschwinden wollte, weil gerade alles so gemütlich war. Marie klammert sich an die Sekunden und schaut jedem tief in die Augen, immer auf der Suche nach der Resonanz mit den Richtigen. Dann winkt sie mir aus der Küche aus zu und deutet an, dass ich den anderen nachschenken soll.

Ich geh mal zu ihr, sagt Fede und lässt Erik und mich an der Balkontüre stehen.

Gemeinsam beobachten wir weiter die wippenden Grüppchen und bleiben dann mit dem Blick bei Fede hängen, der auf dem Weg zur Küche von Samir abgefangen wird. Samir hält ihn sanft am Unterarm fest, während er mit ihm zusammen zu den Illusionen tanzt, und Marie manövriert sich mit flinken Bewegungen durch das Wohnzimmer, als wäre sie eine Eisprinzessin.

Ich träume davon, sage ich zu Erik, der wie üblich anfängt, sich in Slow Motion eine Zigarette zu drehen, mich auch mal so richtig gehen zu lassen.

Ich auch, sagt Erik, ohne das Gesicht zu verziehen, aber mehr so als Fluchtgedanken. Geht jeder anders damit um, oder, meint er dann.

Mit was, frage ich, aber Erik antwortet nicht und lässt den Blick nur zwischen den Geschwistern hin- und herschweifen. Zwischen Samir, der sich zu Fede hinunterbeugen muss, um ihm etwas ins Ohr zu flüstern, und Marie, die mit ausgestreckten Armen alleine durch die Menge tanzt.

Was meinst du, frage ich noch mal.

Häuslichkeit, sagt er, das sind die Sofas und die Fotos am Kühlschrank, das sind die Feiertage und das Fernsehen, und ich verstehe nicht, warum sie das nicht schulische Gewalt nennen, wenn jemand einen in der Schule gegen die Wand schubst, oder pärkliche, sträßliche, nächtliche Gewalt. Nur die häusliche Gewalt, die gibt es, als gäbe es für dieses System Ausnahmen, in denen es verständlich ist, dass einer den Teller nimmt und ihn durch den Raum schmeißt, dass einer dem anderen den Kopf durch das Treppengeländer drückt.

Meinst du.

Erik bietet mir eine Zigarette an, ich sehe so was, hat sie nie mit dir darüber gesprochen?

Nein.

Erik rollt seinen Tabak wieder ein, mit mir auch nicht, aber so was sehe ich.

Für einen kurzen Moment schweigen wir wieder, und Erik legt die Stirn in Falten, bis ich es nicht mehr aushalte, jetzt sag doch, was du über die beiden weißt, und Erik schaut mich an, ich habe gar nicht länger darüber nachgedacht. Ich habe mich gerade gefragt, welche Werbung Putin geschaltet bekommt, sagt Erik, und bevor ich ihm antworten kann, verabschiedet er sich grußlos und zieht weiter, zur nächsten Person, die gerade ohne Kontext ist.

Jara kommt auf mich zu. Wir lassen jetzt alle gemeinsam das alte Jahr los, sagt sie und sieht mich bedeutungsvoll an, bevor sie mir mein Glas nachfüllt und mit einem großen Schluck bis zur Hälfte leert.

Ich greife auch danach, finde ich gut.

Nein, so nicht, sondern im Wohnzimmer, Lukas kann das, er hat da einen Workshop gemacht.

Einen Workshop, wie man ein Jahr richtig loswird.

Jara nickt, zum rituellen Ausräuchern, sie kippt den Rest des Rosés, 'tschuldigung, murmelt sie, ich hol dir einen neuen.

Es dauert nicht lange, ruft sie, während sie den Kühlschrank inspiziert, es ist nur ein Spiel, und es ist auch ganz leicht.

Ich schaue auf Jaras Bauch, der gar nichts macht, während sie Weinflaschen öffnet, der ist einfach nur da, und ich sehe ihr ins Gesicht und suche nach etwas.

Mein Blick rutscht wieder runter, über ihren Bauchnabel, der gegen ihr T-Shirt atmet, und zu ihrem Hosenbund, und zu dem kleinen silbernen Knopf daran.

Na dann, sage ich, als wüsste ich nicht, dass bei Jara gar nichts leicht und spielerisch ist, bei Jara ist alles jahrelang und schwer. Lukas zum Beispiel, dem zuliebe sie jetzt wieder aus der Küche verschwindet, mit zwei Gläsern Bowle und Räucherstäbchen in der Hand.

Im Wohnzimmer fragt Fede mich, ob Samir in Ordnung ist, der jetzt gerade sein Handy neben den Lautsprechern an ein Ladekabel steckt. Er beobachtet ihn dabei, wie er sich die Hand beim Gähnen nicht vor den Mund hält, seinen Kopf schüttelt und sich eine Strähne aus dem Gesicht wischt, ohne dass die Festivalbändchen an seinem Handgelenk verrutschen.

Ich meine, sagt Fede, abgesehen davon, dass er so nuschelt.

Ich habe Samir auf einer Uniparty kennengelernt, sage ich, und das Erste, was er meinte, war, dass er einer von den Guten ist.

Fede und ich bücken uns, um die Räucherstäbchen und etwas anderes aufzuheben.

Das ist dir aus der Jackentasche gefallen, Fede reicht Jara das Stofftier.

Es passt da einfach nicht rein, sie übergibt mir die Gläser und versucht es trotzdem, sie knautscht das Bienentier zusammen und stopft es zurück in ihre Hosentasche.

Obwohl ich Jara genau gleich lang kenne wie Marie, weiß ich, dass Fede mich über Jara nicht ausfragen wird, weil Jara im Gegensatz zu Marie nicht wie jemand wirkt, der sich gerade auf einem Kreuzfahrtschiff befindet, sondern eher so, als wäre sie selbst das Kreuzfahrtschiff, halb versunken und hafenlos.

Lukas ist das sehr wichtig, sagt Jara leise, und weil es deshalb Jara sehr wichtig ist, sage ich, das klingt super, rituelles Ausräuchern, Jahr loswerden, da bin ich dabei.

Plötzlich ist das keine Beziehung, sondern ein Freilichtmuseum, und ich setze doch wieder den Rosé an, den ich aus der Küche mitgenommen habe, fasse ihn am Hals und trinke, weil ich das Bedürfnis habe, schnell betrunken zu werden und etwas am Hals anzupacken.

Wir brauchen noch gute Musik, ruft Marie uns in dem Moment entgegen, wer hat denn was?

Fede, sage ich, hat eine Playlist.

Aber nicht für jetzt, ruft Fede, die ist für später.

Dann mach doch was anderes, ruft Marie begeistert, du musst ja nicht shuffeln.

Okay, sagt Fede, aber sonst fällt ihm nichts ein, das Einzige, was Fede auf Repeat hört, sind *3 hours relief anxiety and stress peace-ful meditation music* auf YouTube.

Ich hab was, sagt Samir.

Jara lässt sich neben mir auf den Perserteppich fallen, setzt sich das Bienentier auf ein Knie und winkt damit Lukas zu, der in der Mitte des Kreises steht. Er kommt auf sie zu, streichelt dem Bienentier über den Kopf und nimmt ihr die Räucherstäbchen aus der Hand.

Danke, sagt er leise und nickt ihr knapp zu, als wären sie Geschäftspartner kurz vor einem sehr wichtigen Deal.

Im Frühjahr habe ich Bilder von Jara und Lukas gesehen, da waren sie auf eine Hochzeit eingeladen. Als ich sie geliked hatte, schrieb sie mir später, sie würde auch gerne heiraten, schlimmer sogar, sie schrieb, ich möchte gerne unter die Haube, und ich denke, sie stellt sich die Haube vor wie eine Kuppel, unter der man selbst in Schräglage nicht mehr abrutschen kann.

Lukas klatscht in die Hände, ihr müsst mir zuhören, sagt er, wir können das letzte Jahr jetzt ausräuchern.

Ne, sagt Samir, von so was bekomme ich immer Migräne. Der Kreis, der sich gerade gefügig auf dem Teppich niedergelassen hat, wird plötzlich wieder unruhig. Wenn Samir etwas sagt, dann nimmt man sich die Zeit, um zumindest nachzudenken, ob er recht haben könnte.

Das ist nicht so schlimm, erwidert Lukas lässig, danach fühlt ihr euch gereinigt und entspannt. Er zündet zwei der Räucherstäbchen an, die er in einer Vase mit Sand vor sich aufgestellt hat.

Wir fangen erst mal an mit Listen, sagt er, aber keine Vorsätze, sondern Nachworte, schreibt einfach auf, was euch dazu über das letzte Jahr einfällt. Niemand sonst protestiert, weil es immer diese paar Stunden vor Silvester sind, die jedes Jahr überbrückt werden müssen, und jedes Mittel dazu recht ist, das Bleigießen und Filmschauen und Anrufemachen, das Nachrichtenschreiben und das letzte Mal Sexhaben im alten Jahr. Heute sind es eben die Listen, die Lukas in einer Schuhschachtel sammeln möchte, und alle beugen sich nach vorne und schreiben mit Werbekulis auf weißes Papier.

Hoffe, dir geht's gut, schreibt meine Mutter und schickt mir ein Bild von unserer Katze, *Luna chillt.*

Wir auch, schreibe ich zurück und antworte mit einem Bild, auf dem man nur den Wein in meiner Hand erkennen kann.

Schau mal, kommt zurück, *was ich noch gefunden habe.* Noch einmal schickt sie mir einen Rückblick, *heute vor drei Jahren.*

Der Rückblick meiner Mutter besteht aus Bildern von meinem Vater. Eingescannte Bilder von ihrer Hochzeit vor zweiundzwanzig Jahren, die letzten Tage im Krankenhaus, die Zeit dazwischen: mein Vater mit Alex im Arm, seinem Schwiegersohn in spe.

Den Rückblick meines Vaters hatte ich nie gesehen, wir hatten ihm sein Handy mit ins Grab gelegt, weil es sich falsch anfühlte, es zu behalten. Ich weiß, dass meine Mutter nie nach Nachrichten auf seinem Handy gesucht hat, vermutlich hat sie nicht mal seinen Code gekannt.

Mein Vater hatte noch ein anderes Leben gehabt, auf der Beerdigung hatte ich seine Kollegen gesehen, mittelalte Männer mit Familie. Da hatte ich mir zum ersten Mal vorgestellt, wie er sich jeden Morgen ohne mich durch die Bewölkung getragen, wie er sich in die stoffkarierten Sitze der Deutschen Bahn gedrückt hatte und immer in der Nähe geblieben war von den gelben Haltegriffen der Straßenbahnen und den Türklinken der Arztpraxen und den Schiebetüren der Supermärkte. Ich glaube, froh war er nicht im Beton, aber die Routine hatte etwas für sich, was ihm wichtig war, den Heimweg vielleicht oder den immer gleichen Blick auf die Bäume im Hinterhof.

In meinem Rückblick ist kein einziges Bild meiner Mutter, nur ein Cappuccino mit Schaumkrone, ein Screenshot aus der Tagesschau, ein Nacktbild mit Strapsen, Highheels und Filtern, ein Schaufenster mit heruntergesetzten Schuhen, ich versende ihn an niemanden.

Gleich darauf folgt ein animiertes GIF einer glitzernden Sternschnuppe, *falls du jemand verloren hast,* steht da in gelber Comic Sans-Schrift drunter, *wacht er nächstes Jahr über dich!!*

Das tut er bestimmt, schreibt meine Mutter.

Auf jeden Fall, antworte ich mit extra vielen Sternchen-Smileys.

Jaras Handgelenk bewegt sich schnell neben mir, ihr Stift kratzt auf dem dünnen Blatt, weil ihr zu Nachwort gleich einige schwere Dinge eingefallen sind, die seitenlang dauern.

Ich mache eine Liste der Dinge, vor denen ich Angst habe. Vor den nicht abgehörten Sprachnachrichten, dem gemeinsamen Essen, den Gesprächen im Gang, den Abgabeterminen, den Wasserflecken, den ersten Stunden auf einer Geburtstagsfeier, vor dem

Gehen am Bahngleis, vor dem Schlafzimmerboden, dem Zuspätkommen am Morgen, vor der Kälte, den Fahrkartenkontrolleuren, den leichten Enttäuschungen, den Litfaßsäulen, den Ersatzhandlungen, den Taschentüchern, den fleckigen Ärmeln, den auf links gedrehten Klamotten, den Durchsagen, den Schamhaaren, dem Umsehen im Warteraum, vor der Mittelmäßigkeit aus Zeitdruck, vor meiner Gegenwartslosigkeit und vor meiner Beklemmung über den Haarausfall der Menschen, die ich liebe.

Das war schon gut, sagt Lukas und legt die vollgeschriebenen Listen in einem Schuhkarton ab, aber gleich müsst ihr noch ehrlicher sein.

Noch ehrlicher, frage ich, und Jara lacht neben mir aufgekratzt.

Wirklich, sagt Lukas. Es ist wichtig, sonst funktioniert das mit der Energie nicht, die muss in die Steine, die ihr beschriftet, und die werden wir nachher gemeinsam vor Mitternacht in die Donau schmeißen.

Um mich abzulenken, gehe ich kurz wieder ins andere außen. Ich öffne Instagram und skippe durch die Storys, aber was bringt mir ein Winter wie aus dem Bilderbuch mit meinen Pornhubgedanken.

Anna hat einfach keinen Bock, sagt Samir, die hängt nur am Handy, versteh ich.

Ich habe aber auch nichts, was ich loswerden möchte aus dem letzten Jahr, flüstert Linda neben mir.

Dito, sage ich knapp und stecke mein Handy wieder ein, mir fällt wirklich nichts ein, was ich loswerden möchte, nicht einmal etwas, das ich mir aus der Vergangenheit zurückwünsche, außer noch einmal wie früher nach dem Mittagessen bei Familientreffen unter dem Tisch verschwinden können, ohne dass es mir jemand übel nimmt.

Ich beobachte Lukas, der in der Mitte kniet, bei ihm gibt es viel loszuwerden aus dem letzten Jahr, ich hebe meine Hand und sage, ich hätte auch Bock.

Lukas taxiert mich für einen Augenblick, nicht jeder darf zu jedem etwas sagen, meint er dann.

Langweilig, ruft Samir, dann spiel ich nicht mit.

Ich auch nicht, sagt Marie, außer man darf zu jedem was sagen. Und dann!, fügt sie warnend hinzu und deutet grinsend in die Runde.

So gut kennen wir uns doch gar nicht, sagt Linda, um zu jedem was zu sagen.

Eben, ruft Samir, du musst dann raten, was der andere loswerden möchte, das ist doch das Lustige.

Ich kenne euch viel zu gut, sagt Jara und schlägt die Hände vors Gesicht, ich wünschte, ich könnte noch raten.

Marie lacht, und Lukas gibt nach, okay, okay, jeder zu jedem was, sagt er, wir fangen jetzt in Stille an, lehnt euch zurück und stellt euch genau vor, was ihr Silvester vor einem Jahr gemacht habt.

Also, um die Uhrzeit letztes Jahr, wiederholt Marie fragend, und Lukas nickt. Weiß ich, antwortet Samir, da hast du schon gekotzt.

Generell, sagt Lukas, den ganzen Abend, Stimmungen, Bilder, Eindrücke, Farben, Gerüche.

Bitte keine Gerüche, sagt Samir, aber dann wird es still.

4. Kapitel

Vor einem Jahr träumten Alex und ich von Urlaub, obwohl es uns nicht darum ging, neue Erfahrungen zu sammeln, sondern keine von den gleichen mehr machen zu müssen. Er dachte dabei an den Windfang des Pflegeheimes, an die Ausfahrt an der A23, an die Vorratspackung Parisienne in seiner Schublade am Arbeitsplatz, an die Taschentücher auf seinem Nachtisch, an die Filmabende, an die netten Gespräche, und wenn er einen Wunsch frei gehabt hätte, dann hätte er gerne niemandem mehr eine Antwort geschuldet. Tagelang haben wir gesucht und sind dann doch nur nach Rügen gefahren.

Vor einem Jahr habe ich mir das schön vorgestellt, mit Alex in den Urlaub zu fahren, ich habe da immer an seinen alten Volvo gedacht und an seine Hand, die mein Knie ab und zu streifen würde. Ich dachte an Thermoskannen mit Hagebuttentee, an geschnitzte Äpfel und an so viel Gepäck, dass ich aus dem Seitenfenster schauen müsste, um ihm zu sagen, wie er rückwärts einparken sollte.

Der Volvo ging wenig später kaputt, und so sind wir dann doch nur lange Zug gefahren. Wir bummelten uns durch bis zur Ostsee und träumten dabei von einem Ort, der unbenutzt von uns aussah, aber sobald wir ankamen, hängten wir unsere Jacken wieder über die Stuhllehnen. Wir hatten zu viel für das Apartment ausgegeben und nahmen dafür den Wein aus den unteren Regalen im Supermarkt. Kurz nach acht wussten wir nicht mehr, worüber wir reden sollten, also versuchte ich zuerst, mit ihm zu schlafen, und dann schauten wir *Wer wird Millionär*.

In den Abendstunden verwechselten Alex und ich uns mit den Wasserflecken an der Decke, die Fenster waren so schmutzig, wie wir es gerne von uns behauptet hätten, der Wasserdruck war nicht mehr derselbe. Nach dem Sex fühlten wir uns kurz wie eine Kleinfamilie an.

In der ersten Nacht träumte ich schlecht. Ich weiß nie, wovon genau ich mich im Urlaub erholen soll.

Vor einem Jahr sind wir am Abend vor Silvester am Strand spazieren gegangen, und ich hatte gewusst, dass Alex etwas über die Muscheln sagen würde, weil er auch derjenige ist, der am Abend als Erstes auf den Himmel deutet und irgendjemandem den Großen Wagen zeigt. Er meinte also, dass jede Muschel schön sei und doch so unverwechselbar, und ich dachte, was stimmt nicht mit Muscheln, dass wir sie schön finden und dann nach zwei Stunden nicht mehr wissen, wo wir sie hintun sollen, die Muscheln aus unseren Hosentaschen, aus den Seitenfächern unserer Koffer und den Umhängebeuteln. Wir meinten, wenn wir wieder in Wien wären, dann würden wir ausmisten.

Schon oft hatte Alex davon geträumt, auf die Umzugskartons, die seit Wochen im Flur standen, *zu verschenken* draufzuschreiben und sie vor die Türe zu stellen, ohne noch einmal nachzuschauen, was darin ist. Als wir am dritten Tag noch einmal Wein besorgten, legte Alex den Edding dafür mit auf das Kassenband.

Wenn ich Alkohol kaufte, erinnerte ich mich jedes Mal an die Favoriten von Bekannten und hielt mich daran. Ich empfahl den Musikgeschmack meiner Freunde weiter und tat so, als wäre es mein eigener. Auf dem Heimweg hörte ich Reinhard Mey.

Der Sand blieb in meinen Hosenumschlägen.

Ich wollte das Meer eigentlich mit niemanden mehr teilen, eigentlich wollte ich mich bei ihm entschuldigen, weil ich immer so tat, als könnte es meine Probleme lösen.

Ich wollte mich bei den Airbnb-Zimmern entschuldigen, bei den Sommer-Sales, bei der Pille und bei der Pille danach.

Im Apartment bohrte Alex den Korkenzieher in den Schaumstoff, bis ich meine Hand über seine legte.

Ich wollte dir nur helfen, sagte ich, als der Korken in der Flasche abbrach. Na ja, sagte er, so geht's noch weniger. Weil ich betrunken war, nannte ich ihn mein blaues Wunder, er ging früh schlafen und setzte den Ausdruck auf die Liste der Worte, mit denen wir uns nicht weiter ruinieren sollten.

Auf TripAdvisor suchten wir nach den besten Bewertungen. Alle Orte, an denen wir uns aufhielten, hatten vier von fünf Sternen. Alles, was wir bestellten, ließen wir uns mit Sahne servieren. Wir tranken ab Mittag, wo wir waren, war Halbschatten.

Wir folgten der App zu den Küstenstreifen und den Kreidefelsen, wir folgten ihr auf eine familienfreundliche Aussichtsplattform und beinahe auf den Baumwipfelpfad, aber der kostete zwölf Euro pro Person.

Rügen lässt das Herz eines jeden Naturliebhabers höher schlagen, sagte TripAdvisor.

Wenn du die Natur nicht magst, sagte ich zu Alex, dann können wir auch zum Rasenden Roland.

Ne, sagte Alex, das passt schon gut hier, und das sagte er so lange, bis ich im Kopf ausrechnete, wie viel wir ausgeben würden, wenn wir stattdessen in einer Jugendherberge übernachteten, ob es unserer Beziehung nicht guttun würde, wenn wir sie jeden Abend auf Stockbetten aufteilen müssten. Und dabei sehnte ich mich nur nach den Fremden, die man abends kennenlernen könnte, weil das Fremde das noch nicht Vertraute ist, und unser Fremdes, das wollten wir nicht mehr antasten. Alles, was wir uns bis dahin noch nicht gezeigt hatten, blieb zu Recht verschlossen.

Schau, sagte ich manchmal zu Alex, eine Möwe, eine Alge, ein Krebs, schau dir den Himmel an, wie viel Platz er hier einnimmt.

Wir schoben den Moment auf, an dem wir nicht mehr wissen würden, was wir als Nächstes anschauen sollten, also setzten wir uns erst mal auf eine Bank am Hafenbecken.

Die Menschen bewegten sich hier langsamer.

Angenommen, sagte Alex dort am Hafenbecken, wir würden einen Fischkutter klauen und immer geradeaus fahren, wie lang würden wir brauchen, um das Packeis zu sehen?

Wusstest du, sagte ich, dass die Schotten 102 Wörter für die verschiedenen Arten haben, wie Schnee fallen kann. Das sind doch sicher nicht die Schotten gewesen, sagte Alex, aber als er nachschauen wollte, ging sein Akku leer. Bist du dir sicher, fragte er.

Ich nickte und sagte ihm mehrmals, wie sicher ich mir war. Ich wollte ihm sagen, dass das Gefühl, den Bus nach Hause zu nehmen, und das Gefühl, schwarzzufahren, dasselbe war, dass ich ihn, seit ich fremdging, nicht mehr am Gang erkannte, dass ich ihn manchmal mit meinem Vater verwechselte.

Zu meinem letzten Geburtstag hatte ich Alex ein Fotoalbum geschenkt. Beim Kaffee hatten wir die Bilder betrachtet, die schon gerahmt im Regal standen, und ich hatte mich gefragt, wann die Gegenwart so nichtssagend geworden war, dass die Vergangenheit anfing, aufzuholen, ob ich recht hatte, wenn ich sagte, dass er kalt geworden war seit dem Umzug, oder ob er sich nur nicht mehr bewegte, weil er Angst hatte, mit mir zu verschmelzen. Was meinst du, fragte er noch mal, wie weit müssten wir fahren?

Am 31. fuhren wir mit der Fähre auf die Insel und wollten das alte Jahr dort zurücklassen. Auf dem Deck beobachtete ich einen Mann dabei, wie er eine Frau fotografierte und erst abdrückte, als sie anfing, zu lächeln. Ich vermisste das Gefühl, so angeschaut zu werden, aber niemand Konkretes.

Auf der Insel fanden wir nur dünne Äste und Rinde. Bevor wir wieder am Festland anlegten, warf ich drei Namen über die Reling, Alex vier, wir hatten nicht gefragt, ob wir mal lesen dürften. Bevor das Holz unterging, wurde es im Strudel des Bugs nach oben gespült.

Den Silvesterabend wollten wir langsam verbringen, doch in unserem Apartment war Countdownstimmung. Es war dreiundzwanzig Uhr, und draußen schneite es. Wir berichteten uns gegenseitig vom Schnee, bis Alex sagte, wenn, dann waren es die Inuit.

Er nahm sein Handy in die Hand, um nachzuschauen, aber schrieb dann unserem Host eine Bewertung auf Airbnb. Was meinst du, fragte er mich, vielleicht vier Sterne?

Ich fing an, mich auszuziehen. Es war vierundzwanzig Uhr, es war Neujahr, und ich wollte seinen Körper von meinem überzeugen. Alex schraubte uns eine Flasche Wein auf, und diesmal klappte es. Meine Hände hatte ich erst nirgendwo, und dann glitt ich über seinen Neuschnee, dann hinterließ ich meine Vertiefungen in ihm. Ich sah seinen Atem, ich malte mit dem Finger auf seiner Haut, ich tropfte Schneeregen in seinen Mund, ich nahm ihn mit in den Wald. Sein Kopf war nur dünn zugefroren, und ich mochte es, wenn es knackte.

Anna, sagt jemand, du bist dran. Ich schrecke auf, der Raum ist immer noch da, der Perserteppich mit den floralen Mustern, Maries überkreuzte Beine und Samirs abwartender Blick, den er auf Lukas gerichtet hält, jetzt sag schon, ruft Marie, dein Silvester.

War gut, sage ich, letztes Jahr, Alex und ich waren im Urlaub, ganz entspannt.

Dann willst du nichts loswerden, fragt mich Lukas und schiebt mir trotzdem einen Stein rüber.

Da gab es nichts auf Rügen, sage ich, wir waren im Urlaub, superschön, ich überlege mir mal, was dieses Jahr nicht so gut war, und dann lasse ich meinen Stein über den Teppich zu Fede rollen.

Auf Fede kann ich mich immer verlassen, der stoppt den Stein mit der Hand ab und beginnt von seinem Januar zu erzählen, bevor irgendjemand protestieren kann.

Was brauchst du denn jetzt, Maus?, schreibt meine Mutter, *haben sie in Ö auch Maxi King?*

Ja, schreibe ich, *alles da, danke!*

Ich schick dir trotzdem ein Paket.

Okay, antworte ich.

Gleich morgen, schreibt sie. Dann schickt sie mir ein Video aus dem Garten, der Frost liegt über dem Lavendel, und darunter flackern zwei Grabkerzen.

Endlich kann ich das Herz schicken. Ich schicke sechs, eins für meinen Vater und fünf für die Brüder, die ich früher hätte bekommen sollen.

Wer hatte Schuld. Mit dieser Frage wurde das hellblaue Frottee zur Seite gelegt, mit ihr wuchs ich in die Piratenphase hinein und später wieder heraus, du jedenfalls nicht, sagten meine Eltern. Aber was sollte Schuld schon sein, Schuld war etwas wie Grüße, die man ausrichten oder die man nicht ausrichten konnte, aber das Wort an sich veränderte nichts.

Meine Eltern lächelten in die gleiche Richtung, während sie sagten, dass es schon irgendwie weitergehen würde, selbst dann noch, als sie in verschiedenen Räumen schliefen.

Ich schnitt mir die Haare und trug meinen Eltern beim Abendessen meine Bestzeiten vor.

Du wirst es weit bringen, sagte mein Vater dann.

Ich hatte die Noten dafür, um es weit zu bringen, ich hatte auch die Disziplin dafür, mich weit zu bringen, ich wollte mich an einen anderen Ort bringen, aber das passierte nicht, nicht nach dem Abi und den Praktika und der Zusage von der Uni in Wien.

Fede erzählt von Frankfurt, von den Flussufern, die bis Mitte April noch kalt und danach matschig sind, und von dem Bier an den Promenaden.

Kannst du noch Maultaschen reinlegen, schreibe ich meiner Mutter, *und Frankfurter Würstchen.*

Da geht es mir super, sagt Fede, letztes Jahr an Silvester war ich dort und habe gleich neue Freunde kennengelernt. Ich stelle mir vor, dass, wenn Frankfurt ein Facebook-Profil hätte, dann eins ohne Bild und ohne gemeinsame Freunde.

Fede hockt da im Schneidersitz, das Shirt spannt ihm über den Oberarmen. Für einen kurzen Moment sieht er gut aus, weil ich verstehe, wie man ihn anschauen kann, wenn man denkt, er hätte noch Geheimnisse, und ich merke, wie Samir ihn fixiert.

Was möchtest du denn loswerden aus dem Januar, fragt Lukas und nickt seinem Stein zu. Der kommt schon aus der Donau, sagt er, ich habe alle Steine da rausgeholt, und jetzt beschriften wir sie und werfen sie wieder rein. Irgendwann holen wir wieder welche raus, und das ist dann der Kreislauf des Lebens.

Jara strahlt ihn an, sie mag solche Sätze, aber sie ist auch ein großer Fan von kleinen Döschen, in denen man Centstücke sammelt.

Fede zögert mit der Schrift, ich weiß nicht genau, sagt er und blickt in die Runde.

Ich erinnere mich an unsere Telefonate letztes Jahr zur selben Zeit, als Fede nicht wusste, ob er sein Studium abbrechen sollte, und ich nicht mehr wusste, wann er angefangen hatte, Männer als Einstellungssache zu bezeichnen, und damit, nur noch ab und zu in die Mundhöhlen der Jungs hineinfühlen zu wollen.

Fede hat letztes Jahr seine Therapeutin gewechselt, nachdem sie immer meinte, er müsse seine Comfort Zone verlassen, während er nur davon träumt, seine Comfort Zone einmal zu betreten, so, wie man früher eine Wohnung betreten konnte.

Seine Therapeutin wisse nicht, wie hart es sei, als junger Mann in einer Großstadt zu überleben, als junger Mann und lost dazu. Als Fede mir damals über FaceTime davon erzählte, hob er die Finger, um mir erst an einer und schließlich an beiden Händen aufzuzählen, als was er in einer Großstadt lieber überleben würde.

Vielleicht kannst du die Stadt loswerden, sage ich laut, weil sonst niemand etwas sagt.

Warum denn die Stadt, fragt Fede, mir geht's da doch gut.

Na klar, sage ich, aber.

Was aber, fragt Fede, mir gefällt es da.

In Frankfurt, frage ich noch mal, wo genau?

Ich kann mir da keinen Ort vorstellen, an dem Fede ganz er selbst ist, vielleicht will er nur in der Ecke des Zimmers seiner neuen Therapeutin liegen bleiben und nachts, wenn es kalt wird, ein Tempo nach dem anderen aus dem Spender ziehen und sich damit zudecken.

In Frankfurt, sagt Fede noch mal, etwas aufgebrachter, einfach in der ganzen Stadt, die muss ich nicht loswerden.

Okay, sage ich und hebe beschwichtigend die Hände.

Geht auch ein Name, fragt Fede.

Klar, sagt Lukas, aber Fede schüttelt den Kopf, ne, sagt er, ich hab doch keinen.

Jetzt lüg nicht, sagt Samir und pikst ihm mit einem Edding in die Seite, sag schon, eine Affäre.

Da gibt es keine, grinst Fede zurück, und jetzt legt auch Marie ihre Hände um den Mund als Verstärker und ruft: Ich wette, er hieß Marc, oder André.

Da gab es keinen Marc, springe ich für Fede ein, oder?

Ne, er schüttelt den Kopf, nur einen, der hieß Heiko.

Noch schlimmer, ruft Samir, und Fede grinst und deckt die Hand über seinen Stein, damit niemand lesen kann, was er wirklich aufschreibt.

Samir sieht mich an, und ich schüttle den Kopf. Er lächelt, weil er erkannt hat, dass mir Fede wichtig ist, er ist froh, heute Abend hier zu sein, um sich ein bisschen in konfrontativer Pädagogik zu üben oder in didaktischem Handeln in der Erwachsenenbildung, oder wie auch immer er es nennen würde, dass er jetzt mit Fede flirten kann, um mir klarzumachen, dass ich vor zwei Wochen nicht hätte sagen sollen, dass ich Abstand brauche.

Ich muss wieder an Fedes Therapeutin denken, an seinen Safe Space in Frankfurt. Gerne würde ich einmal mit ihm tauschen, am Ende der Sitzung von meinem Stuhl rutschen, mich im Schneidersitz in die Ecke schieben und ihr stumm und unsichtbar den Rest des Tages zuschauen. Nur so lange, bis ich weiß, wieso in so einem Raum nie etwas einfacher, aber doch klarer scheint als draußen, ob man sich auch diesen Tischbrunnen zulegen muss oder ob man einfach ein paar Teelichter in eine Wasserschale setzen sollte. Ich würde seine Therapeutin dann fragen, wie lange Therapeutinnen brauchen, um sich für die Bilder an der Wand zu entscheiden. Ob sie im Kollegium darüber diskutieren, ob sie im Wartezimmer Glückskekse hinstellen, und wer derjenige ist, der immer die anderen überstimmt.

Möchtest du jetzt etwas aufschreiben, Anna, fragt Lukas und hält mir auffordernd seinen Stift hin.

Über den Januar, frage ich, und er nickt, wie das letzte Jahr angefangen hat und was du loswerden möchtest. Die anderen im Kreis sehen mich an.

Anna verschweigt etwas, sagt Samir, die hatte eigentlich mega das krasse Jahr. Titten machen lassen. Promoviert. In der Reihenfolge.

Er grinst in die Runde. Lass mich das machen, ruft er, ich weiß eh, was Anna loswerden will.

Ich fange sofort an, zu reden, weil er so grinst, als würde er gleich verraten wollen, dass ich im letzten Jahr mit Safe Space doch meistens den Abstand zwischen seinem Daumen und meinem Zeigefinger gemeint habe.

Wir sind ja erst im Herbst davor nach Wien gezogen, sage ich hastig, und da habe ich mich direkt in Anglistik eingeschrieben und bin am dritten Tag weinend aus der Uni gelaufen, aber sonst weiß ich echt nicht, was ich aufschreiben könnte.

Marie lacht, als ich das sage, und wirft ihre Locken zurück, ich bin so froh, dass du gewechselt hast, danke, Samir, und Samir klopft sich selbst auf die Schulter.

Fede legt den Kopf schräg, was ist denn mit dem Tavor, wolltest du das nicht mal absetzen?

Was, lacht Jara, Anna?

Fede sieht erstaunt in die Runde, krass, ich dachte, die wüssten, weil das doch immer in der Schule, egal.

Brauch ich nicht mehr, winke ich ab, das war nur damals.

Fede legt sich eine Hand vor den Mund, sorry.

Wofür hast du das denn gebraucht, fragt Lukas.

Jetzt lass doch, sagt Marie, kann ja nicht jeder koksen, und ich hatte Ritalin, na und.

Für gar nichts, sage ich, nur früher mal kurz, nachdem mein Vater gestorben ist.

Ach so, sagt Lukas betreten, weil er zwar kein guter Mensch ist, aber ein höflicher, tut mir leid.

Kurz, lacht Fede, wenn es das nicht gegeben hätte, hätte Anna die ganze Schule zusammengeschlagen.

Und, fragt Samir, hat sie es gemacht?

Einmal, sagt Fede.

Einmal fast, ich brauche es nicht mehr so häufig, sage ich in die Runde. Das letzte Mal, dass ich aggressiv wurde, war, als ich

Alex zum Geburtstag eine mehrstöckige Torte backen wollte mit einem Schriftzug aus Schokolade und weißem Fondant, ich versuchte, ihn auszurollen, bis er mir in den Haaren klebte und Jara dann vorbeikommen musste.

Ich stupse sie an, und Jara lacht, stimmt, sagt sie.

Jara hat ihre Zigarette in der Zuckermasse ausgedrückt, sage ich in die Runde und deute währenddessen auf sie, und gesagt, wir holen Alex jetzt was vom Bäcker, das bemerkt er doch eh nicht.

Okay, sagt Marie und winkt ab, es ist doch jedem mal irgendwas zu viel, alles easy.

Stimmt, sage ich, das geht euch doch auch so. Manchmal will ich niemanden mehr kennen, der nicht in einem Altbau wohnt, ich will nur mehr Leinen tragen und nach Lavendel duften.

Als ob, sagt Samir, aber der Satz ist gut, darf ich den für ein Absperrband haben.

Dein Jahr lief doch sonst echt gut, Anna, ruft Marie mir zu, Studium, Wohnung, Beziehung, und dann schaffst du das auch noch mit diesem Vegansein.

Ja, sage ich, da weiß ich gar nicht, was ich aufschreiben soll. Ich betrachte den Stein, der vor mir liegt, und denke an den Oktober vorletzten Jahres, als Alex und ich neu in Wien waren, niemanden kannten und nicht wussten, welche Buslinien unsere werden würden.

Überleg mal, was wir hier alles erleben werden, sagte ich zu ihm, als ich das erste Mal wirklich aus dem Fenster unserer neuen Wohnung sah.

Wo, fragte Alex, und ich nickte nach draußen zu den ausgewaschenen Dächern und den Regenrinnen in die Richtung der Mariahilfer Straße, generell da. Als er nichts antwortete, drehte ich mich vom Fenster weg und suchte seinen Körper, aufrecht, aber mit hängenden Schultern stand er im Wohnzimmer, seine farbbesprenkelten Arme verschränkte er vor dem grauen Shirt, und seine hellen Stirnfransen fielen ihm ins Gesicht. Ich wollte sie ihm hinters Ohr streichen, sein Blick war ernst, und der Mund stand ein wenig offen, wir können anstoßen, sagte ich, auf unsere erste eigene Wohnung. Alex nickte langsam. Ich kam auf ihn zu, umarmte ihn und drückte ihm eilige Küsse auf den Brustkorb, den ich weich durch das T-Shirt spüren konnte.

Ich war selbst überrascht, wie eifrig sich meine Hände um seine Seiten legten, auf der Suche nach einem Safe Space, du fühlst dich nicht wohl, murmelte ich in den Stoff, dir gefällt es hier nicht.

Lass nur, sagte er, das kommt schon noch.

Jara lacht neben Marie auf, ich weiß, was du draufschreiben musst, Marie, sagt sie, dass du gesagt hast, du hättest einen Jagdschein, dabei hattest du nur mal diese Katze überfahren.

Alter, ruft Fede, aber sich dann über meine Würstchen aufregen.

Marie schlägt sich die Hände lachend vors Gesicht, das war im Jahr davor, sagt sie, und jetzt lass mich in Ruhe meinen Scheiß aufschreiben.

Bist du in Ordnung, wispert Linda an meiner Seite, du lachst gar nicht mit.

Klar, sage ich.

Man muss auch nicht immer etwas aufschreiben, sagt Lukas in Maries Richtung, manchmal passiert ja gar nichts Schlimmes. Stimmt, sagt Marie, und Samir lächelt mich an.

Ich schreibe seinen Namen auf den Stein und drehe ihn um.

Ich hab was, sagt Marie und reibt sich die Nase. Meine Eltern haben zwei Betten in zwei Stockwerken, vier Duschen, drei Balkone, aber nur eine Kaffeemaschine, um die Schnittpunkte nicht zu verlieren. Meine Eltern finden Schnittpunkte und große Häuser wichtig, damit man sich trotz der Schnittpunkte aus dem Weg gehen kann. Das ging früher nämlich nicht, da musste mein Vater einmal nach einem Streit ins Spülbecken pinkeln, weil meine Mutter sich im Bad eingesperrt hatte.

Im Raum ist es jetzt ganz still, nicht wegen dem, was sie gesagt hat, sondern aus Ehrfurcht davor, dass sie einmal ehrlich war. Marie erzählt selten etwas Persönliches. Von ihren Ex-Freunden weiß ich nur, weil sie mir einmal von deren Schlafzimmern erzählt hat. Im ersten hingen noch Poster, sagte sie, das war einer aus meiner Klasse, im zweiten hingen Gemälde, das war mein Geschichtslehrer, der Dritte hatte eine Wand mit Brettspielen, mit ihm habe ich immer noch eine On-off-Beziehung, und der Vierte hatte gar keine Bilder an den Wänden, und er hat mich später geghostet, verrückt, oder?

Immerhin ist euer Haus wirklich schön, sagt Erik, meine Eltern wohnen in Alt-Erlaa.

Unser Lachen klingt nicht falsch, nur unangemessen, und Marie grinst erleichtert, weil ihr eine unangemessene Reaktion lieber ist als gar keine und weil sie, während wir lachen, nicht nachhaken muss, wie es anderen geht.

Wir lachen aneinander vorbei, ohne dass jemand fragt, wann ihr die Stille zum ersten Mal etwas ausgemacht hat, ob ihre Eltern nach dem Skiurlaub wirklich wiederkommen und wann sie das letzte Mal ganz da gewesen sind.

Ich hab noch was, rettet uns Erik aus der linken Ecke mit einem Gesicht, an das ich nicht ranzoomen würde, ich war letztes Jahr im Puff.

Wirklich, fragt Linda, wie war das?

Frauenverachtend, sagt Fede, und Erik schüttelt den Kopf, besser, als ich dachte.

Ich betrachte ihn nun doch genauer, alles an ihm scheint mir mittelgroß und absehbar. Lukas verknotet schon wieder die Hände, na ja, sagt er und atmet dann laut aus, immerhin was für den Stein.

Ne, sagt Fede, man kann für vieles Verständnis haben. Er deutet mit einem Zeigefinger ungenau auf die Welt, für Wandtattoos, okay, oder für die Sachen, die Leute sich so als Deko auf die Fensterbänke stellen, oder für sonst irgendwas, aber sicher nicht dafür.

Fede sieht mich an, weil wir in der Schule oft über Prostitution gesprochen haben.

Er denkt, dass ich da immer noch seiner Meinung bin, aber ich weiß, dass ich mal einem Mann in der U-Bahn lange mein Handgelenk hingehalten habe, obwohl er nur kurz die Uhrzeit ablesen wollte, und dass ich einmal zur Thai-Massage gegangen bin, nachdem Alex wochenlang auf dem Sofa geschlafen hat, und dass ich neunzig Minuten lang zu der Masseurin sagte, sanfter, sanfter und später trotzdem verspannt war.

Im Grunde wünsche ich mir auch so etwas wie einen Puff, aber einen, in dem ausgebildete Sozialarbeiter mit großen Händen in sehr stillen Räumen sitzen und mir tröstend für eine Stunde über den Rücken streicheln, wo mich eine liebe Frau fesselt und sich dann an meine Seite faltet wie Yoko Ono, wo mein Hausarzt mich ab und zu akupunktiert und meine Professorin alle zwei bis drei Wochen vorbeikommt und sagt, das wird schon alles.

Die Frau, die jetzt den Edding in der Hand hält, arbeitet seit einem Jahr beim Rundfunk. Von Marie weiß ich, dass sie Verschwörungstheorien hasst, aber wenn sie Marie von der Treue ihres Freundes erzählt, dann gehen ihr die Beweise an der ersten Hand schon aus, dann kann sie nie jemanden davon überzeugen.

Bei mir gibt's eigentlich keine Updates, sagt sie leise, nur ein neues not together mit irgendwem, und drei Wochen später denkt man, man ist endlich über den anderen hinweg, und dann läuft im Supermarkt plötzlich wieder Philipp Poisel.

Ich studiere ihr Gesicht genauer und erwarte eine Traurigkeit oder zumindest eine Nachsicht in ihren Augen, aber ich finde nichts. Ihre Gesichtszüge wirken glatt und still, als hätte sie mit ihnen nie etwas abfangen müssen oder als hätte sich zumindest nichts dort angestaut, was ihr im Leben schon an den Kopf gestoßen wurde.

Du musst ihn endlich vergessen, ruft Marie. Die Frau vom Rundfunk schüttelt den Kopf, auf ihren Stein schreibt sie erst *Philipp Poisel* und dann *Beine*.

Aber du hast doch kein Problem mit deinen Oberschenkeln, sagt Linda, jedenfalls hast du das mal in deinem Podcast behauptet.

Stimmt, sagt das Medienmädchen, jetzt nicht mehr, aber die hab ich mir auch mal einfrieren lassen.

Alles klar, sagt Marie, ab jetzt weniger Geld für Make-up ausgeben, und mehr für Schönheitsoperationen.

Jo, nickt das Medienmädchen, ist auf jeden Fall nachhaltiger. Nachhaltig ist ein Stichwort, das immer gut passt, das Medienmädchen möchte gar nichts Großes mehr in der Welt verändern, weil man dabei vielleicht über drei Ecken aus Versehen den Regenwald abholzt, alles, was sie möchte, ist eine große Reichweite und einen möglichst geringen ökologischen Fußabdruck. Dann gibt sie den Edding wieder zurück zu Erik, der ihn zwischen den Handflächen reibt, als wollte er damit Feuer machen. Ich halte nicht viel von Vorsätzen, aber in dem Moment nehme ich mir vor, im nächsten Jahr mutig genug zu sein, um eine Strichliste für die schwachen Momente anzulegen und sie dann an der Kühlschranktür zu befestigen.

Okay, sagt Erik langsam, das letzte Jahr war eher mäßig, ich bin immer irgendwo zwischen Tierfilminteressiert und Fernseherrunterschmeißen, aber was soll ich jetzt noch auf diesen Stein schreiben, außer das mit dem Puff.

Was willst du denn loswerden, fragt Lukas.

Ich will einfach okayer sein, psychisch, sagt Erik, was ich sehr ehrlich finde. Lukas reicht das nicht. Er fragt nach seinem Tag-Nacht-Rhythmus und dass Erik ja gar nicht besonnen sein könne, wenn er nur nachts vor die Tür gehe, und Jara ergänzt, dass er seine Aggressionen sicher auf irgendwas aus seiner Vergangenheit zurückführen könne. Erik schüttelt den Kopf.

Bei mir ist es zum Beispiel das Gegenteil, sagt Jara und schreibt Eltern-Kind-Beziehung auf ihren Stein. Meine Eltern haben mich bei langen Autofahrten immer auf den Mittelsitz gesetzt, damit sich meine Geschwister links und rechts nicht streiten, daher kommt meine Harmoniesucht, vielleicht musst du dich einfach mal mit deinem inneren Kind auseinandersetzen.

Ja klar, sagt Erik, aber es kann ja nicht immer alles nur an mir selber liegen. Er sieht jetzt betrunken aus und auch ein bisschen ängstlich. Die Abwesenheit von Zuversicht ist mir vertraut, weil ich noch nie wusste, was ich antworten soll, wenn jemand sagt, ja, ja, deine Generation will doch immer nur größer, höher, weiter. Ich wollte noch nie größer, höher, weiter, ich hatte immer nur Angst, dass alles schlimmer wird. Das streiten sie immer ab, die Erwachsenen, bis sie fragen, ah, du studierst Germanistik, und dann machen sie Witze übers Taxifahren. Oder bis mich jemand fragt, wie ich lebe, und ich als Erstes sage, dass die Wohnung gar nicht so teuer ist, und immerhin darf ich erst mal vier Jahre darin bleiben.

Bei mir schon, seufzt Fede neben ihm und schreibt Faulsein auf seinen Stein. Ich muss mehr Sport machen, seit einem halben Jahr habe ich Muskelkater nach dem Sex, das hatte ich früher nie, wie unsportlich muss man sein, dass man da Krämpfe bekommt, das ist doch wie die Teilnahmeurkunde bei den Bundesjugendspielen.

Samir lacht, du bist so witzig, ruft er durch den Raum zu Fede, sag mir einen Grund, wieso ich dich nicht heiraten darf.

Er hat Bindungsängste, antworte ich, bevor Fede antworten kann.

Konfrontationstherapie, sagt Samir, das lerne ich noch im Studium.

Sehr lustig, meint Marie, und Fede lacht.

Macht euch das Spiel allen Spaß, übertönt Marie ihn wieder.

Es geht nicht so lange, sagt Lukas, und es ist eigentlich auch kein Spiel, man kann die Dinge eben nur loswerden, wenn man sie zuerst selbst reflektiert, also, was ist denn im Frühjahr passiert?

Er blickt uns auffordernd an, während er heilig in der Mitte steht. Lukas hätte auch Pfarrer werden können, denke ich, weil seine Hände so kraftlos sind und er sich immer in alle Richtungen dreht, damit niemand im Kreis ausgeschlossen wird.

Linda vom Balkon zum Beispiel fühlt sich von ihm angesprochen und fängt an, zu weinen, da hat er mich mit Julia betrogen, wimmert sie, und das ganze Zimmer atmet ein und sieht zu ihr rüber.

War das nicht der Theaterregisseur, der Hurensohn, fragt Jara, und Linda presst sich die Hand vor den Mund und schluchzt laut auf, reichst du mir einen Stein, dann schreib ich das auf, also: Ich gehe zum Theater und möchte ihm Kuchen vorbeibringen, gehe zu seinem Büro mit meiner Tupperware, aber da ist er nicht, gehe in das Hinterzimmer, die Tür ist angelehnt, und da steht er mit Julia, küsst sie, und ich da mit meiner Tupperware, was willst du hier, hat er mich dann gefragt. Und ich zurück, gehst du fremd, und er sagt, Baby, ich networke.

Hurensohn, meinte ich doch, sagt Jara, und Marie schmeißt noch zwei Tüten Chips in die Mitte.

Vielleicht hast du was falsch verstanden, ruft Samir. Für einen Augenblick muss ich meinen Kopf auf dem Sessel hinter mir ablegen, der die letzte Stunde geduldig und stumm war.

Komm, sagt Marie, ich warne dich, wenn du jetzt mit dem Vier-Seiten-Modell anfängst. Samir greift sich die Chips, schulterzuckend.

Du bist ein Original, sagt Marie, und ich denke, wenn das stimmt, dann müsste er fairerweise eine Zigarettenmarke sein, mit Warnhinweis und Bild, wie entstellt man nach ihm aussehen könnte.

Ich bin dran, sagt Samir, im Juli hab ich die Zusage für das Stipendium bekommen, Highlight des Jahres.

Das war am ersten, sagt Lukas, was war mit dem Rest vom Juli.

Den hab ich versoffen, meint Samir. Und er malt ein Weinglas und ein Herz auf einen Stein, und Heinrich Böll war mein Sugardaddy.

Jetzt mach ernst, sagt Marie, was möchtest du loswerden.

Okay, einen Namen. Er schaut in die Runde, ratet mal, welchen. Er geht jeden Einzelnen mit seiner Eddingspitze durch und gleitet über Marie, Lukas, Jara, Erik, Fede und Linda. Ich denke an die Flecken auf seinem Leintuch, an die Nächte, in denen ich mich schon mit einem Würfelspiel verwechselte, an die Momente, in denen wir uns beide hinters Licht geführt haben, weil wir in der Dunkelheit besser aussahen.

Spaß, sagt Samir, ich hab wirklich nix, nicht mal eine Affäre. Er grinst neckisch zu Fede, und ich atme erleichtert auf, Fede lacht Samir zahnlückig an, mit rundem Rücken und schräg gelegtem Kopf.

Fede hat nie etwas davon gehalten, sich größer zu machen, als er ist, stattdessen hat er mit zwölf angefangen, sich kleinzureden, als ihm klar wurde, dass er sich weniger leisten kann als andere Jungs in seinem Alter, und als seine Mutter ihm sagte, denk mal nicht, dass dich so irgendein Junge schön finden wird, mit den gefärbten Haaren.

Fede dachte nicht, dass irgendein Mann ihn schön finden würde, bis Joni ihm im Schwimmunterricht seine Taucherbrille lieh und ihn dann drei Wochen später an der Wand der Sporthalle küsste.

Ich nippe an meinem Rosé, der inzwischen warm geworden ist. Fedes Blick flackert durch den Raum, sein aschblondes Haar klebt ihm etwas an der Stirn, gleich wird eine einzelne Strähne abstehen.

An einem Sommertag vor vielen Jahren hat er mir mit Edding *A & F 4ever* auf die Hotpants geschrieben. Seitdem sind wir uns nie wieder so nah gewesen, zumindest erinnere ich mich nicht daran, dass seine Hand danach noch einmal auf meiner Haut gebrannt hätte.

Ich hatte ihm nichts mehr von den Jungs erzählt, die ich süß fand, und von meinem Vater, der fehlte, und von den anderen Mädchen, die mir von Fedes Nähe berichteten, bis er Joni kennenlernte.

Joni war kein Mann, aber der männlichste Elftklässler, den wir kannten, und für ein paar Monate war Fede größer als wir alle.

Wir werden heiraten, hatte er mir in der Mittagspause zugeflüstert, gleich nach dem freiwilligen Jahr.

Damals wusste Fede noch nichts von Lennard und Mark und Fabi, damals gab es nur unsere Schule, die Gottesdienste im Grünen und das Blumen-zum-Selberpflücken-Feld.

Alex hatte es schon immer gegeben, wir hatten vor ein paar Wochen damit angefangen, miteinander zu gehen.

Ich hatte einen Monat lang schlecht geschlafen, bis ich den Mut fand, ihn nach der letzten Stunde im Schulbus zu fragen, sag mal, würde es dir was ausmachen, mit mir zusammen zu sein? Ne, sagte er und lächelte mich an.

Wie ne, fragte ich, also möchtest du auch?

Alex hatte die Schultern gezuckt und genickt, ja, ich meine, why not?

Okay, sagte ich, unsicher, weil sich nichts veränderte, Alex packte seine Brotzeit aus, die seine Mutter ihm gerichtet hatte, aber als wir ausstiegen und keiner uns mehr sehen konnte, nahm er meine Hand.

Als ich den anderen davon erzählte, reagierte niemand überrascht, als wäre es für das ganze Dorf absehbar gewesen, dass Alex und ich nebeneinander groß wurden und aneinandergepresst blieben.

Joni war anders, weil er das technische Gymnasium abgebrochen hatte und das Abitur bei uns nachholen sollte. Müssen wir mit denen abhängen, hatte Alex mich einmal gefragt, als Fede uns schon von Weitem vom Blumenfeld aus zuwinkte.

Warum, sagte ich, er spielt doch auch Fußball.

Alex nickte, ja, aber anders als ich.

Fede sah Joni beim Andersspielen zu, voller Bewunderung für seine breiten Schultern und für die Art, wie er mit einem Handtuch im Nacken auf dem Platz auslief.

Wenn Fede nicht hinschaute, sah Joni mich an, als wäre ich ein Preis, den er gewinnen wollte. Das hatte bis dahin nie jemand getan, noch nicht einmal Alex, weil man in einem Dorf nicht gewollt werden kann, wenn man immer schon da war.

Einige Wochen träumte ich von Joni, denn er war einer, über den man so ein Bad-boy-Buch hätte schreiben können, das in der Bücherei in dem Regal für die Dreizehn- bis Fünfzehnjährigen stand.

Wenn ich bei unseren Treffen seine Blicke auf mir spürte, schob ich die Spitzen meiner Turnschuhe in die trockene Erde, bis ich grinsen musste und zu ihm aufsah.

Ich weiß schon, sagte er dann, und an einem Nachmittag strich er sich das Shirt von den Unterarmen und raunte mir zu, morgen um drei Uhr hier.

Zu Hause redete ich mir ein, dass Joni es den anderen genauso gesagt habe, dass wir uns dort alle gemeinsam morgen treffen würden, so wie wir es an fast jedem anderen Sommertag taten. Und trotzdem zog ich den Rock an statt der Jeans und die Ballerinas statt der Turnschuhe, weil ich mir bei allem, was ich mir einredete, selbst nicht zuhörte.

Im Juli habe ich Anna und Alex kennengelernt, sagt Jara in dem Moment, dafür bin ich dankbar, überhaupt für euch alle, weil ihr heute hier seid und den Abend so besonders macht.

Samir hat sich nach hinten geneigt. Während die Aufmerksamkeit auf Jara liegt, schreibt er hastig auf seinen Stein. Kurz bin ich wieder verliebt in ihn, weil er die Dinge doch ernst nimmt, wenn niemand hinsieht.

Jara schaut zu mir rüber, und ich nicke. Ich habe es keine einzige Minute bereut, zu Germanistik gewechselt zu haben, weil die Bibliothek so schön war und unser Professor für Sprachwissenschaft auch und weil Samir mich sofort an seine Schwester vermittelt hatte, die mich mit ihrer Umarmung bejahte.

In den Pausen rauchten wir das ganze Semester über zu dritt auf den Treppen zum Vorplatz. Marie schwärmte für den Professor, Jara neben ihr blieb dabei still und lächelte sanft, lächelte weiter den Professor an, während sie mit ihm diskutierte, bis er auf Jaras Tisch klopfte und sagte, ich glaube, aus Ihnen wird mal was Großes.

Ich stehe auch kurz vor dem Durchbruch, sagte Marie nach der Stunde frotzelnd zu ihr, und ich glaube, das war tatsächlich so, aber eher wie ein Haus, das abgerissen gehörte.

Jara gibt den Stift weiter, ohne etwas über das letzte Semester aufzuschreiben. Sie rollt ihren Stein in die Mitte und holt ihn dann doch wieder mit zwei Händen zu sich zurück, um sich von ihm die Jackentasche ausbeulen zu lassen. Wisst ihr was, sagt sie, den möchte ich alleine wegschmeißen, aber nicht heute Abend.

Jara und ich tauschen einen Blick aus, weil sie oft von den Dingen redet, die sie loswerden will, und weil ich ihr immer zuhöre und weiß, das klappt eh nie, das ist so, als würde man sagen, man macht jetzt eine schöne Torte mit weißem Fondant.

Lukas lässt sich kurz auf seine spitzen Knie in der Teppichmitte fallen und reicht Jara eine Hand, die sie drückt, mehr passiert nicht zwischen den beiden, aber irgendwas daran bringt sie zum Lächeln. Weiter, sagt Lukas.

Jara erzählt von ihren Panikattacken, die in diesem Sommer wiedergekommen sind.

Du musst einfach aufhören, bei anderen, sagt Marie, keine Ahnung, da eben ständig mitzufühlen.

Jara schweigt einen Moment, weil sie so achtsam ist, dass sie die Antwort nie vor der Frage weiß.

Wie soll ich denn damit aufhören, fragt sie dann langsam, alles immer verstehen zu können. Statt einer Antwort nicke ich ihr nur zu, weil ich Jara nur so kenne, als wäre die Nettigkeit nicht Teil ihres Charakters, sondern ihre ganze Persönlichkeit. Als hätte sie statt der Bibel als Kind einen Duden auswendig lernen müssen, als hätte sie statt Psalmen immer wieder einzelne Wörter aufgesagt, Friedfertigkeit, Wohlgemut, Großzügigkeit, und wäre so ein besserer Mensch als wir alle, eine getriebene Gläubige geworden.

Jara war im letzten Semester Jahrgangssprecherin gewesen und blieb für die unbezahlten Aushilfsjob noch nach den Kursen an der Uni. Sie verstand sich mit allen Kommilitoninnen und mit unserem Professor, der sie nach der Stunde manchmal zu sich rief. Ich weiß nicht, was ihn mehr interessierte, ihre verregnete Sprache oder ihre Tropfen.

Du bist halt auch so da, sage ich, immer so da. Marie lacht, stimmt, das ist sie, das bin ich nie. Ich auch nicht, sage ich. Ach, winkt Marie ab, im Moment leben, das ist doch sowieso überbewertet. Findest du, sage ich, ich fühl mich oft schlecht, weil ich es nicht so oft tue.

Warum denn, antwortet Marie, unsere ganzen Vorfahren haben so was von im Moment gelebt, weil sie immer bluten und schwitzen mussten, um am Abend irgendwas zu essen auf dem Tisch zu haben, und am nächsten Tag ging es von vorne los, und sie haben das nur gemacht, damit irgendeiner dann irgendwann mal nicht mehr im Moment leben muss, und das sind jetzt wir, ist doch super.

Na ja, sage ich, jetzt nutze ich meine Freiheit für Zwangsgedanken. Jara nickt mir zu und sagt, ich muss Apps, bevor ich sie schließe, zweimal neu aktualisieren, und setzt sich aufrecht hin, um an einer Hand weiter aufzuzählen.

Ich muss bei einer grünen Ampel bis drei zählen, bevor ich loslaufe, ich muss die Türklinke zweimal nach unten drücken, bevor ich einen Raum verlasse, und als mich das Pop-up-Fenster vor einem Porno vor Kurzem gefragt hat, ob ich einmal für eine Nacht zwanglos sein möchte, da habe ich beinahe auf ja geklickt.

Das passt zu ihr, finde ich, weil Jara mir in unserem ersten gemeinsamen Kurs an der Uni auch einen weißen Acrylstift mitbrachte, nachdem ich ihr von den Schimmelflecken im neuen Bad erzählt hatte.

Alex meinte, ich könne sie ja mal zum Essen einladen. Beim Abendessen drei Wochen später hatte ich mein Weinglas gegen ihres klirren lassen und gesagt, am Anfang hatte ich Angst vor dir.

Vor mir, Jara schob sich die Haare hinters Ohr, warum? Weil du so fließt, weil du so heilig bist, sagte ich, vielleicht so, wie man Hexen als heilig bezeichnen könnte. Spirituell, fragte sie, und ich nickte, vielleicht spirituell, aber ohne die Amulette und mit schöneren Ringen.

Jara kam dann öfter vorbei, sie war die Einzige, die einem ohne Vorankündigung in die Küche gespült wurde und der man dann einfach ein Brett in die Hand drückte und sagte, hier, kannst du bitte mal die Tomaten schneiden?

Ich legte dann die Zwiebeln auf das Holzbrett, das Alex' Mutter mir zum Umzug geschenkt hatte, und schnitt mir in den Finger. Ich presste ein Taschentuch darauf, während Alex und ich Plätze tauschten und ich den Tisch für uns drei deckte. Alex erzählte uns von seinem Tag, einmal von dem Stromkasten im 14. Bezirk, auf dem immer *Ich liebe dich nicht mehr* gestanden hatte, was plötzlich durchgestrichen war. Was bedeutet das jetzt mit der doppelten Verneinung, fragte er, ihr seid doch hier die Germanistinnen.

Und Jara erzählte beim Kochen von den leeren Zimmern im Haus ihrer Eltern und von Lukas und von ihrem Herzen oder dem, was davon noch übrig geblieben war. Das ist es, sagte sie manchmal mitten im Gespräch und deutete auf die zwei schmelzenden Eiswürfel in meinem Gin Tonic oder auf ein kleines Loch in ihrem Pulli, genau so fühlt es sich an.

Lukas und Jara hatten sich vor drei Jahren kennengelernt, und Jara sagt heute noch, es war Liebe auf den ersten Blick, obwohl ich immer noch nicht verstehe, was denn daran Liebe sein soll, wenn man sich vorstellt und der eine gleich sagt, Jara, das ist aber ein komischer Name, und die andere antwortet, das höre ich öfter.

Ich mochte Lukas nicht, weil er Jara mit seinen Problemen belastete, bis sie zu schwer war, um wegzugehen, bis er sich so lange über sie beschwert hatte, dass er ganz sicher sein konnte, dass Jara nicht mehr fortgehen würde.

Er ist einfach er, sagte sie mir und schüttelte den Kopf, er ist der Eine, was soll ich machen?

Ich konnte mir das nicht erklären, nicht mal, als ich sie zusammen sah und Lukas netterweise Jaras Hand unter seinen Oberschenkel schob, als sie fror.

Er hat Angst, sagte sie, als sie Alex und mir wieder einmal in die Küche gespült wurde. Sie fing an, ihre Spangen aus den Haaren zu ziehen und sie vor sich auf dem Tisch abzulegen.

Er hat Angst, wiederholte sie und machte dann mit dem Silber an ihren Fingern weiter.

Ich kenne ihn, sagte sie immer wieder, ich weiß doch, wie er ist, und jetzt hat er einfach Angst.

Was ist denn passiert, fragte ich, doch sie schüttelte den Kopf, erzähle ich euch nachher, wo sind die Tomaten?

Das ist es, sagte sie später und deutete auf die Wunde der Tomate, die noch auf dem Brett blühte und sich nicht mehr in die Auflaufform schaben ließ. Alex fragte, was soll das sein, und ich sagte, das ist Jaras Herz.

Genau, sagte Jara.

Vor was hat er denn Angst, fragte ich sie später, als Alex den Auflauf auf den Tisch stellte und den Wein aufschraubte. Jaras Kopf lehnte an der Raufasertapete.

Er will nichts davon wissen, sagte Jara, er kommt einfach nicht damit klar. Sie steckte sich aufgeregt eine blonde Strähne hinter die orientalisch verschlungenen Ohrringe.

Das geht doch jedem Mal so, oder, fragte Alex beschwichtigend, der kriegt sich doch wieder ein. Dann schob er ihr ein Weinglas rüber, und Jara legte eine Hand auf ihren Bauch und sagte, für mich heute Abend kein Alkohol.

In der Nacht schliefen wir zu dritt in unserem Bett, bis Jara mich irgendwann am Arm berührte, weil die Schwere sie wieder einholte. Ich muss heim, sagte sie, vielleicht ist er inzwischen wieder da. Ich konnte Jara nicht davon abhalten, weil sie einem genauso in den Raum gespült wird, wie sie ihn wieder verlässt, ausweichend bestimmt und unnachgiebig sanft, bis die Haustür hinter ihr leise ins Schloss fällt.

Mit dem Handy auf laut lag ich dann neben Alex, der ruhig und regelmäßig atmete, mit seinem warmen Rücken, der von mir gestreichelt wurde, und seinem nackten Schulterblatt, das mich an die letzten sieben Jahre erinnerte.

Ich drückte auf den Schnitt an meiner Fingerkuppe, der immer noch oder schon wieder dort war, und fuhr damit über seine Schulter, bis ein dunkler Strich dort entstand, wo ich ihn berührte.

Das Blut blieb, selbst als ich meine Hand wieder zurückzog, was mich beruhigte.

Nach rutschigen Träumen lehnte ich mich am nächsten Morgen an Alex' Schulter an.

Jara ist gegangen, sagte ich. Er hielt die Augen geschlossen und die Arme ausgestreckt neben seinem Oberkörper, während ich mich auf ihn setzte und dort sitzen blieb.

Wir sollten uns gemeinsam tätowieren lassen, schlug ich vor.

Wie kommst du jetzt darauf, fragte er, ohne die Augen zu öffnen. Nur als Idee, sagte ich, um was zu teilen.

Jetzt sah er auf, was sonst nicht seine Art war, aufzuschauen und nichts zu sagen, und von da an hatten wir keinen Pärchensex mehr, nur noch Dreier, Alex, ich und der stille Vorwurf.

Weil ich das liebte, was ich inzwischen meinen inneren Frieden nannte, erwähnte ich den stillen Vorwurf nie, und wir standen auf, duschten und machten Dinge, bis ich mit dem Pfandflaschenbeutel im Flur stand und sagte, ich liebe dich, und er im Türzuziehen meinte, ich dich mehr, weil er noch nie schlecht war im Lügen, weil ihm das Ich-dich-mehr bis zum Ende ohne Zögern über die Lippen ging.

Noch am selben Abend brachte Jara ihre Zahnbürste in unser Bad, weil Lukas sich nicht mehr meldete. Die nächsten vier Tage sah ich unsere Wohnung aus ihren Augen und achtete auf die unscheinbaren Dinge, den Abfluss der Badewanne, die Beipackzettel im Mülleimer und die Schneidebrettchen, die leer blieben, weil Alex nur noch liefern ließ.

Das ist jetzt die richtige Zeit für Fastfood, sagte er, und mehr kann ich ja leider nicht für dich tun.

Das meiste tat Jara alleine, sie fühlte in sich hinein, mehr passierte nicht, nur das Wasser in der Badewanne wurde abwechselnd heiß eingefüllt und lauwarm abgelassen.

Ich mach es, sagte sie am vierten Tag, und dann gingen wir die Woche darauf gemeinsam ins Krankenhaus.

Im Wartezimmer schrieb sie Lukas, dass sie seine Haut vermisse, und in der Nacht legte Jara meine Hand auf ihren ausgehöhlten Bauch, und ich streichelte ihn. Jara verglich unsere Beziehung in dieser Zeit oft mit ihrer, sie meinte zum Beispiel, so wie ihr beide, so könnten wir auch werden, wenn Lukas sich wieder meldet.

Wie meinst du, fragte ich, und Jara erwiderte, so eingespielt.

Jara hatte uns in den letzten Tagen zugehört, als wir von den kränklichen Blättern der Birke vor dem Fenster sprachen.

Ja, eingespielt können wir, sagte Alex und nahm meine Hand.

Er tat das mit der gleichen Selbstverständlichkeit, mit der er mir sechs Jahre vorher am ersten Mai mit Kreide eine lange Spur von seiner zu meiner Haustür gelegt hatte, um sie mit mir am nächsten Morgen abzuschreiten, als wäre es der Weg zum Traualtar.

Jara wollte auch die Hand gehalten bekommen, und drei Tage später sagte sie mir, dass Lukas wieder da sei.

Aber du gehst jetzt nicht zurück, oder, fragte ich sie, obwohl ich es besser wusste, weil sie sich wieder alle Ringe über die Finger streifte.

Ich gehe nicht zu ihm zurück, sagte sie, aber ich muss mit ihm reden. Sie steckte ihr Haar mit den Spangen hoch und sah mich sorgenvoll an, ich glaube, ihm geht es gerade nicht so gut.

Als Jara gegangen war, blieben Alex und ich nicht alleine. Der stille Vorwurf war immer noch da und eine Wut, die ich davor nicht gekannt hatte. Ich verkroch mich im Wohnzimmer, Alex drehte am Esstisch einen Podcast lauter.

Warum, fragte ich Alex später, ich meine nur, warum?

Das wiederholte ich eine Weile, während wir die Pizzakartons ins Altpapier stopften, das Bett abzogen, die Schneidebrettchen wieder aus den Schränken holten und Jaras Zahnbürste vorsorglich im Bad stehen ließen.

Hast du gewusst, dass Wien mehr Brücken hat als Venedig, fragte ich Alex, während er eine von Jaras Spangen vom Teppich aufhob.

Er schüttelte den Kopf.

Sogar doppelt so viele, sagte ich, über achthundert.

Fake News, sagte Alex und betrachtete die silberne Spange im Licht. Und dann, nachdem wir ein paar Minuten schweigend nebeneinander hergedacht hatten, ergänzte er, ich glaube, sie liebt den einfach.

Ich war dann gegangen, um Alex länger mit dem Satz alleine zu lassen.

Sag du doch mal was, Samir kneift Lukas, der schräg vor ihm im Kreis kniet, oder bist du hier der Heilige?

Natürlich nicht, sagt Lukas, aber zögert dann mit seinem Stift.

Okay, ruft Samir, wer weiß was über Lukas?

Lukas steht vor uns mit seiner schlaksigen Hüfte und den fusseligen Socken Größe 43-46. Er trägt sich mit ihnen leichtfüßiger als ich durch den Raum. Sofort wird wieder eine Antipathie in mir geweckt, vielleicht, weil Lukas so selbstgerecht durch das Leben geht, während ich ihm immer etwas panisch hinterherrenne. Es fühlt sich an, als würde das Leben sich mir schon seit Ewigkeiten entziehen und sich immer weniger erklären wollen, das hatte angefangen, als ich in der Grundschule vom Kükenschreddern erfuhr und als mir eine Freundin in der fünften Klasse erzählt hatte, dass sich alle sechs Sekunden jemand umbringt, und ich mal fünf Minuten mitgezählt habe und immer bei sechs an meinem Eis leckte.

Ich habe Jara nie gefragt, wie viel sie ihm erzählt hat von der Zeit, in der er nicht da gewesen war.

Im September war sie zum Essen vorbeigekommen und meinte, dass sie jetzt doch wieder mit ihm, ich goss mir Wein nach, und Alex legte mir eine Hand aufs Bein.

Klar hatte Lukas ihr Gesicht beim Küssen in beide Hände genommen, klar hatte er gesagt, dass es ihm leidtut, klar hatte er ihr die Haarsträhne hinters Ohr gestrichen und sie dann von hinten auf der Dachterrasse genommen, auf der ich zwei Wochen zuvor noch die Weinflasche in die Richtung ihres Bauchnabels geschoben hatte, aber deswegen hatte er sie doch noch lange nicht verdient.

Für einen kurzen Augenblick betrachten wir gleichzeitig den wackeligen Steinturm in der Mitte des Kreises.

Na ja, sagt Lukas, winkt jetzt doch ab und beschriftet seinen Stein ganz alleine. Für einen Moment ähnelt er Jara in seiner Nachsichtigkeit, und ich frage mich, wer die Geste von wem abgeschaut hat oder ob sie sie in ihrer Beziehung gemeinsam entwickelt haben und jetzt ab und zu abwinken, na ja sagen und das Liebe nennen.

Ich verrate Lukas dann doch nicht, nicht, weil er es nicht verdient hätte, sondern weil Jara damals seufzte, dass sie es einfach nur vergessen möchte, bevor wir in meinen Geburtstag reinfeierten. Und weil ich auch kein besserer Mensch war als er, um Mitternacht bekam ich einen Traumfänger und einen Gummibaum geschenkt und von Alex einen Jute-Beutel mit dem NASA-Logo. Alex denkt bis heute, ich hätte mir die Strapse selbst gekauft, die Strapse und das Teleskop.

Still nehme ich mir einen Stein. Ich hab was, das möchte ich wirklich loswerden, einen ganzen Tag möchte ich aufschreiben, ab der Minute, in der ich vor einigen Jahren das Blumenfeld erreicht hatte. Da war Joni schon von dem Bänkchen an der Bushaltestelle aufgestanden und hatte im Gehen ein paar Tulpen für mich abgeknickt.

Ich hab was für dich, sagte er und drückte sie mir in die Hand.

Die sind sehr schön, sagte ich und freute mich, weil für Fede hatte er noch nie Blumen abgerissen, zumindest hatte ich es nie gesehen.

Ja, sagte er, für dich.

Und das *dich* klang ganz konkret, viel konkreter, als ich mich fühlte. Ich lehnte mich in das Wort hinein und an seine Brust und presste meinen Bauch an seinen Bauch, fuhr mit den Fingerspitzen seine Wirbelsäule auf und ab, und dann drückte ich mein Gesicht fest in sein T-Shirt, weil mich sein Grinsen störte.

Joni roch nach mir, was nur bedeutete, dass unsere Mütter dasselbe Ariel-Waschmittel benutzten, es ärgerte mich, nie konnte ich eine neue Erfahrung machen, fick mich, sagte ich und hörte mich endlich richtig fremd an.

Joni atmete okay in meinen Nacken, aber tat dann einige Zeit lang nichts mehr, als meine Hüfte festzuhalten. Ich wusste auch nicht weiter, ich hatte noch nie einen Film gesehen, in dem zwei auf einem Blumenfeld Sex haben, lieber hätte ich das abgerockte Waschbecken einer Clubtoilette hinter mir gehabt und ein kurzes schwarzes Kleid getragen, dann hätte ich gewusst, was jetzt zu tun wäre. Fick mich, sagte ich wieder, die Wut war nicht mehr da, und diesmal klang es verlorener, als würde ich einen Fremden am Bahnhof nach dem Weg fragen.

Okay, sagte er noch mal, aber stützte sich jetzt nur noch hilflos auf meiner Hüfte ab, die Blicke rücklings schwer vergraben in den eigenen Erwartungen, bis ich wusste, worauf er wartete, meinen Rock hochschob und eine Hand in den Slip schob, da kam Bewegung in Joni, als hätte er erst jetzt einen Entschluss gefasst.

So eine bist du also, sagte er dann und grinste wieder in die Worte hinein und zog mich auf die Erde und tauschte meine

Hand durch seine aus, und beinahe musste ich lachen, weil seine Finger nicht genau wussten, wo sie hinsollten, bis sie es doch wussten und sich wütend bewegten. So, ja, fragte er, und ich sagte, ja, aber er glaubte mir erst, als ich damit begann, stoßartig auszuatmen.

Meine ganzen Sorgen blieben unbegründet, Alex tauchte nicht auf, und Fede kam nicht, und als Joni mir später sein Shirt gab, dass ich mir damit die Erde aus dem Gesicht wischen konnte, und mir dabei ins Ohr flüsterte, ich habe doch gleich gesehen, dass du so eine bist, da nickte ich und lächelte und sagte, tja, da siehst du mal, und wunderte mich, dass ich selbst noch da war.

Auf dem Heimweg passierte nichts Besonderes, außer dass er geräuschloser ausfiel als sonst, und das, obwohl schon lange das meiste leiser geworden und ich inzwischen gut darin war, in die Stille hineinzuhorchen.

In die Küche, in das Badezimmer, in das Schlafzimmer und in den Raum, in dem mein Vater lag. Er lag da immer noch in dem Spalt zwischen den Matratzen, obwohl die Drachenzeit schon längst vorbei war, die Schnüre aufgerollt im Keller lagerten, der Winter gekommen und der Frühling vergangen war, der letzte Frühling, dachte ich in dem Jahr immer wieder, das hier ist der letzte Frühling.

Und, fragte er, als ich die Tür leise öffnete und seinen Brustkorb beobachtete, der sich angestrengt hob und senkte, alles gut? Ich hätte antworten können, wäre die Stille nicht zuerst da gewesen, hätte neben uns ein Telefon vibriert, wäre mir sofort etwas eingefallen.

So wartete ich ab, wie ein höflicher Gast, der auf keinen Fall drängen wollte, aber die Stille verabschiedete sich nicht, und wir blieben zu zweit im Raum stehen, bis mein Vater seinen Kopf langsam drehte und fragte, was hast du denn, Maus?

Ich bin keine Maus, sagte ich.

Nicht, fragte er leise. Nein, sagte ich.

Okay, sagte mein Vater und sah mich an, als suchte er etwas in meinem Gesicht. Als er nichts finden konnte, da wurden meine Knie zittrig, ich verzieh ihm das nicht, dass er keine Ahnung hatte, wer ich war.

Nicht, fragte er, legte die Hände auf sein Gesicht und fing an, zu weinen.

Ich verließ den Raum und suchte mir einen, in dem die Stille mich wieder empfing. Ich wartete auf ein Bauchgefühl, doch es breitete sich nichts aus. Ich betrachtete den Bauch nur im Spiegel, formte mit der Hand eine Zange und presste das Fett zusammen.

Zwei Tage später kam ich wieder zum Blumenfeld und steckte zehn Euro durch den Spalt.

Am Abend war meine Mutter schon bei der Tagesschau eingenickt. In der Nacht versuchte ich, Gott mit einem Kissen zu ersticken, obwohl ich schon von zwei Dingen wusste, dass sie ganz sicher nicht existierten, Gott und sanfte Gewalt.

Eine Woche später hatte Joni mir dann diesen Affenemoji geschickt, der sich entschuldigend lachend die Augen zuhält, und dann haben wir uns zwei Wochen später in echt wieder getroffen, und er sah gar nicht aus wie der Affe, er hatte es noch nicht mal hinbekommen, sich wirklich zu entschuldigen, er saß nur neben mir und hatte die Hände irgendwo im Schoß und den Kopf gesenkt, so wie mein Vater manchmal dasaß, wenn ich nicht wusste, ob er noch lebte oder nicht mehr richtig.

Es tut mir leid, sagte ich schließlich, du hast jetzt sicher ein schlechtes Gewissen wegen Fede.

Geht, sagte er.

Musst du nicht, erwiderte ich und tätschelte seine Hand, im Grunde habe ich ja angefangen.

Am dritten Tag danach, als Fede mir zum dritten Mal die Hausaufgaben vorbeigebracht hatte, da tropften plötzlich Tränen auf das karierte Papier. Joni meinte, dass du auf ihn stehst, brach es aus ihm heraus. Das tue ich nicht, sagte ich schwach, und dann sagte ich gar nichts mehr. Und weil Fede sich schon damals lieber kleiner als größer machte, fing er nicht an mit der Wut, sondern gleich mit der Verzweiflung, nimm mir ihn bitte nicht weg, sagte er und legte seinen Kopf in meinen Schoß, nimm mir ihn bitte, bitte nicht weg. Werde ich nicht machen, sagte ich, versprochen, und streichelte ihm über seine blonden Haare.

Danach trafen wir uns nicht mehr zu viert.

Als meine Mutter Alex nach ein paar Tagen erlaubt hatte, mich wieder zu besuchen, sagte ich, es gehe mir schon wieder besser.

Super, sagte er, aber du darfst mich nicht anstecken. Mache ich nicht, sagte ich, und während ich mich an seinem Hals festhielt, konnte ich nicht aufhören, ihm zu schwören, dass ich bei ihm bleiben würde.

Ich weiß, dass du dableibst, sagte er, du musst das doch nicht so oft sagen.

Ich traue mir aber nicht, sagte ich, und er sagte, ich traue dir schon, und drückte meine Hand.

Sag mal, lacht Linda neben mir, wird das ein Roman?

Quatsch, sage ich, mir ist nur noch was eingefallen. Wenn ich die Wahrheit sagen möchte, dann muss ich von vorne anfangen, *Samir, Fede, Marie, Jara*, selbst *Lukas* schreibe ich auf den Stein, *Wien* auch, die Affären, *Michi*, *Jascha*, *David* und *Alex,* zweimal unterstrichen, das geht viel früher zurück, *Mama*, *Papa*, *mich*.

Lukas schaut prüfend in meine Richtung, ne, Anna, lacht Linda, jetzt sag mal, was war denn noch Wichtiges?

Ich will nicht darüber reden, antworte ich, ist etwas privat.

Was über Alex, fragt Fede, aber das würdest du doch nicht loswerden wollen.

Och, mann, nölt Linda, ich weiß genau, dass sie nicht böse, sondern nur neugierig ist, und trotzdem möchte ich sie schlagen.

Ist echt nicht so spannend, sage ich und deute entschuldigend in den Kreis, aber, füge ich hinzu, es war sehr wichtig, und uns geht es gut, und wir sind glücklich miteinander.

Kurz ist es still im Zimmer, dann schreit Fede plötzlich auf, ich weiß es, ihr habt euch verlobt.

Alex und ich, frage ich. Oder, brüllt er, ihr hattet doch Jahrestag im Oktober, oder, oder, oder?

Ja, sage ich, genau. Mein Gott, seufzt Linda und legt sich eine Hand über das Herz, das ist so romantisch. Fede strahlt, Alex und Anna sind nämlich schon seit sechs Jahren zusammen, und ich habe sie damals zusammengebracht, im Biounterricht in der achten.

Fede deutet mit dem Zeigefinger auf mich und schaut sich stolz im Kreis um, dann strahlt er mich an, ich wusste es.

Seit sieben, sage ich.

Herzlichen Glückwunsch, sagt Marie, warum hast du uns das nicht schon früher gesagt, dann hätte ich gleich den Sekt gebracht. Lukas hebt beide Hände und drückt dann mit ihnen nachdrücklich und sanft die Lautstärke nach unten, vielleicht hat er Angst, dass ihm das Spiel entgleitet, vielleicht spürt er, genau wie ich, die Blicke von Samir und Jara, die beide irgendetwas suchen. Mich vielleicht oder die richtige Version der Geschichte.

An unserem Jahrestag standen Alex und ich am Würstelstand und stießen mit Cola an, während Chantal, die dort halbtags arbeitete, mit ihren kräftigen Armen unseren Stehtisch abwischte. Wir betrachteten ihren Busen, ihr Doppelkinn und die dünnen Haare, die sie im Pferdeschwanz hinten hielt, während es schien, als würde ihr ganzer Körper nach vorne gezogen werden, von den breiten Schultern und den Fingern, die immer irgendetwas packten oder auswrangen oder festhielten, Chan Dark, sagte Alex, wie Jeanne d'Arc, so solltest du heißen, oder? Chantal grinste, ohne ihre Arbeit zu unterbrechen, und hielt ihm fünf Finger hin. Alex schlug mit seiner freien Hand ein.

Du hast es vergessen, sagte ich und drehte mich ein wenig ein, um ihm ins Gesicht sehen zu können.

Was meinst du, fragte er und fummelte an dem roten Deckel seiner Cola herum, dann schüttelte er den Kopf, bevor ich seine Frage beantworten konnte.

Shit, sorry, sagte er, der war ja heute, aber ist doch auch nicht so wichtig, für mich sind wir halt jeden Tag zusammen.

Klar, sagte ich.

Toll, sagte er, jetzt bist du sauer, dabei zitterten meine Finger vor Erleichterung, weil ich zum ersten Mal nichts falsch gemacht hatte.

Ich bin nicht sauer, meinte ich und wollte nach seiner Hand greifen, die er mir dieses Mal entzog, ich weiß doch, wie du bist, wenn du sauer bist, sagte Alex und wich einen Schritt vom Tisch zurück.

Weil ich ihm bis zur Wohnung hinterherlaufen musste, fiel mir auf, dass ich schon lange nicht mehr von hinten auf seine ausgetretenen Turnschuhe gesehen hatte.

Erst jetzt erinnerte ich mich daran, dass seine Jeans dort ausgefranst waren, wo er in der Wohnung immer barfuß auf ihren Saum trat, weil er sich noch nie dafür interessiert hatte, ob ihm Kleidung wirklich passte.

Als Alex hinter einer Kreuzung verschwand, bekam ich Angst, ihn zu verlieren.

Ich konnte mir nicht vorstellen, im Abseits des Fixpunktes zu leben, den ich in ihm gefunden hatte. Unsere Beziehung markierte den Weg, ohne den ich das Geradeaus nicht vom Seitensprung unterscheiden könnte.

Ich bin nicht sauer, wiederholte ich, als ich ihn kurz vor der Wohnung einholte, ich habe nur Angst.

Angst vor was denn, seufzte Alex, es ist doch alles gut.

Angst vor allem, sagte ich und dachte an die Orientierungslosigkeit, an die falschen Entscheidungen und an den letzten faltenlosen Sommer.

Wir können wieder umziehen, wenn du magst, warf ich ihm im Treppenhaus zwischen die Schulterblätter. Nicht zurück, aber woandershin, im nächsten Semester.

Ja, sagte er, ohne den Kopf in meine Richtung zu drehen. Wien tut uns nicht gut.

Wien ist ein Drecksloch, sagte ich und holte ihn endlich ein. Ich war wütend auf Wien und auf Alex' blaue Wetterjacke, die so neu gekauft und unbeschmutzt brav praktisch aussah, während ich mich wie das Gegenteil davon fühlte.

Versprichst du mir, dass du nicht weggehst, bat ich Alex und öffnete seine Wetterjacke von vorne, um mit meinen Händen seinen Brustkorb umfassen zu können.

Alex sagte, okay, und dann sprachen wir nicht mehr darüber, später kraulte ich ihm den Nacken, und er drehte mich im

Bett auf den Bauch, und irgendwann morgens stellte ich mir einen neuen Home- und Sperrbildschirm ein, ein Gedicht von Marie Howe.

Müssen wir wirklich bis Silvester wach bleiben, gähnt Jara, legt ihren Kopf auf meinen Schoß und sieht mich an.

Ja, sage ich, wegen der Wunderkerzen. Dann folge ich ihrem Blick zur Decke der Wohnung, die mit Stuck verziert ist. Ich ziehe meine Hand unter Jaras Haaren hervor und betrachte die Kuppe meines Zeigefingers, die längst wieder verheilt ist, was mir irgendwie anstößig vorkommt, als würde sie mich verraten. Jara, sage ich, weißt du, woran ich denke?

Ne, sagt sie.

Könnt ihr leiser sprechen, fragt Lukas.

Ich denke, flüstere ich, dass Alex der Mensch ist, der am meisten von meinem Blut kennt oder am meisten davon gesehen hat.

Was, fragt Jara.

Der am meisten von meinem Blut kennt, wiederhole ich, und Jara schüttelt den Kopf, ich habe dich schon verstanden, du Vogel.

Könnt ihr bitte, sagt Lukas, und Jara rückt ein wenig von mir weg.

Wo sind denn deine, frage ich laut in die Runde.

Hier, erwidert er ruhig, hebt einen einzigen großen Stein hinter sich auf und rollt ihn vorsichtig zu den anderen auf den großen Haufen.

Und, frage ich, während Jara sich neben mir ein bisschen aufrichtet.

Und, antwortet Lukas und blickt in die Runde, ich hätte letztes Jahr mehr auf die Prüfungen lernen sollen, das steht da drauf.

Bevor ich mich aufregen kann, legt Jara mir schon eine Hand aufs Knie, ich habe es für uns beide aufgeschrieben.

Das kann doch nicht reichen, flüstere ich zurück, du warst doch nicht mal diejenige, die weggerannt ist.

Bei dem Spiel reicht es, wenn einer das aufschreibt, sagt Jara, das ist ja das Besondere daran.

Das glaubst du selbst nicht, sage ich.

Okay, sagt Lukas, noch zwei Steine für jeden, wir haben irgendwie zu wenige.

Oder das letzte Jahr war einfach beschissen, murmelt Erik und nimmt sich drei und schiebt uns fünf rüber.

Für eine Sekunde möchte ich alle behalten und habe Angst, dass selbst die nicht ausreichen, ich rolle noch einen Stein weiter zu Jara und schreibe irgendetwas auf meine beiden, *Klausur unterpunktet* und *Mamas Besuch*.

Ich schreibe nicht auf den Stein, wie oft das Waschbecken in den letzten Wochen noch nach Alex gefragt hat, dass ich ihm vor vier Tagen noch geschrieben habe, *deinen Haaransatz hätte ich nie geheiratet* und wegließ, dass ich den Rest bei keinem anderen fand. Und es immer nur so lange gut ging, bis die andere Person den Hocker in der Bar zurückschob und ich dann für drei Minuten mit meinem Kiefer alleine gelassen wurde.

Dass ein Mann namens David heute Morgen meine Finger von seinem Hosenknopf schob und meinte: Eins nach dem anderen, und ich dachte: Einer nach dem anderen, denn seit Alex nicht mehr da war, waren alle nur noch andere nach dem einen. Dass ich Alex danach geschrieben habe: *Ich weiß, ich habe meine schlechten Seiten, aber seit wann willst du sie nicht mehr lesen?*

Dass Alex seit vier Wochen nicht mehr in der Wohnung aufgetaucht ist, obwohl heute Morgen schon der erste Schnee auf der Fensterbank lag, und dass ich gestern Abend David mit hochnahm und er einen Haufen Schnee mit den Fingerspitzen aufsammelte und mir den Frost auf meine Brüste legte.

Dabei lächelte er mich an, weil die Nippel steif wurden, er lächelte mich an, als wäre das ein Insiderwitz, dass die Nippel steif werden, und ich lächelte zurück und drückte meine Zigarette irgendwo in der Nähe seines Handgelenkes aus.

Schön, meinte er, sei die Wohnung, so hell, so geräumig, und ich weiß noch, wie ich heute Morgen dachte, dass er, statt eines Liebhabers, lieber ein Lesezeichen sein sollte, dann könnte er hier in unserer Wohnung liegen bleiben. Ich weiß, dass ich meine Finger an seine Lippen legte und wusste, ich werde nie mal kurz seine Stimme hören wollen.

In diesem Moment war mir das Wort Sickerwitz eingefallen, worauf ich die Fenster schloss, den Tabak einrollte und sagte, es sei schon spät.

Ich gehe ja schon wieder, erwiderte David da und zog sich langsam seine Schuhe an. Dabei sah er auf unser Regal, das wir immer noch nicht aufgebaut hatten, und auf die Umzugskartons, die immer noch ins Wohnzimmer glotzten, auf denen aber jetzt seit einem Jahr *zu verschenken* draufstand.

Möchtest du einen davon haben, fragte ich David und kickte gegen einen Karton.

Nein, danke, sagte David, aber ein Kaffee wäre nett.

Hab ich nicht, sagte ich, was stimmte, nur noch ein Glas Kapern und eine halbe Tüte Milch, die seit drei Wochen offen im Kühlschrank stand.

Kein Thema, murmelte David, und ich nahm ein Buch aus einem der Kartons, John Berger, sagte ich, den musst du gelesen haben.

Nächstes Mal vielleicht, sagte er. Ich wollte ihm die ganze Kiste hinterherschieben, weil ich nicht verstand, wie das funktionieren sollte, heute Abend wieder die Wohnung zu betreten und mich nach Alex umzusehen und den Rest der Zeit die Stille auszuhalten.

Ich muss jetzt los, sagte ich dann, obwohl ich eigentlich nur wollte, dass er losmusste. Ich ließ mich vor ihm aus der Wohnung und schob ihm dabei meinen Schlüsselbund in die Jackentasche.

Viel Spaß dann, sagte ich und ließ die Tür einen Spaltbreit offen, stolperte das Treppenhaus runter zum Bus, rannte dann weg und fühlte mich für einen Moment befreit von der Wohnung, die ich nie wieder betreten musste, und von dem Umsehen und der Schuld, die damit auch nicht mehr auf mich zukommen würden, aber nur ungefähr fünfzehn Minuten lang, dann rannte ich wieder zurück, und die Tür war verschlossen.

5. Kapitel

Meine Mutter schreibt, *wenn ich Irmgard nächste Woche treffe, weiß sie es schon?*

Keine Ahnung, antworte ich.

Kannst du Alex mal fragen, schreibt sie zurück, *nicht, dass ich da was Falsches sage.*

Ich schreibe Alex, *sag mir endlich, wo du bist, ich mache mir Sorgen.* Er ändert sein Profilbild nie, auf dem Bild lächelt er mich an wie vor fünf Jahren, manchmal, wenn ich ihm den Tag über nur textete, überraschte mich am Abend sein Gesicht. Kurz ist er online, dann verschwindet plötzlich sein Profilbild, und bei der nächsten Nachricht gibt es nur noch ein Häkchen.

Ich weiß, dass jemand bei ihm ist, weil Alex niemand ist, der alleine auf Sachen kommt, die er noch nie zuvor getan hat. Blockiert hat er mich noch nie.

Vielleicht ist er bei Murat, bei seiner Mutter oder still in Adolfs Sessel, oder er ist bei Elin und trinkt mit ihr gerade Rotwein.

Kann ich nicht, antworte ich meiner Mutter, *echt nicht.*

Bitte!, schreibt sie zurück.

Meine Mutter hält es nicht aus, irgendetwas nicht zu wissen. Als mein Vater krank war, sprach sie mit allen Ärzten, druckte ihre Recherchen aus und nahm einen Edding mit in die Sprechstunden.

Mir erzählten sie erst spät davon. Anna, sagte mein Vater, Anna, ich muss mal mit dir reden, der Papa ist krank. Mein Vater nannte sich nie Papa. Mein Vater nannte sich immer Frank.

Wie, krank, fragte ich.

Richtig krank, sagte er, und er legte sich die Hände übers Gesicht.

Ich hatte meinen Vater noch nie weinen gesehen, nicht mal, nachdem er mich angewiesen hatte, den Krankenwagen zu rufen, weil meine Mutter gerade mein Geschwisterchen ausblutete. Meine Mutter schaute zu mir rüber.

Mir wurde übel, weil sie auch nicht über ihre Hände Bescheid wusste, die hielt sie vor dem Bauch verschränkt, dem Bauch, in dem sie mich und die anderen herausgepresst hatte, in eine Welt, in der Väter weinten.

Du Arschloch, dachte ich.

In dieser Phase mied ich Fede, weil wir die Einzigen gewesen waren, die nicht den ersten Lipgloss trugen. Wir beide waren härter und unsicherer geworden in der Zeit, in der die anderen Mädchen anfingen, Glanzspülung in ihren Haarspitzen über Nacht einwirken zu lassen.

Alex, Fede und ich hatten denselben Heimweg. Alex sagte, die anderen Mädchen seien doof, Fede schwieg und sagte, ich fühl mich manchmal gar nicht so sehr wie eine von ihnen.

Ich war nicht alt genug, um neue Arten von Trost anzunehmen, also fing ich wieder mit den alten an, saß neben dem Bett meines Vaters und malte ihm Mandalas.

Das musst du nicht machen, sagte mein Vater.

Das machst du super, sagte meine Mutter.

Dort, wo Künstlerinnen ihren Namen hinkritzeln, schrieb ich hin, wie lieb ich ihn hatte. Ich hatte ihn lieb, ich liebte alles an ihm. Am meisten, dass er jetzt nicht mehr fortlaufen konnte.

Ich saß am Bettende, seine Finger hielt er still um sein Handy gelegt, aber seine Füße stießen unter der Decke aneinander.

Ich dachte früher immer, du kommst irgendwann nicht mehr heim, sagte ich einmal.

Willst du damit sagen, ich hätte dich nicht genug unterstützt.

Ich winkte ab.

Aber, sagte er, ich bin doch immer heimgekommen, das ist nur in deinem Kopf.

Mein Vater hasste Schuldgefühle. Er umging sie wie andere Leute einen Stau. Er schaute nach vorne, um sie nicht entstehen zu lassen, er sagte dann so was wie, du kannst mich schon begleiten, aber ich werde nicht viel Zeit für dich haben.

Alex war ähnlich, du hättest eigentlich jemand Besseres verdient, sagte er oft, ich werde dich echt nicht glücklich machen.

Kein Problem, sagte ich und rollte mich an seinem Fußende ein.

Als mein Vater nicht mehr arbeiten musste, sprach er öfter von den Fehlgeburten meiner Mutter, er lächelte mich an und nannte sie meine Geschwisterchen. Ich werde sie jetzt besuchen, sagte er, die warten da auf mich.

Meine Mutter verließ dann den Raum.

Nach seiner Beerdigung sagte ich einmal zu ihr, er ist jetzt bei meinen Geschwisterchen, aber da musste sie nur noch mehr weinen und sagte, toll, jetzt sind sie ihm wichtig.

Ich schreibe Alex, ob seine Mutter es schon weiß. Sie muss es wissen, nicht weil er, sondern weil ich mich so lange nicht mehr bei ihr gemeldet habe. Irmgard hat ein Profilbild, auf dem man ihre fleckigen Zähne erkennen kann. So was ist ihr egal.

Nach der Beerdigung meines Vaters war sie die Einzige, die auch mal nicht darüber sprechen konnte, ohne dass sich das andere Thema wie Deckfarbe anfühlte.

Die Nähe wurde nach dem Verlust verbeamtet, alle wollten mich plötzlich umarmen und da sein und angerufen werden, falls was ist. Wenn ich jemanden dann anrief, war immer alles okay, egal, in welcher Stimmung ich war, das gehörte zum Prozess dazu, sagten sie dann, aber was nach Toleranz klang, fühlte sich an wie ein freier Fall.

Du musst hier raus, sagte Alex. Gerade hatte er beschlossen, mit dem Cutten aufzuhören, er schnitt jetzt nichts mehr zusammen, er croppte keine Ränder mehr raus, er versuchte jetzt, das große Ganze zu sehen.

Ich legte die Hände über mein Gesicht und weinte so, wie mein Vater es getan hatte, wohin denn, da hab ich doch niemanden mehr.

Ich gehe mit, sagte Alex.

Es fühlte sich nicht so an, als würde mein Vater sich nicht mehr finden lassen. Sondern als hätte nur ich aufgehört, ihn zu besuchen.

Und jetzt, frage ich, nachdem Lukas das letzte Räucherstäbchen in der Schale mit Sand ausgedrückt hat.

Jetzt ist es bald alles weg, sagt Lukas. Das ganze letzte Jahr.

Während Lukas durch die Reihe geht und jeder seine Steine in den Beutel schmeißt, wird es still im Wohnzimmer. Auch ich halte Ausschau nach dem, was jetzt leichter sein soll, aber bevor ich es finden kann, schnieft Linda neben mir auf.

Du hattest recht, seufzt sie, ich fühle mich jetzt schon so viel besser.

Da siehst du mal, sagt er, dabei sind die Steine noch nicht mal im Wasser.

Ich spüre auch was, sagt Samir plötzlich, nachdem er seine Steine in den Sack geschmissen hat. Er fasst sich an die Brust und sieht mich begeistert an, ich fühle mich tatsächlich leichter, ich hätte nie gedacht, dass das funktioniert.

Das funktioniert eigentlich wirklich erst, nachdem man sie in den Fluss geschmissen hat, erklärt Lukas.

Es wundert mich nicht, dass Samir sich jetzt leichter fühlt, normalerweise kann er sich nicht selbst dazu bringen, Sachen abzugeben. Wenn ich im letzten Jahr bei ihm war, sah ich ständig meine Bücher bei ihm liegen, noch an derselben Stelle, wo er sie hingelegt hatte, als er sagte, danke, mal schauen, wenn ich dazu komme, und immer wieder kamen Bücher hinzu, ich weiß nicht, von wem, und sie wanderten alle gemeinsam durch den Raum und blieben immer unaufgeschlagen, bis ich meines wieder mitnahm, austauschte oder wiederbrachte.

Ich hatte irgendwann begonnen, auch Bücher, die er nicht von mir hatte, einfach einzustecken, nie hat er mich darauf angesprochen, und nie hatte ich dabei ein schlechtes Gewissen empfunden. Ich sehe die Ausbeulungen, die Samirs Steine in den Beutel drücken, und als Lukas an mir vorbeiläuft, werfe ich meinen ganzen Roman da rein, der Sack läuft weiter, Richard Siken sagt:

A man takes his sadness down to the river and throws it in the river but then he's still left with the river. A man takes his sadness and throws it away but then he's still left with his hands.

Aber meine Hände werden gehalten, Fede hat sich neben mich geschlittert, hält mich am Ringfinger fest und brüllt, Glückwunsch zur Verlobung.

Was, frage ich.

Na, sagt er, am Jahrestag! Kannst du das glauben, sein Zeigefinger irrt irgendwo zwischen meiner linken Hand und dem goldenen Regen neben uns umher.

Er wedelt mit den Armen, als könnte er eine Grenze festlegen zwischen den hundert langsamen Mitternächten auf den Feldwegen früher und der Zukunft in der knisternden Stadt hier im Jetzt.

Nein, sage ich.

Ich auch nicht, sagt er, ich glaube es wirklich nicht, ruft er, ich kann es nicht glauben, du bist verlobt, und ich werde bald Patenonkel.

Na ja, sage ich, noch nicht gleich. Aber dann muss ich auch lachen, es kann ja sein, dass alles, was passieren muss, ist, dass ich Alex die ganze Geschichte erzähle, jetzt, wo ich mich getraut habe, mich an sie zu erinnern.

Fede ist jetzt nicht mehr klein und schüchtern, und auch ich habe plötzlich ein Stammhirn auf Heels, das die Faust in den Himmel reckt und glaubt, es könnte alles schaffen.

Wir sind endlich da, rufe ich zurück. Mein Stein ist weg, ganz leicht fühle ich mich bei dem Gedanken, Joni im Fluss zu versenken, alles der Welt zu überlassen und nicht mehr drinnen zu lagern. Ich möchte Alex davon erzählen, dass sich gerade etwas umgestülpt hat und Lukas mit seinen Beamtenhänden jetzt mein Zeug pflichtbewusst entsorgen wird wie Sondermüll.

Wien ist so krass, sagt Fede, und dann legt er einen Filter über das Wohnzimmer, bevor er das Boomerang in seiner Story postet.

Ja, sage ich und umarme Linda, die gerade an mir vorbeischwebt, frohes Neues. Linda grinst, letztes Jahr hat sie den einen gefunden und wieder verloren, dieses Jahr wird sie nach den neun oder zehn anderen suchen, die auch ganz okay sind. Wir haben noch gar nicht Neujahr, lacht sie. Aber ich wiederhole es, frohes Neues, und rufe es plötzlich gerne und umarme noch ein paar Leute mehr, um es öfter in eine Schulter zu schreien, frohes Neues, frohes Neues, frohes Neues, bis mich plötzlich Samir in seinen Pullover presst.

Die Haare sind längst lang genug zum Spenden, sage ich, Samir dreht sich einhändig eine Locke auf, noch nicht ganz, dreißig Zentimeter, je mehr, desto besser, und Glückwunsch noch mal zur Verlobung.

Ich verharre in seiner Umarmung, nein, sage ich, das stimmt gar nicht.

Was stimmt nicht?

Anstatt ihm zu antworten, wankt er uns vom Wohnzimmer in den Flur, direkt neben den großen Jackenhaufen, wickelt meinen Zopf einmal um seine Faust und reißt daran. Was stimmt nicht, denke ich, bis mein Kopf im Nacken liegt und mein Kehlkopf an seine Brusttasche gepresst wird, was stimmt nicht, ich halte die Augen geschlossen, während er sagt, frohes Neues, Anna, was stimmt nicht, ich wehre mich nicht und atme in die pulsierenden Haarwurzeln und glaube, er hat mir wirklich gefehlt oder zumindest das Atemanhalten in der Nähe eines anderen hat mir gefehlt.

Ich brülle Joni an seine Halsbeuge, fester, und Samir zieht an meinen Haaren, bis ich Sterne sehe, danke.

Plötzlich werden Samirs Hände wieder weich, da kommt der Tauwetterblick, Mann, Anna, warum muss ich das immer machen. Er presst seinen Kopf an meine Schulter, um in den tröstenden Geruch meiner Baumwollbrüste zu atmen, ich streiche ihm mit einer Hand über die Locken, als wollte ich sie entwirren, Mann ey, sagt er, du bist nicht meine Mutter.

Abrupt lässt er mich los und stößt mich aus dem Flur zurück ins Wohnzimmer.

Fede grinst mich von Weitem an und ballt seine Finger zur Faust und hüpft immer noch jubelnd auf und ab, neues Jahr, denkt er sich, neues Ich.

Das wird mega, brüllt er, springt auf mich zu und lebt und lebt und lebt.

Ja, sage ich, und trotz allem, was gerade passiert ist, umarme ich Fede und schaue mit ihm aus dem Fenster auf die Stadt, die unter uns langsam anfängt, zu vibrieren.

Ich stütze mich auf seine Schulter, während Fede sich räuspert, ich muss dir noch was sagen. In meinem Hals pocht es noch, und von dem Pochen wissen nur Samir und ich.

Was ist denn?

Ein Gefühl breitet sich in mir aus, das ich immer dann kriege, wenn ich ganz sicher weiß, dass ich Demütigung alleine aushalten kann. Ich glaube, das Gefühl haben auch alte Leute, wenn man ihnen in die Augen schaut, während sie sagen, sie hatten ein sehr bewegtes Leben.

Also, sagt Fede, mir geht's wirklich, wirklich gut in Frankfurt, weil, weil, hey, sein Blick flackert mich an, warum weinst du?

Fede hält mich mit einer Hand am Ärmel fest. Tue ich nicht, sage ich, ich glaub, ich muss mich mal kurz sammeln, weißt du, wo Marie ist, ich muss sie dringend nach Elins Nummer fragen.

Okay, sagt Fede, ich geh sie mal suchen, und du atmest mal kurz durch.

Auf dem Balkon versenkt Lukas gerade vorsichtig den Samtsack in seinem Rucksack mit ergonomischer Schulterpolsterung.

Die sollten wir auf jeden Fall noch vor Mitternacht in die Donau schmeißen, sagt er, das wäre wichtig.

Total gut, danke für das Spiel, sage ich und gehe an dem Balkongeländer in die Hocke. Der Boden ist gefroren, ich bin im T-Shirt rausgegangen, Lukas hat sich extra Schuhe angezogen.

Hey, sagt er, warum weinst du?

Tue ich nicht, wiederhole ich, aber Lukas nickt nur, das ist okay, er kniet sich zu mir und hält mir die Hände, lass einfach alles raus. Lukas' Geruch weht zu mir herüber, schwächer als zu Beginn des Abends, aber noch deutlich wahrnehmbar, sein brauner Pullover sieht warm aus und lochfrei.

Ich weine ein bisschen, aber nicht richtig, sobald mir jemand dabei zusieht, kommt nichts mehr raus.

Geht nicht, sage ich.

Ist auch okay, Lukas verstärkt den Händedruck, weißt du, was du jetzt machen musst?

Ja, sage ich, ich muss Alex erreichen.

Gut, sagt er, dann mach das. Lukas hilft mir auf und lächelt mich dabei an. Er hat dünne Haare, die werden ihm irgendwann ausgehen. Aber jetzt sind sie noch da.

Danke, sage ich, als er mir aufhilft.

Keine Ursache, lächelt er, das lernt man auch in dem Workshop.

Wo gibt es den, schniefe ich, ich will den auch machen. Lukas lacht.

Drinnen geht die Party weiter.

Marie, kannst du mal kurz Elin fragen, ob sie kommt?

Frag sie selbst, ich hab keinen Pin drauf, antwortet Marie und wirft mir ihr Handy zu. Dann hebt sie beide Hände an den Mund und ruft, wir können jetzt auf alles Ausgeräucherte anstoßen!

Wer hat denn heute noch keinen Pin auf seinem Handy, denke ich im selben Tonfall, in dem Fede vorher fragte, wer erzählt denn heute noch die Geschichten hinter den Tattoos?

Gerne, sagt Erik neben mir, ich brauche Schnaps.

Marie springt aufgeregt im Wohnzimmer umher und schenkt begeistert aus.

Nein, sagt Erik links neben mir, nachdem Marie ihm ein Glas in die Hand gedrückt hat, die Flasche.

Ich rufe Elins Chat auf und versuche, nichts anderes zu lesen, das Einzige, was ich nicht übersehen kann, ist, dass Marie ein unscharfes Bild von einem großen Hund als Hintergrund hat. Vielleicht der Hund ihrer Eltern, der jetzt auch Ski fahren ist oder eingeschläfert wurde. *Hey, schreibe ich, es gab einen Notfall, bitte komme heute noch, wenn du es irgendwie schaffst.* Ich warte, bis die Nachricht zwei Häkchen hat, dann gebe ich Marie ihr Handy zurück.

Kann ich auch einen haben, frage ich Marie und deute auf den Schnaps, und was ist das für ein Hund?

Meiner, gießt Marie mir ein.

Du hast einen Hund, frage ich.

Ja, sagt sie, den habe ich gerettet, als ich fünfzehn war, aber ich durfte ihn nicht behalten, weil er den Boden verkratzt hat.

Wie heißt er denn, frage ich, vielleicht kriegen wir ihn ja wieder, aber Marie schüttelt nur den Kopf, der hatte keinen Namen.

Samir schaut zu Marie herüber, er weiß immer, wenn sie traurig ist, er hat Angst, dass sie verschwinden könnte, der Hund hat den Boden verkratzt, und Marie zerschlägt Geschirr, Marie vergisst immer ihre Haare im Abfluss der Dusche.

Samir hielt die Flut fünfzehn Jahre lang von ihr ab, Samir war ein Wall, Samir hielt dicht, bis er auf einer Party betrunken einen Typen mit Zunge küsste und sich zum ersten Mal umarmen ließ, ohne dabei mit einer Hand auf den Rücken des anderen zu klopfen.

Von der Nähe, die er bei Frauen nicht zulassen kann, hatte er mir erzählt, als wir uns mal wieder auf der Dachterrasse an unserem Schloss getroffen hatten, und dass er danach anfing, soziale Arbeit zu studieren.

Bist du sicher, fragte er, dass du jetzt immer noch was von mir willst?

Ja klar, sagte ich, und dann hatte ich ihm von Fede erzählt, die im Kindergarten meine beste Freundin, und jetzt mein bester Freund war. Ich erzählte ihm von Fedes Kuss an der Turnhalle und von unseren Treffen zu viert auf dem Blumenfeld, von den Ärzten, den Therapeuten, den Operationen und den Tabletten, von dem Lostsein und Fremdfühlen. Dass bei Fede alles mit Fleisch von glücklichen Tieren angefangen hatte, dass Fedes Vater nicht zum Abschlussball gekommen war und dass Fede im Mai vor der elften Klasse einmal früher nach Hause gekommen war, und da im Wohnzimmer die Finger des Metzgers am Schinken seiner Mutter gesehen hatte, sein Filet irgendwo in der Nähe ihres Fleischwolfs, und dass er da auch zum Metzger seines Vertrauens geworden war, dass er Fedes Vertrauen zertrennt und es gleich kopfüber hatte ausbluten lassen, dass er es jetzt an den besten Tagen noch als Köder verwenden kann.

Jetzt hat Samir Fede seine Hand aufs Knie gelegt, und die Scorpions singen schon wieder *The only day off is far away*, vielleicht geht es ihm gar nicht nur darum, mich eifersüchtig zu machen, vielleicht braucht er einfach gerade jemanden, der ihn noch gerne bewundert.

Ich zerknülle meine Liste mit den Dingen, vor denen ich Angst habe, und behaupte jetzt, ich könnte Handlesen, lasse Erik und das Medienmädchen anstehen und nehme mir Zeit, um Maries Lebenslinien nachzufahren.

Was bist du für ein Sternzeichen, frage ich Marie.

Keine Ahnung, sagt sie, was gibt es denn?

Sie sieht sich im Raum um, wo ihre Gäste jetzt wieder die Musik lauter drehen und miteinander reden oder gemeinsam auf die Toilette verschwinden.

Erst als sie nirgendwo eine Abwesenheit entdecken kann, sieht sie mich an.

Du hast die Wahl, sage ich, zwischen der Grüntangare und dem Rotfüßigen Honigsauger.

Ich nehme den Honigsauger, sagt Marie, was ist deins? Meins ist der Fennek, der sieht so ähnlich aus wie ein Fuchs.

Ich beuge mich über ihre Handfläche und sage Marie, dass sie nächstes Jahr zwar keinen Weltfrieden bekommen wird, aber dafür ihr eigenes Planetarium.

Was ist los mit dir, fragt sie und sieht mir prüfend ins Gesicht. Ich schüttle sie ab, doch sie hält mein Handgelenk fest, wie ihr Bruder es auch schon getan hat, sag schon, raunt sie, ich sehe doch an deinen Augen, dass etwas nicht stimmt.

An den Augen, sage ich, ist was für Anfänger.

Ich lasse Jara und Marie im Wohnzimmer stehen, schließe die Flügeltür hinter mir und halte mich auf dem Weg nach oben an dem handgeschnitzten Geländer fest. Im zweiten Stock ist es dämmerig.

Samir kommt mir entgegen. Was soll das mit Fede, will ich fragen, frage ich ihn mit meinen Knien, die einfach einknicken, was ist mit dir los, fragt er, und ich sage, schlag mich.

Später dann. Später, als wir beide auf dem Rand der Badewanne sitzen und ich den Waschlappen auf meine Unterlippe presse, später, als Samir sich mit seinen Händen nur noch durch die Haare fährt, das Fenster im Bad öffnet und anfängt, sich CBD in den Tabak zu krümeln, später, wenn wir dem Hall zwischen den Bässen nicht mehr zuhören und mein Rücken endlich wieder weich wird und die Kacheln sich nicht mehr kalt anfühlen, da greife ich nach seiner Hand.

Ich suche seine Handgelenke, seinen Daumen, seine Unterarme. Seit ich Samir kenne, habe ich das Bedürfnis, seinen Händen etwas zu sagen, ich lege sie mir über das Gesicht, ich presse sie mir auf den Mund, aber ich finde keine Sprache, die sie verstehen würden, außer meine Finger mit seinen zu verschränken, die Gelenke glatt zu streichen und zu versuchen, aus seinen Lebenslinien zu lesen und ihm vorauszusagen, wie viele Kinder er bekommen wird und wie viele davon nicht mit mir.

Als mein Gesicht von seiner Hand halb abgedeckt wird, lächelt Samir wieder. Eine Verletzung ist immer auch eine Berührung, und je tiefer, desto intimer, und sein Körper berührt mich nicht mehr so oft, wenn er es nicht mit voller Wucht versucht, und nie konnte ich ihm erklären, was ich damit meinte, außer einmal, als ich gesagt habe, fick mich, fick mich, fick mich, und er mich gefickt hat, bist es gebrannt hat, aber das war dann doch nicht das Richtige gewesen.

Ich habe einen Satz für dein Absperrband, sage ich zu Samir, pass auf: In meinem inneren Frieden dürfen die Soldaten jetzt auch alle kostenlos Bahn fahren.

Danke, sagt Samir, aber du hattest schon bessere. Er bricht den Körperkontakt ab, in dem wir immer stehen, auch wenn wir uns nicht berühren. Er betrachtet sich jetzt selbst im Spiegel, er mustert sich wie ein Kontrolleur. Wangen, Nase, Lippen, Kinn. Samir war noch nie jemand, der sein Gesicht behalten wollte. Mich stresst das immer total, wenn du so ausrastest, sagt Samir, und sein Spiegelbild sucht meinen Blick. Ich will das nicht mehr sein, so war ich früher. Er mörsert sich mit dem Daumen den Handteller aus und wendet sich dann zum Fenster.

Ist doch alles gut, sage ich. Und dann kurz darauf an die Kacheln, Fede steht auf dich.

Mann, Anna, sagt Samir, anstatt auf meinen Kommentar einzugehen. Warum muss ich dich immer, sagt er und packt mich an den Schultern, warum machst du nie auf?

Ich denke, dass du auch auf Fede stehst, erwidere ich, aber meine etwas anderes, eigentlich bin ich nur müde davon, dass wir uns in jedem Raum umsehen müssen, sobald wir ihn betreten.

Das gleiche Gefühl überkam mich vor ein paar Wochen schon einmal, als ich mit Samir ins *Orange* ging. Hier war das Licht immer rot und die Antifa-Sticker klebten in den Klokabinen, und unser Schloss hing seit zwei Monaten sicher und versteckt auf der Dachterrasse und schaute dort auf die Shishabar gegenüber.

Hier habe ich übrigens auch mal gearbeitet, meinte Samir, als wir die Kneipe betraten, das sind alles gute Leute, oder Ole, und Ole nickte hinter der Theke und füllte vier Schnapsgläser auf.

Auf euch, sagte er, und Samir schob seinen Zeigefinger unterm Tisch in meinen Schritt.

Auf uns, sagte er, und hier, auch, Dings.

Ich weiß nicht, ob er damit mich meinte oder die andere Frau, die mit uns anstieß und ihre kaputt blondierten Haare.

Prost, sagte ein Mann in Windjacke neben uns, der mit seinem Turnschuh seinen Boxer streichelte, ohne mit uns anzustoßen.

Darf ich den auch streicheln, fragte ich, klar, meinte er, der ist jetzt übrig, weil sie damals unbedingt einen Welpen haben wollte.

Der ist ja lieb, sagte ich.

Ja, sagte er, der ist jetzt übrig.

Ich streichelte den Hund, der sich unter dem Barhocker ausgebreitet hatte, und als ich wieder auftauchte, sah ich, wie die Frau mit den kaputten Haaren gerade ihr Schnapsglas auf der Theke abstellte und Samir dabei ansah, Samir, sagte sie und dann nichts mehr, und dann schob sie ihr Glas neben meins und sagte, viel Glück, Mädchen, pass auf.

Sie lächelte mich an. Ich weiß nicht, wann man anfangen kann, so traurig zu lächeln, vielleicht, wenn man seine Haare dreißig Jahre lang blondiert hat, wenn man überhaupt dreißig

Jahre lang, ich weiß nicht, wo, aber nicht weit weg von hier, von dem Schnaps und den Wasserflecken und den Waschlappen und den Boxern unter den Barhockern und den Männern, die übrig blieben, wenn man dreißig Jahre lang da verbracht hat, dann kann man vielleicht anfangen, so zu lächeln, und damit aufhören, irgendetwas anderes zu tun.

Pass auf, sagte sie noch mal, und ich nickte, ohne dass mir ein Weg einfiel, ihr zu zeigen, dass ich genau wusste, was sie meinte, obwohl ich den Hund streichelte und den Schnaps trank und meine Haare offen trug und Samirs Finger in mir spürte und die Beine nicht überkreuzte.

Ich winkte sie schließlich an meinen Mund, ich finde dich sehr schön, schrie ich ihr ins Ohr, und sie lachte wieder und meinte, Mädchen, viel Glück mit allem.

Auf dem Heimweg hatte Samir seine Hand in mein Genick gelegt, und ich weiß nicht mehr, ob ich beim Sex an den Boxer oder an seinen Besitzer gedacht habe.

Ich weiß nur, dass ich am Nachmittag darauf zur Tram gelaufen bin und Ole schon wieder vor der Kneipentür saß. Öffnet ihr schon, fragte ich ihn, und er hatte seine Zigarette ausgedrückt und gesagt, nein, ich bin seit drei Tagen wach.

Du bist eifersüchtig, sagt Samir, du musst es aber nicht sein, Fede redet die ganze Zeit von dir, oder von anderen Dingen, ich habe sowieso nicht zugehört.

Mach doch, sage ich, lasse seine Hand los und rutsche vom Rand der Badewanne auf den weißen Vorleger. Ich denke an Fedes verliebtes Strahlen und an Elin, die heute Abend hätte vorbeikommen sollen, um mir zu sagen, wo Alex jetzt gerade ist.

Mach doch wirklich, wiederhole ich, ich möchte es sowieso noch einmal mit Alex versuchen.

Das meinst du doch nicht ernst, sagt Samir.

Doch, erwidere ich und nenne meine Leere unseren Lügen gegenüber jetzt Erwachsensein, das meine ich ernst. Samir schweigt eine Weile, aber ohne danach in einen letzten Halbsatz einzutauchen. Näher als jetzt sind wir uns eigentlich nie gekommen, außer einmal im November.

Da meinte er zu mir, wir müssen reden, aber nur, damit ich dir sagen kann, wie sehr ich dich, und dann stockte er und winkte ab, und ich dachte, ein Verb fehlt immer.

Meiner Mutter hatte ich nie von Samir erzählt. Ich konnte irgendwann nicht nur mit ihm schlafen, sondern auch für ihn kochen und im gleichen Zimmer bleiben, ohne einen Anspruch an Unterhaltung zu erheben. Wir konnten uns mehrmals am Tag anrufen, ohne zu nerven, aber es gab Alex noch und meinen Vater nicht mehr, der Alex immer gemocht hatte. Ich kann nicht, hatte ich Samir gesagt, ich kann nicht lange bleiben.

Als es im Badezimmer still wird, sage ich, es tut mir leid, aber es ist so, und greife nach seiner Hand.

Du musst dich nicht entschuldigen, meint Samir leise. Doch, sage ich. Ich rapple mich auf und schließe das Fenster wieder. Dann setze ich mich auf den Deckel der Toilette und halte eine Hand an die Heizung.

Zeig mal, sagt Samir, steht vom Rand der Badewanne auf und deutet zu meiner Lippe, bläst den Rauch aus dem Fenster und baut sich vor mir auf. Ich lasse meine Stirn auf seine Gürtelschnalle fallen.

Jetzt hör auf, sagt Samir, zeig mal, er legt seine Hand in meinen Nacken, und dann lehne ich mich in seine Hand und schaue nach oben. Weil ich Lippen nicht mehr traue, seit ich erkennen musste, dass sie in jeder Situation ohne zu zögern *ich dich mehr* antworten können, sage ich es mit meinem Blick.

Das wird schon wieder, sage ich, obwohl zwischen Samir und mir nie etwas geworden ist, sondern das, was von Anfang an da war, nur nicht mehr aufgehört hat. Mein Nacken legt sich gerne in seine Handflächen, und sein Bauch ist in meiner Nähe entspannt. Samir sieht mich lange an, und für einen Augenblick denke ich, dass er seine Stirn auf meine legen wird, aber dann lockert er doch nur seinen Griff um meinen Hals. Geht, sagt er.

Na ja, sage ich, und als ich spüre, dass er sich schon wieder verspannt, verstumme ich und presse meinen Mund an seinen Reißverschluss.

Du Sau, murmelt er und drückt mein Gesicht fester an seine Hose, ich glaube, flüstere ich in den Jeansstoff, es blutet noch. Samir springt zurück, während ich meinen Kopf wieder nach hinten fallen lasse und nach oben sehe. Ich frage mich, ob der Stuck an der Decke das Letzte war, was die Eltern betrachtet haben, bevor sie sich für getrennte Bäder entschieden, weil man den Stuck in diesem Zimmer erst sieht, wenn man den Kopf in den Nacken legt oder wenn man auf dem weißen Vorleger liegt, was man vielleicht erst im dritten Jahr der Ehe macht, nach den Versuchen mit dem Kerzenschein und dem dimmbaren Licht über der Ablage und nach den neuen, blickdichten Vorhängen. Samir geht noch einmal zum Schloss, um sicherzugehen, dass niemand mehr reinkommen kann.

In dieser Gegend haben alle dieselben Schlösser, was nichts heißen mag, aber in dieser Gegend haben auch alle die gleichen Augencremes und die gleichen weißen Waschlappen, die gleichen Coolpads und Badematten, die gleichen Pillen und die gleichen Nahrungsergänzungsmittel, die gleichen Schlafstörungen und den gleichen Rhythmus für das Intervallfasten. Ich frage mich, was sich als Allererstes geähnelt hat und was dann folgte und was jetzt noch gleicher werden soll.

Willst du nicht einfach kommen?, schreibt meine Mutter in dem Moment. Meine Mutter und ich essen gemeinsam, wenn wir traurig sind. Frauentag, sagt meine Mutter dann und stellt die Einkaufstüte auf dem Tisch. Meine Mutter hat Baumwollbrüste und ein Herz wie ein Sitzsack. Meine Mutter möchte Blumen mit Dornen, dahinter eine Höhle aus Spannbettlaken und einen Lieferdienst.

Ich antworte nicht, was sollte ich antworten, als ich auszog, dachte ich, ich würde alles anders machen, aber auch in Wien gab es Tassen und Schwämme und das 24-teilige Besteckset von Ikea.

Wenn ich einen ihrer Wutausbrüche bekam, ging Alex laufen, manchmal bis nach Ottakring.

Samir sieht mich an.

Nur meine Mutter, sage ich, Alex hat mich blockiert.

Samir hat auch eine Mittelschichtmutter, die immer das Beste für ihr Kind wollte. Aber er war anders als Alex, er kam auf mich zu und hielt mich dann an seine Brust gepresst, während er sagte, halt die Fresse, Anna, jetzt reg dich ab. Er zog mir an den Haaren, er knüllte meinen Körper zusammen, je mehr ich ausrastete, desto luftdichter verschloss er mich. In meinem Elternhaus war nie etwas eng gewesen, da gab es meinen Vater, der wegrannte, und meine Mutter, die ihre Rosen düngte, und mich, die Weichspüler in ihr Gewissen kippte.

Samir räumt den Badezimmerschrank mit beiden Händen aus, er greift richtig zu, er schaufelt die Cremes und Tuschen und Pinsel in das Waschbecken.

Die haben sicher Pflaster, meine Eltern haben alles, sagt Samir, und wenn dir das so egal ist mit Fede, dann können wir das Schloss ja heute noch wegmachen.

Bist du sicher, frage ich, dass du das alles wieder so in den Schrank einsortieren kannst, wie es vorher war?

Ja, sagt Samir, ich habe eine Flex, mit der müsste es funktionieren.

Ich drücke mir Klopapier an den Mund, unser Schloss auf der, frage ich. Klar, das, antwortet er gereizt, oder gibt es mehrere?

Ne, murmle ich in das Papier, natürlich nicht.

Als Alex und ich kurz nach unserem Umzug in den Baumarkt fuhren, um die Wandfarbe für die neue Wohnung zu kaufen, nahm ich sie im Zehnerpack mit.

Wozu brauchen wir denn so viele Schlösser, hatte Alex mich mit einem Blick auf das Kassenband gefragt, wozu brauchen wir überhaupt ein einziges?

Für den Hausmeister, log ich, wir sollen ihm einfach den Kassenzettel mitbringen. In den nächsten Wochen fuhr ich mit dem Fahrrad die Brücken ab, die ich mir auf Google Maps markiert hatte.

Ich beschriftete sie mit den Initialen meiner Mutter, mit Alex' und denen meiner Oma, mit denen der Haustiere meiner Kindheit, mit Fedes Namen und dem meines Vaters, schließlich nur noch mit meinen eigenen Anfangsbuchstaben.

Seit ich nicht mehr an Gott glaubte und die Kirchen mit den Andachtskerzen zu weit weg waren, schmiss ich die Schlüssel ins Wasser und erinnerte mich auf dem Weg zum Supermarkt und auf der Fahrt zur Uni und auf der Joggingstrecke daran, dass ich gerade an einem meiner Schlösser vorbeilief, an Teilen von mir, denen es nichts ausmachte, verschlossen zu bleiben, und sie feuerten mich an.

Wir machen es noch heute Nacht weg, sagt Samir.

Mit hartem Kiefer fingert er ein Männerparfüm aus einem Etui und sprüht sich ein paar Tropfen aufs Handgelenk. Weil, nuschelt er, offensichtlich hat es für dich nicht die gleiche Bedeutung gehabt wie für mich.

Während er das Parfüm verreibt, betrachte ich die Festivalbändchen, deren Aufdrucke ich genau kenne, weil er sie an dem Arm trägt, mit dem er mich schon oft näher an seine Seite gerückt hat. Ich habe dann oft lange auf das Peace-Zeichen geatmet, bis irgendein Schmerz weniger pochte und ich auch einschlafen konnte.

Als Samir und ich das Schloss angebracht hatten, war es Herbst gewesen. Auf meinen Vorschlag in der Eisdiele war er nicht weiter eingegangen, aber dann holte er Wochen später einen Edding aus seinem Rucksack.

Wir müssen noch ein Schloss kaufen, sagte er mir, und ich schüttelte den Kopf, warte, sagte ich, ich habe noch eins oben. Wir brauchten drei Schlösser, weil Samir die Form des S auf den ersten beiden nicht gefiel.

Warum hast du denn so viele, fragte er mich, während er konzentriert auf die glänzende Fläche des dritten Versuches starrte. Ach, sagte ich, die hatte der Hausmeister noch übrig.

Ich habe das noch nie mit jemandem gemacht, sagte Samir. Es hatte etwas Beruhigendes, dieses Schloss zu beschriften, weil man damit auslagern konnte, was einem auf dem Herzen lag, was einem auf der Seele brannte, der alten Aschenbecherin, weil dieses Schloss etwas Stabiles darstellte, wie eine Versicherung gegen Brandflecken.

Aber nicht an eine Brücke am Fluss, sagte Samir, das machen doch alle.

Wir gingen dann in eine Bar mit Dachterrasse, hier hat Marie mal gearbeitet, sagte Samir, da oben gibt es eine gute Aussicht.

Seit ich fremdging, fürchtete ich immer, einen der beiden zu verlieren. Weil Alex damals noch nichts von der Affäre ahnte, galt meine Angst meistens Samir. Und obwohl wir die Bedeutung des Schlosses vorher kleinredeten, strahlten wir beide, nachdem wir es an dem Geländer der Dachterrasse befestigt und den Schlüssel im Klo hinuntergespült hatten.

Tage neben dir sind endlos, flüsterte Samir mir in der Kabine ins Ohr. Es ist einfach, neben dir zu leben, flüsterte ich zurück und hielt seine Hand fest, die meine Wange nur streifen wollte.

Willst du aber gar nicht, hatte er gesagt und sie mir wieder entzogen.

Jetzt betrachte ich die Lidschattenpalette im Waschbecken und Samirs Oberkörper. Noch immer hält er in dem Badezimmerschrank nach einem Pflaster für meine Lippe Ausschau.

Es reicht doch, wenn wir mit Benzin die Initialen wegmachen, sage ich, du brauchst doch jetzt keine Flex auf die Dachterrasse zu schleppen, das ist doch kindisch, und wie willst du das Marie erklären?

Samir antwortet nicht sofort, aber ich hoffe, dass er mir zustimmt, weil ich es ehrlicher finde, die Buchstaben wegzuwischen, als das Schloss zu entfernen.

Okay, willigt Samir langsam ein, dann eben nur mit Benzin, und hier hast du dein Pflaster. Er dreht sich triumphierend zu mir um. Ich klebe mir natürlich kein Pflaster auf die Lippe, weil das bescheuert aussehen würde, und kurz bin ich sauer auf Samir, als ich das volle Waschbecken betrachte, die Wattepads und Nagelfeilen und die Mascara, die Abschminktücher, Tampons und die Arnikasalbe.

Das passiert, sage ich, wenn man immer alles gleich aufreißen muss, wenn man immer gleich mit beiden Händen rausschaufelt, was da sauber einsortiert war, und wenn man wirklich noch glaubt, wirklich noch glaubt, man macht das mit guten Absichten.

Du, sagt er, glaubst immer noch an Absichten.

Und du, sage ich, was würdest du denken, wenn jemand deinen Schrank so ausräumen würde? Ich muss daran denken, dass zu diesem Zeitpunkt wahrscheinlich David in meiner Wohnung kokst oder kocht oder schläft oder dort mit jemandem kokst und kocht und schläft.

Okay würde ich das finden, wir sind alle freie Menschen, antwortet Samir trotzig, und ich lasse kurz Wasser aus dem Hahn ins Waschbecken laufen. In diesem Moment klopft Marie und ruft Samirs Namen. Samir öffnet ihr einen Spalt und dann die ganze Tür. Marie hat Rotweinflecken auf dem weißen Shirt, die ihr egal sind.

Wir haben Pflaster gesucht, sagt er, weil Anna hingefallen ist.

Die sind unten, sagt Marie, und ihr Blick wechselt von Samir zu mir und von mir zu dem Waschbecken.

Marie verharrt in der Tür. Anna, sagt sie, und irgendwas ist in ihrer Stimme, das ich nicht deuten kann.

Ich winke ab und laufe an Samir vorbei aus dem Bad, ohne ihn dabei zu berühren. Ich spüre Maries Augen auf seinen Händen und auf meiner Taille, die weit voneinander entfernt bleiben.

Als ich die Wendeltreppe hinunterstolpere, sehe ich die Ledercouch, auf der Elin sitzt und von der Alex aufsteht.

6. Kapitel

Alex hat wenige Arten, sich aufzurichten. Er sieht dabei immer gleich aus, als hätte er vor einiger Zeit etwas verteidigen wollen, worauf es dann nie einen Angriff gab. Die Ledercouch hinter ihm bleibt glatt, nachdem er aufgesprungen ist. Jetzt steht er wütend auf dem blau gemusterten Teppich, auf dem ich eben noch gesagt habe, uns gehe es gut.

Ich bleibe auf den letzten Treppenstufen stehen. Das Geländer ist es gewöhnt, festgehalten zu werden, je stärker ich zudrücke, desto besser passen meine Fingerkuppen in das dunkle Holz. Alex trägt nicht mehr die Jeans mit dem ausgetretenen Saum. Die neue steht ihm besser und endet knöchelfrei über den Sneakern.

Was machst du hier, fragen wir beide gleichzeitig. Ich spüre seinen Blick auf mir, während meiner auf seine Schuhe gerichtet bleibt, immerhin, denke ich, der stille Vorwurf ist noch da.

Elin sieht in Wirklichkeit noch schöner aus als auf dem Bild, ich muss den Blickkontakt mit ihr abbrechen, weil ich mich ansonsten mit den Augen vertippe.

Ich dachte, es kommt nur Elin, antworte ich. Ich starre auf ihr dunkelrotes Kleid und ihre hochgesteckten Haare. Elin ist resoluter und größer als ich, ihre Schultern sind geformt und sie hat kleine Brüste, die nicht im Weg sind und die sich jetzt schon wieder in Richtung Haustür drehen, während sie mit abgeklärtem Blick auf unsere Auseinandersetzung wartet. Chan Dark, denke ich wieder, wenn Alex nicht auf sie aufpasst, verlässt sie ihn gleich wieder, dann ist sie mit einem Bein schon aus der Tür.

In dem Moment kommt Fede aus der Gästetoilette, Alex, schreit er, wir haben schon den ganzen Abend auf dich gewartet. Mit ausgestreckten Armen rennt er auf ihn zu und umarmt ihn fest, wir haben uns so lange nicht mehr gesehen, herzlichen Glückwunsch zur Verlobung.

Ich spüre Jaras Blick, der von der Küchentür aus zwischen Alex, Fede und mir hin und her schweift. Jara versteht noch nicht ganz, was hier gerade passiert, aber Alex ist jemand, von dem man sagt, dass er schnell schaltet.

Ich dagegen drehe mich langsam auf meiner Treppenstufe um, weil ich mich im Badezimmer einsperren oder aus dem dritten Stock springen muss.

Anna, ruft Fede aus der Umarmung heraus, Alex ist da, endlich!

Fede, sagt Alex laut und löst sich aus seinem Griff, ich freu mich auch, dich zu sehen. Alex hatte schon immer ein gutes Gespür dafür, was man besser weglässt, er legt die richtige Länge an Stille ein, damit Witze witzig sein können, er hasst lange Bücher und klassische Musik, weil er die schlecht geschnitten findet.

Das hier, sagt er dann und legt einen Arm um Elins Hüfte, das hier ist Elin.

Für einen Moment verharren alle drei in ihrer Bewegung, Elin sieht zu Alex, Fede starrt auf Elins rot angemalte Lippen, und Alex möchte am liebsten den Moment schon jetzt aus seiner Erinnerung löschen und zur nächsten Szene springen. Abends habe ich ihm manchmal vorgelesen, aber immer nur die Sätze, die ich beim ersten Lesen unterstrichen hatte.

Warum hast du damit aufgehört, hatte ich ihm nach dem Umzug einmal gefragt, mitten zwischen Herta Müller und Doris Anselm, als Herta Müller noch sagt: *Warum gerade jetzt, ohne meine Füße kommst du doch nicht weit.*

Womit, hatte Alex gefragt und sich von mir weggedreht, um auf seiner Seite einzuschlafen. Alex brauchte oft lange, um einzuschlafen, weil es ihm schwer fiel, mit den Tagen abzuschließen.

Mit dem Filmeschneiden, hatte ich gesagt.

Das lief nie richtig, hatte er gegen die Wand gemurmelt, und außerdem ist mein Probeabo von der Adobe Cloud abgelaufen.

Fede mustert Elin von oben bis unten, er bleibt an Alex' Hand hängen, und auch für mich erübrigen sich in dem Moment alle Fragen, die ich an ihr Foto auf Instagram noch hatte, bei ihrem selbstbewussten Blick und bei Alex' neuer Hose und seinem mitleidigen Blick in meine Richtung.

Über mir steht Samir und spannt seine Arme zwischen Treppengeländer und Wand, um mir den Weg nach oben zu versperren. Weil ich nicht zu ihm aufsehen möchte, atme ich geradeaus auf seinen Hosenstall, bis ich doch hochschaue, sein Gesicht ist weit über mir, die Lippen sind zusammengepresst, mit den Augen lächelt er, keine Chance, hier kommst du nicht durch.

Anna, fragt Fede verwundert und leise und entdeckt mich jetzt auf der Treppe. Auch Jara schaut in meine Richtung, immer noch steht sie eingeampelt in der Türschwelle, während sich die Betrunkenen an ihr vorbeischieben, ich erkenne Marie, Linda und Erik im Halbdunkel und andere Leute, die jetzt im Sitzkreis Blei gießen.

Alex und Elin tauschen Blicke. Dann winkt Alex mich zu sich wie ein Hund, und ich laufe die letzten Treppenstufen runter, mit gesenktem Blick, als hätte ich in seiner Abwesenheit vom Tisch gegessen und er würde mich jetzt zum Tatort führen, um laut zu fragen, was ist das, und ich müsste davor die Rute einziehen und ihm meinen Bauch entgegenstrecken und reumütig winseln, um wieder gestreichelt zu werden.

Schau nicht so, sagt er dann, während er genervt auf mich zukommt.

Wie denn, frage ich, und er meint, so, als hätte ich dir jetzt wehgetan. Alex' Gesicht war mir nie abgewandter, trotzdem, wenn ich wollte, könnte ich es berühren. Ich will, ich will seine Antikörper in die Hand nehmen und sie bis zur Nichtresistenz anschreien, seinen Kiefer lösen wie eine Aufgabe, bis er wieder weicher wird.

Ich lasse das Geländer los und hebe die Hand, ich muss mit dir reden, Alex, sage ich, aber woher soll ich wissen, dass du dir so schnell jemand Neues suchst.

Alex überspringt die Distanz zwischen uns und packt mich an den Schultern, was ist eigentlich dein Problem, Anna, so schnell, das sagt ja genau die Richtige. Alex' Augen waren schon immer braun wie nichts Besonderes, aber jetzt gibt es darin einen neuen Ausdruck, Weltschmerz, nur mit einem anderen Planeten.

Was ist denn los, fragt Fede vor mir, ich verstehe es nicht.

Mit Körpern ist Alex besser geworden, plötzlich hat er Kraft. Elin und er lagern zusammen alte Menschen um und schieben Rollstühle durch die Gänge, sie richten jemanden auf, duschen andere Haut, schmieren Brote und klopfen Leuten den Rücken frei.

Wir sind nicht mehr zusammen, sage ich zu Fede, und jetzt trägt Alex plötzlich Sneaker und datet seine Arbeitskollegin.

Wie, ruft Linda und schaut vom Bleigießen auf. Während sie redet, wippt sie weiter mit dem Kopf und wickelt sich ein paar Haarsträhnen um den Finger, wie, ruft sie aus dem Wohnzimmer, ich dachte, ihr hättet euch verlobt.

Elin schnaubt auf, Alex möchte cutten, er lässt meine Arme los und wischt sich mit den Händen über das Gesicht.

Seit wann das denn, fragt Fede verwirrt, warum hast du mir das nicht erzählt?

Das war nicht so einfach, sage ich und höre Samir hinter mir die Treppe runterkommen. Weil Linda eine ist, die immer dann *erzähl doch mal* sagt, wenn man nicht erzählen möchte, ist sie jetzt auch diejenige, die *pssst* in die Runde sagt, um meine Antwort genau mitzubekommen.

Was ist denn los, fragt sie dann laut, als wäre das der erste Akt einer Musicalerstaufführung, kann man euch irgendwie helfen?

Ne, rufe ich zurück, ich wollte nur Alex noch einmal sehen, und ihm sagen, dass.

Was denn, fragt Alex, was wolltest du mir sagen?

Dass, sage ich, dass.

Alex' Hände schütteln jetzt eine Antwort aus mir heraus. Was, fragt er, Anna, was soll das sein, was denn *dass*?

Ich kenne seine Hände nicht mehr, früher war ich es, die nach ihnen greifen musste, und dann fügten sie sich immer nur in meine.

Was soll das sein, fragt er, was ist *dass*, was ist *dass*, hm? Alex' Mund steht etwas offen, ich könnte Antworten hineinspucken, Würmer rein schnäbeln und es mit Erklärungen versuchen, bis er endlich satt wird und nicht mehr auf die Frauen achtet, die einen Löffel in ihn hineinschieben wollen.

Dass ich nichts dafür konnte, sage ich, meine Hände auf seiner Brust, teils zur Abwehr, teils um in Kontakt zu bleiben. Ich drücke bei jedem Wort mit den Fingern gegen sein Shirt, das ist einfach so passiert.

Ich sehe Alex in die Augen. Ein Blickkontakt ist keine Brieffreundschaft, Alex sieht weg.

Was, fragt er. Dass. Ich hebe meine Finger, um stumm mitzuzählen, das Gespräch mit meinem Vater, die trockene Erde im Tulpenfeld, Jonis wütende Finger und meine, die dann irgendwann auch wütend wurden, Alex' weicher Körper und die Raufasertapete.

Was, fragt Alex, wer war es denn, was ist denn passiert, der Druck um meine Schultern lässt nach. Er ist bereit, den nächsten Schuldigen zu schütteln, wenn ich mit einem Finger auf ihn zeigen kann. Dann atmet er tief durch, scannt den Raum, den Alkohol und das Bienentier, die Zettel im Pappkarton auf dem blauen Teppich und die Sessel von Agatha Christie.

Es war Joni, oder, fragt Fede hinter mir, von früher?

Was war mit ihm, fragt Alex.

Du hattest auch was mit ihm. Fede setzt kein Fragezeichen hinter den Satz, sein Unterbewusstsein hat ein Kellerfenster.

Alex sieht mich lange an, ich verstecke mein Kinn vor ihm, das er sich früher öfter zwischen Daumen und Zeigefinger gelegt hat.

Genau, sage ich, ich habe mich mit Joni getroffen, obwohl Fede da schon mit ihm zusammen war. Meine Stimme zittert.

Warum, fragt Fede, und was ist das hier überhaupt? Er deutet mit einem Arm vage auf Elin, die angefangen hat, ihre Jacke wieder zuzuknöpfen.

War ein Fehler, hierherzukommen, sagt sie laut, sorry, eigentlich wollte ich nur Marie mal Hallo sagen.

Wo ist sie überhaupt, fragt Samir und drängt sich nun endgültig an der Treppe an mir vorbei.

Wer ist denn Joni, fragt Linda und klopft sich dabei mit den Händen auf die Oberschenkel, als wäre sie kurz davor, zu uns rüberzukommen, weil Trennungen immer spannender sind als Bleigießen.

Nichts, sage ich, alles gut.

Alex schüttelt entrüstet den Kopf, ich habe Anna verlassen, wenn ich dir mal eins sagen will, sagt er und dann nichts.

In mir ist es ganz leer. Elin seufzt mich an, sie ist nicht die Art Frau, die anderen von ihrer Verlobung erzählen würde, außer vielleicht in ihrer Whatsapp-Story drei Tage später. Elin ist die Art Frau, die Whatsapp-Storys macht.

Was war denn jetzt mit Joni, fragt Fede, ich verstehe es nicht. Alex winkt ab, mit dem hat sie uns vermutlich auch betrogen, oder.

Oder, fragt Alex noch mal.

Neben der Scham kommt die Wut darüber, dass sein Blick jetzt, jetzt ganz bei mir ist, nichts entgeht ihm, weder meine Hand am Geländer noch mein Mund. Sein Wahrnehmen hat mir so lange gefehlt, immer hat er nur nach mir gerufen, weil etwas repariert werden musste oder um mir zu zeigen, wie lange er schon freihändig Fahrrad fahren kann.

Ich habe ihm meinen Blick aufgedrängt, selbst dann noch, als es ihm egal wurde, ob seine Hand gerade gehalten wird oder nicht, und als er nur noch aufs Display schaute oder nach draußen oder ins Dunkle starrte, an seine Seite der Wand, und ich aus dem Fenster, die bunten Blätter an den Bäumen, hin zum Unsichtbarfühlen. Jetzt tut er so, als hätte ich ihn alleine gelassen, weil ich fremdgegangen bin, als hätte er sich nicht schon viel früher gewünscht, nicht mehr mitkommen zu müssen.

Ja, sage ich.

Alex wendet sich ab und lässt meine Schultern alleine. Elin sieht mich an, als hätte sie nichts anderes erwartet und schon Schlimmeres gesehen. Ich frage mich, ob die Eifersucht verschwinden würde, wenn wir die gleiche Kleidergröße hätten. Alex legt Elin einen Arm auf die Schulter. Ihr dunkles Haar bleibt glatt und seidig liegen, nur ihr Gesicht ist hart, in ihrer Nähe könnte man einen Herzinfarkt haben, sie ist so jemand, der ohne zu zögern das Ding an den Hauptbahnhöfen benutzt, mit denen man Leute wiederbeleben kann, weil sie einfach tut, was getan werden muss. Jetzt nimmt sie Alex an die Hand und sagt, komm, wir gehen, weil es nicht ihr Film ist und sie keine Nebenfigur.

Meine Schuld ist eine Statue im Raum, die ich so nicht stehen lassen kann, ich hebe sie auf, um sie zu zerschlagen. Ich liebe dich, sage ich, aber du warst nie da, und was ich jetzt sage, ist ernst gemeint, ich wollte es neu versuchen, ich habe das nächste Jahr dir gewidmet.

Hör auf, sagt Alex und tritt nach vorne, aber ich stelle mich in den Flur, um ihm den Weg zu versperren. Ich liebe dich, wiederhole ich, ich kann es dir beweisen, ich hab alles aufgeschrieben.

Das gerade geschnittene Wohnzimmer fällt mir auf, ich scanne den Raum und filtere alles Wirre heraus, die Indieboy-Softsoul-Musik und die stickige Luft, die Pappbecher und die anderen, Jara, Linda und Samir, die Marie gefunden haben, und ihr jetzt erneut helfen, Getränke zu verteilen. Fedes verletzter Blick und Alex' Fluchtversuch, ich kann es dir beweisen, sage ich, wir haben alles aufgeschrieben, und ich habe Samirs Namen auf den Stein geschrieben, um einen Neuanfang möglich zu machen, um nicht mehr an dem Alten zu haften.

Was für Steine, fragt Alex.

Wir haben Steine beschriftet mit Sachen, die wir loswerden wollen, erkläre ich ihm, während ich kurz zum Küchentisch renne, um nach Lukas' Rucksack zu greifen, schau her.

Alex legt sein Gesicht in die Hände und seufzt genervt, wir sind Mitte zwanzig, was wollt ihr loswerden, euer Abitur?

Alex, sage ich, und meine Stimme zittert vor Wut auf mich selbst, wie kann es sein, dass ich es nicht schaffe, ihm zu sagen, dass ich ihn jetzt sanfter lieben kann.

Elins Hand ist dunkler als meine und schmiegt sich fest in seine, als würden sie schon jetzt nicht mehr für alles Worte brauchen, sondern vieles über Druckaustausch klären können, mit den Handflächen, mit der Stimme, mit Gewicht. Sie verlässt ihn nicht, aber sie macht sich auch nicht klein, um bei ihm zu bleiben, das ist so eine Frau, denke ich, neben der man wachsen kann.

Dann verpiss dich doch, sage ich stattdessen, schaue auf seine Hose, du und deine unausgefransten Enden, und seit wann datet ihr überhaupt?

Geht dich nichts an, sagt Elin, aber ich fand Alex schon immer toll, komm, wir gehen.

Krass, sage ich, ich noch nie, ich fand ihn immer nur liebenswert. Fede fixiert mich mit dem gleichen Blick, mit dem er mich am Anfang des Abends nach dem Gespräch mit meiner Mutter bedacht hatte.

Das ist der Unterschied, sagt Alex, und ich wollte dich eigentlich schon verlassen, bevor wir nach Wien gezogen sind, aber dann ist dein Vater gestorben.

Und dann bist du aus Mitleid bei mir geblieben?

Ja, sagt Alex, irgendwie schon.

Ich spüre Jaras Hand an meiner Schulter. Falls sie eine Meinung zu dieser Szene hat, dann eine mit einseitigen Argumenten, die alle für mich sprechen, weil sie nur in den Momenten dabei war, in denen der Lieferservice kam oder wir über Laubblätter gesprochen haben. In denen Alex meine Hand nehmen und sie, ohne etwas damit zu meinen, wieder loslassen konnte. Jara schreibt mir den Bluterguss an seinem Hals nicht zu, nicht den Abstand, den er zu meiner Hand hält, nicht die Art, wie er einen Schritt nach hinten geht, sobald mein rechter Arm nicht mehr weiß, was er als Nächstes tun soll.

Du fandest alles immer so in Ordnung, wie es ist, rufe ich, du wolltest nie was ändern, ich finde, da gehören zwei dazu, außerdem, wenigstens war ich ehrlich im Gegensatz zu anderen Menschen hier im Raum.

Okay, sagt Elin, ich gehe jetzt. Sie trägt einen Teddy-Mantel, seit wann, frage ich mich, seit wann steht Alex auf Frauen in Teddy-Mänteln. Sie kommt ganz angstfrei und unbeeindruckt auf mich zu. Anna, sagt sie, sorry, klärt ihr das alleine miteinander. Sie winkt mit einer Hand nach hinten, nachlässig in die Richtung, in der sie Alex vermutet, und schiebt sich an mir vorbei in den Flur. Nein, Elin, ruft Alex, wir gehen gemeinsam. Alex wirkt etwas überfordert, Elin ist raus, sie kümmert sich gar nicht um Alex, das ist der Unterschied zwischen uns, ich hätte mich erst mal nach ihm umgedreht, sie fasst einfach mit an und denkt, er ist erwachsen und weiß schon, was er tut. Von Nahem sehe ich die Schatten unter seinen Augen und seinen flachen Bauch, der einen Abdruck ins Hemd atmet.

Hastig öffne ich den Rucksack und suche nach meinem Stein, warte, rufe ich, ich kann es dir beweisen.

Eine Hand legt sich auf meine Schulter, beruhige dich mal, Anna, sagt Fede, und dann schleust er Elin vorbei, aber Alex, was ist los mit dir?

Fedes Hand bleibt an meinem Ellenbogen, während ich mich weiter durch die Steine wühle, wer hat dir denn in den Kopf geschissen?

Du weißt gar nichts, sagt Alex, und jetzt lasst mich durch, das ist vorbei.

Ist es nicht, rufe ich und schaue vom Rucksack hoch, deine Sachen sind noch in der Wohnung. Samir kommt jetzt auf uns zu und beobachtet Alex wie ein Würfelspiel. Er kennt ihn von meinen Profilbildern, auf denen bin ich nie alleine. Immer ist Alex neben mir, oder Jara, oder zumindest ein Wind, der in die richtige Richtung weht.

Mir sind die Sachen egal, ruft Alex, jetzt lasst mich durch!

Na ja, sagt Samir, der jetzt aufgeschlossen hat, ich lade euch ein, mit mir als Gesprächsleiter das Ganze in einer ruhigen Atmosphäre zu besprechen. Samir kennt sich aus mit Gruppenpädagogik, er möchte jetzt gemeinsam Gefühle lösen wie einen gordischen Knoten.

Klingt gut, nickt Fede. Er strahlt Samir an, während ihm die ganzen Coming-of-Age-Gedanken im Kopf herumschwirren.

Warum denn, fragt Alex, ich kenne dich nicht mal.

Wenn sich hier einer raushält, ich deute schnell auf Samir, dann du.

Na ja, sagt Fede eifrig und verstärkt vor Euphorie seinen Griff an meinem Arm, ist doch ein nettes Angebot, die Situation scheint ja doch etwas verfahrener zu sein.

In dem Moment erkenne ich meine Schrift wieder. Ich hab ihn, rufe ich und hebe triumphierend meinen Stein hoch, siehst du, ich habe dich nicht angelogen, ich wollte das loswerden. Aber Alex hört mir nicht zu, bis ich ihm den Rucksack in die Hände drücke und sage, hier bitte, dich wollte ich nie loswerden, dich wollte ich immer nur zurück.

Ey, ruft Samir und deutet auf meinen Stein, den ich weiter in der Hand halte, warum steh ich da drauf?

Du bist das, fragt Alex und dreht sich zu Samir um, hätte ich mir ja denken können. Samir und Alex starren sich an, Alex ist etwas größer, aber Samir hat die Überheblichkeit seines Vaters geerbt, wenn er will, kann es ihm egal sein, was die Leute von ihm denken, Samir kann sich Autos leisten mit Sitzen, die ihn massieren.

Weil ich das vorher ernst meinte im Bad, sage ich und halte den Stein in der Hand, als wäre ich bereit, ihn zu schmeißen. Ich will das nicht, ich wollte immer nur Alex, ich wollte es wirklich, wirklich versuchen, ich habe das ernst gemeint.

Wie, fragt Fede, was ist mit Samir?

Nichts, sagt Samir und zeigt wieder die Seite von sich, die schon zensiert wurde. Das, sagt er, das geht jetzt wirklich nur mich und Anna etwas an.

Wo ist mein Rucksack, ruft Lukas in den Raum und bildet dabei mit beiden Händen ein Sprachrohr, es ist schon halb elf, wir müssen jetzt los, die Steine wegschmeißen.

Wir haben die, ruft Fede zurück, aber wir brauchen sie auch noch kurz.

Darf ich noch einmal mit dir reden, frage ich, während ich versuche, alle anderen Gefühle verstummen zu lassen, als Erstes meinen Besitzanspruch auf seine Berührung.

Was ist denn, fragt Alex angespannt.

Du musst noch mal kommen, sage ich, deine Sachen holen.

Ja, ja, nickt er.

Das ist wichtig, wiederhole ich. Zum ersten Mal blickt er weicher an mir herab, ich glaube, er hat Mitleid mit meinen Fäusten. Es tut mir so leid, sage ich, weil es stimmt, aber es stimmt auch, dass mir im Gegensatz zu ihm nichts wehtut.

Ich habe Angst, dass Alex sie sonst gar nicht mehr holt, und dann sitze ich in der Wohnung wie meine Mutter und muss schon wieder den Haushalt oder mich selbst auflösen.

Gut, sagt Alex, dann machen wir das jetzt gleich.

Jetzt geht noch nicht, sage ich, da feiert jemand drin.

In unserer Wohnung feiert jemand, fragt Alex, wer?

Ein Freund, sage ich.

Welcher Freund, fragt Alex und kickt einmal frustriert in den Jackenstapel neben mir. Die sind doch alle hier, deine Freunde, ruft Alex, oder hast du noch mehr Freunde, ich dachte immer, ich wäre der einzige, aber nein, natürlich nicht.

Das dachtest du nie, sage ich, jetzt tu nicht so, als ob, beginne ich, aber lasse den Satz dann einfach in der Luft hängen und trocknen, meine Stimme ist belegt. In drei Stunden bei der Wohnung, sage ich, dann ist frei, dann kannst du alles holen.

In drei Stunden, sagt Alex und sieht auf sein Handy, halb zwei.

Halb zwei, nicke ich, abgemacht.

Anna, sagt Alex, ich räume es aus, keine Sorge. Seine Hand beweist mir, dass er es ernst meint, ganz kurz legt er sie auf meinen Arm wie ein Versprechen. Dann möchte er endgültig an mir vorbei, um Elin wieder einzuholen, die vermutlich längst vor dem Haus steht und ihm draußen eine Zigarette anbieten wird.

Ich komme, wiederholt Alex, während er Fedes Hand abstreift, die ihn immer noch vom Gehen abhalten will, aber weggeschmissen wird hier gar nichts, was ist das denn für ein bescheuertes Spiel? Kurz sieht es so aus, als würde Alex mir den Rucksack zurückgeben wollen, doch dann überlegt er es sich anders und leert ihn aus, die Steine kullern über das Parkett. Auf den meisten Kieseln steht nur ein Wort, *Dorf*, zum Beispiel, oder *Depression*, *Arif*, *10 kg*, *Samir*, *Magda*, *Angst*, *Marie*, *Wien*, *Komplexe*, auf manchen steht auch gar nichts, da hat jemand nur Sterne aufgemalt.

Ich höre Maries Lachen, als sie die Steine auf dem Fischgrätenmuster aufschlagen hört, und wie es abrupt aufhört, sobald sie die Beschriftungen liest.

Was soll das heißen, ruft sie, wer hat meinen Namen da draufgeschrieben.

Aha, sagt Alex, während er sich hastig seine Windjacke überstreift, da fängt es ja schon an.

Ich erkenne Lukas' endoskopische Schrift auf einem großen vollgeschriebenen Stein, er möchte etwas viel Konkreteres in die Donau schmeißen als nur den Besuch bei seiner Mutter. Wer Überbegriffe loswerden will, meinte das Medienmädchen vorhin, möchte eigentlich alles behalten. Ich hatte ihr zugestimmt, auch weil ich verstand, dass es schwierig ist, irgendwas loswerden zu wollen, wenn man kein wirkliches Vertrauen in die Zukunft haben kann. Ich zum Beispiel, hatte sie gesagt, ich fühle mich so, als wäre noch nicht sicher, ob Netflix die zweite Staffel meines Lebens überhaupt produzieren wird und ob in der nicht alles nur schlimmer werden würde, also spulen wir bei der ersten immer wieder zurück zu unseren Lieblingsstellen und schauen dann noch die Interviews auf YouTube mit meinen liebsten Nebenfiguren, und alle Tabs bleiben offen.

Marie hebt den Stein hoch, auf dem ihr Name steht, Oida, ihr Arschlöcher, sie dreht sich zu Jara um, warst du das?

Ich, ruft Jara, hallo? Sie schiebt sich nervös eine Haarsträhne aus dem Gesicht, während sie den Boden nach ihren Steinen absucht. Die Schlagzeilen liegen offen, einige starren drauf, um ihre zu finden oder die der anderen zu lesen.

Nicht aufheben, ruft Lukas, die dürfen nicht mehr berührt werden!

Ich war das, antwortet Samir auf Maries Frage, aber das war eher so im metaphorischen Sinne gemeint.

Du wolltest mich im metaphorischen Sinne loswerden, schreit Marie, hörst du dich eigentlich selber reden?

Okay, sagt Alex, ich gehe.

Ja, brüllt Samir zurück, damit du mal selbstständig wirst und ich einen Abend lang machen kann, was ich möchte, ohne daran denken zu müssen, dass dich das verletzt.

Okay, danke, Anna, strahlt Marie, dass du immerhin seinen Namen aufgeschrieben hast. Sie kickt den Stein, auf dem Samirs Name steht, in seine Richtung und lacht.

Warum musstest du denn Samirs Name draufschreiben, ruft Fede, ich dachte, du warst noch nicht oft hier gewesen und ihr hättet euch nur einmal auf der Party gesehen.

Wir sind zusammen heim nach der Party, sagt Samir.

Auf der Erstsemesterparty, fragt Alex auf der Türschwelle, du betrügst mich schon seit zwei Jahren?

Ja, sage ich, aber ich will es auch loswerden.

Alex kommt noch einmal zurück in den Flur, bevor er antwortet, du kannst doch nicht zwei Jahre lang fremdgehen und dann einen Stein in einen Fluss schmeißen, Anna, so funktioniert das nicht.

Ich sehne mich nach der Couch und nach Erik, der das ganze Geschehen still vom Balkon aus beobachtet, ich möchte mit ihm zusammen in den Puff gehen und danach einen Fernseher aus dem Fenster schmeißen.

Ich verkrampfe meine Hände ineinander, weil ich zwar alle Therapien abgebrochen habe, aber schon etwas mitnehmen konnte, ich atme lange aus und halte Abstand zwischen mir und ihm, aber irgendwas muss ich doch sagen, um meine Wut zu kanalisieren. Etwas gegen Lukas' fusselige Socken und seine aufrechte Haltung und gegen das Bienentier, das er jetzt in der Hand hält, als würde es ihm recht geben.

Also, sagt Linda, ich hab wirklich nur den Theaterregisseur draufgeschrieben, den Hurensohn.

Und ich nur den Puff, ruft Erik vom Balkon, wie kaputt seid ihr eigentlich?

Toll, sagt Marie, Anna hat uns alle auf ihren Stein geschrieben.

Mich auch, fragt Fede.

Dich auch, nickt Marie. Mein Stein liegt direkt auf der Teppichkante. Anstatt zu antworten, suche ich die anderen Kiesel nach Fedes Handschrift ab. Fede sieht verwirrt von dem vollgekritzelten Kiesel zu mir, warum hast du mich da draufgeschrieben, kannst du mir das mal erklären?

Lukas zum Beispiel, sage ich, anstatt auf seine Frage zu antworten, wollte nur *Uni* auf seinen Stein schreiben, aber schau mal, wie voll der ist.

Ich sehe, wie Jara die Augen schließt und plötzlich sehr müde seufzt und auch Fede legt den Kopf schief und blickt mich bittend an, aber Fede weiß auch weniger über Lukas als ich, er hält ihn für einen pedantischen, aber grundguten Kerl.

Wisst ihr, warum, weil er im September weggerannt ist, als Jara ihm gesagt hat, dass sie schwanger ist, und weil er sich dann zwei Wochen lang nicht mehr bei ihr gemeldet hat.

Das stimmt nicht, ruft Lukas laut und wird noch bleicher, als er sowieso schon ist, das Bienentier fest in seinem Griff. Er sagt es so laut, als hätte sich diese Antwort in dem Moment formuliert, in dem Jara mit ihrem ausgehöhlten Bauch zu ihm zurückgegangen ist und ihm sagte, meine Freunde finden dich feige.

Bist du sicher, frage ich laut, bist du sicher, dass das nicht stimmt, weil einer hat sich ja um sie gekümmert, einer hat ja zwei Wochen ihre Hand gehalten, einer ist ja mit ihr in die Klinik und drei Tage später wieder dorthin, einer war danach für sie da, und du warst das jedenfalls nicht.

Lukas schluckt und starrt für einen Moment auf den Boden. Dann holt er tief Luft und sieht mich an. Bereit, die längste Rede der Welt zu halten, lauter als ich und mit mehr Zeigefingern als jeder andere.

Du hast keine Ahnung, sagt er dann nur, du hast einfach keine Ahnung.

Ich glaube, sein Körper wartet für einen Moment auf Jaras Berührung, die alle aufkommenden Gefühle wieder ein bisschen verwischt, doch Jara ist zum ersten Mal an diesem Abend mit sich selbst beschäftigt. Sie klappt auf dem Sofa neben ihm zusammen wie ein Gartenstuhl, dem man mit den Schuhspitzen die Gelenke zusammenkickt.

Du hast was gemacht, fragt Linda entsetzt, und Marie schaltet schneller und wendet sich Jara zu.

Jara, fragt sie, stimmt das, ist alles in Ordnung bei dir? Jara schüttelt Linda ab, um sich selbst getrocknete Salbeiblätter in Zigarettenpapier einzurollen, sie entzieht Linda ihre Finger, weil sie es nicht aushält, gehalten zu werden. Ich komm schon klar, sagt sie weinerlich.

Jetzt sag doch einmal die Wahrheit, sage ich zu Lukas, und lass nicht uns alle auf Steine schreiben, während du selbst gar nichts erzählst.

Lukas' Mund ist ein dünner Strich. Er antwortet nicht, sondern sammelt einfach nur die Steine auf, alle anderen weichen zurück, er baut sich auf seinem Arm ein Kind aus Steinen und lässt es dann in den Rucksack fallen, den er mir vor die Füße legt. Schmeiß du die doch weg, sagt er dann, wenn du das alles so viel besser weißt.

Da musste wohl jemand etwas kompensieren, sagt Samir trocken und zu mir gewandt, während sich die anderen um Jara drängen und ihre Hand halten wollen, während sie anfängt, zu weinen.

Als ich den Mund aufmache, um mich bei irgendwem zu entschuldigen, sieht Jara mich nur stumm und verwaschen an, und ich schließe ihn sofort wieder, dabei brauche ich dringend eine Erlösung, oder zumindest einen Ablassbrief, dafür würde ich jetzt viel geben, via Paypal an den Papst.

Dafür musst du dich nicht schlecht fühlen, sagt Linda, während sie Jara die Hand streichelt, das ist dein Körper und deine Entscheidung.

Stimmt, sagt das Medienmädchen und streichelt ihr über den Rücken, ich hab's auch getan. Weil alle sich jetzt im Halbkreis um Jara aufgebaut haben und sogar Fede sanft eine Hand auf ihr Knie abgelegt hat, lasse ich mich einfach, ähnlich wie Jara, auf den Boden zusammenklappen.

Bist du jetzt zufrieden, fragt mich Lukas und kickt mir den Rucksack an die Beine, wolltest du das so?

Das Kind war nicht von ihm, brüllt Jara da in den Raum, und dann holt sie freiwillig den Stein aus ihrer Tasche, den sie vorhin eingesteckt hatte.

Was, frage ich.

Ja, sagt Jara knapp und starrt vor sich auf den Boden. Von wem denn dann, fragt Fede.

Während Jara nicht gleich antwortet, gehe ich neben ihr in Gedanken all die Männer durch, denen wir im letzten Jahr an der Uni begegnet sind, aber bei keinem Gesicht bleibe ich hängen, weil es mir völlig unbegreiflich scheint, dass Jara, die immer schön und demütig über allem schwebt und alle Männer mit unverbindlicher Freundlichkeit in die Nieren tritt, dass diese Jara einen dieser verlorenen Jungs anschaut und sagt, fick mich.

Wer denn sonst, sage ich, ich dachte die ganze Zeit, ich bin die Einzige, die hier ihren Freund betrügt.

Quatsch, sagt Jara leise, und irgendwie verletzt mich das. Während Fede nachhakt, ob es jetzt einer aus unserer Stufe war oder aus ihrem Freundeskreis, ob es Lukas' Zwillingsbruder war, wenn er denn einen hätte, da schaue ich auf Jaras Ringe und auf ihre Spangen und fühle mich plötzlich so schwer, als würde ich sie alle tragen müssen.

Ich erinnere mich an die Tage vor der Abtreibung, an die nass geweinten Kissen und an den tröstenden Geruch der Asia-Nudeln, an Jaras loses Haar, über das ich streicheln konnte, während sie mir von ihrer Mutter, von ihrem Herzen und von Lukas erzählte.

In diesen zwei Wochen im Sommer dachte ich, dass ich noch nie jemandem so nahe war, weil sie nackt vor mir aus dem Badezimmer kam und ich um fünf Uhr morgens nach vier Schachteln Kippen übermüdet und blau geredet dachte, jetzt kennen wir uns, jetzt kennen wir uns wirklich, jetzt kennt sich gerade niemand besser als wir beide uns, egal wer sonst gerade miteinander fickt oder isst oder redet oder raucht, näher als wir beide auf diesem Balkon kann sich gerade niemand sein.

Ich finde auch im Nachhinein keine Lücke in ihren Worten, hinter der sich die Lüge hätte verstecken können, keine Distanz zwischen uns.

Aber du wusstest damals noch nicht, frage ich, dass du nicht von ihm schwanger warst?

Doch, sagt Jara, das wusste ich.

Wie, frage ich.

Wir haben keinen Sex, sagt Lukas und wippt nervös auf und ab, auch ihm kommen jetzt die Tränen, er verstreicht sie linkisch mit dem Unterarm.

Ihr habt keinen Sex, fragt Linda.

Ich kann nicht, sagt Lukas und fügt dann ruhig hinzu, körperlich, ich konnte noch nie. Für eine kurze Sekunde ist es still.

Ach krass, wiederholt Linda, aber ist dann sensibel genug, um nicht weiter nachzufragen.

Nein, antwortet Lukas, und es belastet mich sehr.

Ich buddle mir das Gesicht in meine Handflächen ein, ohne dass ich mich entscheiden kann, ob ich mich mehr für Lukas schäme, für seine Socken und seinen Zeigefinger, der immer noch versucht, aufrechter als alle anderen zu bleiben, oder für mich, weil ich daraus gleich auf seinen Charakter geschlossen habe.

Jara sieht mich vom Sofa aus traurig an, ich habe es im Sommer nicht übers Herz gebracht, es dir zu sagen, sagt sie dann. Ich nicke und stelle mir ihr Herz vor wie einen sehr rutschigen Hügel, an dem nichts in meine Richtung gestoßen wird, an dem sie alles hinten runterfallen lässt, dass da eine Müllhalde hinter Jaras Herz ist, eine ohne Abwassersystem.

Und wer war es dann, frage ich nach einer Weile. Marie hält Jaras Hand, aber sie sieht dabei aus dem Fenster, hin zu den ersten Raketen, als würde sie sich nichts mehr wünschen, als jetzt nicht mehr hier zu sein.

Herr Limprecht, sagt Jara mit gedämpfter Stimme.

Nein, sage ich und muss mich mit einer Hand auf dem Laminat abstützen, meine Haare, die ich den ganzen Abend zu einem Dutt geknotet hatte, beginnen wehzutun.

Doch, sagt Jara und winkt mich weiter.

Ich schüttle ungläubig den Kopf, und Linda fragt, wer ist Herr Limprecht.

Unser Professor für Sprachwissenschaften, sage ich.

Nein, sagt Linda.

Doch, sage ich.

Na ja, sagt Marie und sucht wieder ihre Präsenz in der Wohnung, er ist auch ein netter Mensch.

Lukas neben mir atmet auf. Du wusstest davon, Marie?

Na klar, nickt sie, ist doch okay, kann man doch drüber reden.

Ich stelle mir vor, wie er erst zu ihrem Lektor wurde und dann zu ihrem Zeichenfehler und dann zu ihrem Seitensprung. Wann ist das denn passiert, frage ich, immer noch fassungslos, und warum habe ich davon nichts mitbekommen und Marie schon?

Fede grinst mich von der anderen Seite für einen Moment spöttisch an, als dürfte ich jetzt erfahren, wie sich das anfühlt, nichts mitzubekommen.

Irgendwann am Anfang des Semesters, erwidert Jara leise und belässt es dabei. Ich stelle mir vor, wie sich die beiden nachmittags trafen, um Jaras Seminararbeit zu besprechen, wie lange sie spielten, dass sie sich gegenseitig begreifen wollten, wann sie zugaben, dass es doch nur ums Anfassen ging.

Ich möchte Jara fragen, „welche Sätze er in ihren Hausarbeiten unterstrichen hat," mit Bleistift oder mit Textmarker, ob sie ihn immer noch mit seinem Füller zwischen ihre Zeilen schreiben lässt, ob sie später die Tintenflecken gemeinsam abwischen, ob sie ihr Handy auf Flugzeugmodus schaltet und was für Ausreden sie für Lukas bereitgehalten hat, ob sie sich gemeinsam welche ausgedacht haben, so wie andere sich gemeinsam eine Zukunft ausdenken, und an welche Geräusche sie noch am nächsten Tag denken musste.

Und, frage ich, läuft das jetzt immer noch?

Nein, sagt Jara leise, danach habe ich aufgehört.

Und ihm hast du nie davon erzählt, frage ich.

Sie schüttelt den Kopf, hat ja gereicht, dass er sauer war. Sie nickt zu Lukas, der unschlüssig mit den Steinen in der Hand im Raum steht. Ich geh jetzt, sagt er, das wird mir zu viel.

Ich auch, sage ich, aber nach dir.

Du, sagt das Medienmädchen zu Jara und hält weiterhin ihre Hand, ich finde das mega mutig von dir, abzutreiben.

Vielleicht können wir ein andermal darüber reden, erwidert Jara, ich versuche grade, es loszuwerden.

Ich hab es auch gemacht, sagt das Medienmädchen laut, was soll das überhaupt, wir können uns doch alle erzählen, was auf unseren Steinen steht, es macht doch jeder mal einen Fehler! Sie greift nach Jaras Arm, der sich unwillig von ihrer Körpermitte wegziehen lässt. Und, fragt sie dann, wie waren die drei Tage davor für dich?

Während Jara erzählt, wird Marie neben ihr immer stiller, sie schiebt sich vom Sofa und beginnt, die roten Pappbecher einzusammeln, sieht so aus, sagt sie laut, als wäre jetzt niemand mehr so richtig in Feierlaune, genauso habe ich mir das vorgestellt, danke, Anna.

Sorry, murmle ich, aber denke dabei weiter an Jara. Ich versuche, mich an die erste Stunde zu erinnern, die wir nach den Semesterferien wieder bei ihm hatten, aber mir fällt nichts ein außer die Details, an die ich immer sofort denken muss. Seine Jesusfrisur und sein schallendes Lachen, seine offen stehende, überquellende Schultertasche und seine unordentliche, ausladende Schreibschrift, der hätte es auch nicht geschadet, mal ein bisschen kleiner zu werden.

Okay, sage ich, rapple mich endgültig vom Boden auf und versuche, Lukas einzuholen, der zur Tür läuft. Sorry, Lukas, sage ich. Von Lukas fällt ein Gesicht ab, sobald ich mich entschuldigt habe. Ich hasse mich so, schluchzt er, alles an mir. Meine Haare und meinen Bauch, meine Schuhe, und mein Studium hab ich auch abgebrochen.

Och, Mann, Lukas, sage ich hilflos, warum hast du das nicht früher gesagt? Samir legt seine Pädagogenhände um Lukas und streicht ihm jetzt tröstend über den Rücken. Der sieht nicht mehr aus wie ein Pfarrer, aber immer noch so, als gehöre er ins Neue Testament.

Das Wohnzimmer driftet auseinander, die Steine bleiben liegen, Rotwein sickert in den Teppich, während Lukas schluchzt. Samir umarmt ihn noch fester und schüttelt gleichzeitig den Kopf in unsere Richtung, bin ich der Einzige, der hier ehrlich war? Auf meinem Stein steht, dass ich es wirklich mit Anna versuchen möchte.

Glaub ich nicht, sag ich und suche mit den Augen die Aufschriften auf den Steinen ab.

Samir hält jetzt Lukas' Hinterkopf wie eine Mutter, um ihn nicht beim Weinen zu stören, während er anfängt, mit dem Zeh zu einem Stein links von ihm zu tippen.

Doch, sagt er, lies mal. Samirs Stein ist tatsächlich vollgeschrieben, aber bevor ich ihn lesen kann, bleibt Marie neben mir stehen. Ein Scheiß warst du ehrlich, ruft sie zu ihrem Bruder und stellt jetzt die Musik ganz aus, du hast seit zwei Jahren eine Affäre mit einer meiner besten Freundinnen, und ihr sagt es mir beide nicht?

Maries Ohrringe flackern von der einen auf die andere Seite. Sie muss gerade etwas gezogen haben, ihr Gang ist ganz aufrecht und ihr Hinterkopf wieder voller Energie. Nie war mir der Unterschied zwischen uns bewusster, Marie hat so Antifa-Augen und ich so CDU-Mundwinkel, und manche sehen aus wie ihre Hunde, und wir sehen aus wie unser Gesicht. Marie strahlt mich an, aber auch sie hat Schwächen, zum Beispiel ihren Zahn, von dem immer mal wieder eine Ecke abbricht.

Der wurde schon so oft geklebt, hatte sie mir gesagt, den hat es mal ausgeschlagen, als ich zwölf war. Sie sagt immer, den hat es ausgeschlagen, als hätte er sich aus eigener Kraft aus ihrem Mund geschleudert. Seitdem verliert Marie ihn immer wieder, schon zwei Mal hat sie ihn sich neben mir in die Hand gespuckt, schon wieder, murmelt sie dann, Mist, und starrt auf den halben Frontzahn und steckt ihn dann schnell in ihr Münzfach.

Ihr Zahnarzt kennt das schon, der sagt dann, so oft können wir das aber nicht mehr kleben. Aber jetzt noch einmal, sagt sie, was soll ich machen, meinen Vater werde ich nicht nach Geld fragen. Ich weiß, Marie ärgert es, dass sie nicht richtig zubeißen kann, dass es ausgerechnet der Schneidezahn ist, der nicht bei ihr bleiben möchte.

Ich rieche ihr Männerparfüm, als sie auf mich zukommt, gerne wäre ich jetzt Leonard Cohen und würde ihr mindestens zwei Gedichtbände widmen, aber mir fallen keine Wörter ein, während sie vor mir nach meinem Aufschrei sucht.

Marie, sage ich, aber sie winkt schon ab und läuft Amok mit den Steinen, ich hab mich schon abgemeldet von der Uni, schreit sie in die Raummitte, und das hier, das ist meine Abschiedsparty gewesen. Mit diesem Satz klirrt Maries Stein durch das Fensterglas und Jaras Stimme schlittert mit den Scherben über das Parkett. Und während Samir jetzt hektisch Lukas abschüttelt und sagt, Leute, Ruhe bewahren, schmeißt Marie schon den nächsten Stein, einen auf den Steinway, einen durch die Terrassentür.

Weißt du, was ich auf meinen Stein geschrieben habe, brüllt Marie, dass ich nie wieder nach Wien zurückkehre, das ist die letzte Nacht, die ich in diesem beschissenen Haus verbringe, und ab morgen bist du mich los.

Sie schmeißt ihren Stein durch das Fenster am Balkon, irgendwo klatscht er auf, jemand schreit auf der Straße.

Wenn du das siehst, Papa, ruft Marie und hebt ihre Finger auf eine kleine Kamera, die mir bis jetzt nicht aufgefallen ist, fick dich.

Das Loch, das sie in die Scheibe geworfen hat, ist so groß wie eine Faust. Erik deutet mit dem Finger nach draußen durch das aufgeschlagene Glas und in die Nacht, aus der der Stein geflogen ist, und auf Maries Hand, die sich im Wohnzimmer zur Faust ballt, als wollte sie die Luft erwürgen.

Hör mal, sagt Erik, da ist etwas aufgeklatscht. Er deutet zu dem Balkon.

Lieber nicht, murmele ich.

Lukas weint immer noch in Samirs Armbeuge.

Ich mich auch, sagt Erik, aber wir sollten jetzt mal raus und schauen, wen Marie da ausgeknockt hat.

Shit, wimmert Marie und wühlt sich aufgeregt durch die Locken, Shit, Shit, Shit. Ich will nicht in Wien ins Gefängnis, ich wollte jetzt endlich mal nach Prag. Ich knie mich zu ihr und streiche ihr über den Rücken. Unter der Bluse kann ich ihre Wirbelsäule spüren und ihren Brustkorb, der zittert.

Ihr bleibt hier drin, ruft Samir und deutet auf uns wie ein Feuerwehrmann, und räumt alles raus, und dann treffen wir uns draußen.

Erste Hilfe, das ist Samirs Ding, er rennt zur Haustüre, seine Locken wippen. Lukas sammelt hastig die Steine auf, wenn die hierbleiben, weint er, dann ist das ganz schlechte Energie.

Fede hilft ihm dabei und tippt auf Jonis Namen, der auch auf meinen Stein gekritzelt ist. Ich habe mir das vorher irgendwie direkt gedacht, sagt er unvermittelt, dass da mal was zwischen euch lief. Weil du, sagt Fede, und plötzlich fehlen ihm die Worte, und er schließt eine Faust um den Stein.

Weil du, wiederholt er, auch in Joni verliebt warst. Fede sieht mich so an, wie Samir es beim Spiel für einen Augenblick getan hat, nur dass es bei Fede eine müde Schamlosigkeit ist, eine Ansprache an jemanden, an den man keine Erwartungen mehr hat.

War ich nie, sage ich, warum hast du das gedacht? Mein Mund ist trocken.

Ich habe es dir angesehen damals, sagt Fede, und weil das zu viel ist, drehe ich mich kurz um und suche unsere Jacken aus dem Haufen im Flur.

Das ist Unsinn, Fede, rufe ich ihm ins Ohr, das ist der größte Schwachsinn, den du je erzählt hast. Ist ja auch egal, sagt Fede und zuckt mit den Schultern, ist ja wirklich egal, ich wollte nur sagen, dass es mich eigentlich nicht wundert.

Das Leben überrascht mich immer wieder, es sagt mir hier, hier, hier bin ich, so bin ich, und ich sage, okay, lass uns drüber reden, aber das Leben will gar nicht drüber reden. Das Leben macht schon weiter, während ich noch nachdenke, das Leben ist kein Zuhörer, das Leben ist ein Schlagabtausch.

Ich packe all das Zeug ein, das hier noch rumliegt, die Taschen der Leute, das Koks und die Steine. Fede lässt den Rollladen vor dem Loch im Glas runter.

7. Kapitel

Ich komme nicht, schreibe ich meiner Mutter, während ich aus der Haustür stolpere und Marie und Samir hinaus folge. Aus dem Weg, ruft das Medienmädchen und springt an mir vorbei. Linda, Fede und ich hasten hinterher, ich schließe die Tür hinter uns, The National spielt drinnen weiter. Das Schließgeräusch ist ein anderes als bei meiner Wohnung, satter und sicherer, aber ich bin nach wie vor schlüssellos.

???, antwortet meine Mutter.

Draußen falle ich in zwei uniblaue Windbreaker in Größe XL, die gerade aus einem Pub gestülpt wurden. Sorry, sage ich, während ich nach meinen Freunden Ausschau halte. Samir kniet auf dem Kopfsteinpflaster an der Margaretenstraße und stützt einem Mann den Rücken. Im Licht der Straßenlaterne erkennt man ihn kaum, zwei, drei Gesichter sind über ihn gebeugt, aber der Mann ist breitschultrig und Mitte irgendwas. Manchmal sieht man die Jahrzehnte gar nicht so gut wie Anfang, Mitte, Ende dreißig, vierzig oder fünfzig. Die zweite Ziffer ist bei ihm eine Vier, eine Fünf oder eine Sechs, das weiß ich sofort.

Samir kniet neben ihm mit Gänsehaut und ruhiger Stimme, der Mann sitzt schon wieder aufrecht, er blutet am Arm, immerhin nur der Arm, denke ich, so a Schaß, sagt er.

Ich war es, sagt Marie und drängt sich durch bis zu Samir, tut mir leid.

Eine ältere Frau neben mir staubt sich sorgfältig ihre Knie ab. Da wurde grade ein Herr abgeworfen, sagt sie zu mir und deutet auf den Mann, aber keine Sorgen, ich habe die Polizei schon verständigt. Sie hat so Hände, an denen große goldene Diamantenringe gut aussehen, vom Alter dünngewaschen und knotig.

Vielen Dank, sage ich, und sie schüttelt den Kopf, danke euch, so viel Zivilcourage von jungen Menschen, das ist ja nicht mehr selbstverständlich.

Wir waren das, antworte ich, aber nicht extra.

Marie lässt sich neben Samir auf die Knie fallen, das wollte ich nicht, ruft sie und deutet auf ihr Elternhaus, ich wollte drinnen was treffen.

Sie worn des, fragt der Mann, ja, sagt Marie, streicht sich aufgeregt die Locken aus dem Gesicht und hebt den Stein hoch, sehen Sie, hier steht drauf, dass ich Wien verlassen werde.

Herrgott, sagt der Mann, dann mochn Sies doch, dafür müssens doch niemanden umbringa.

In der Ferne heulen Sirenen. Wien blinkt an uns vorbei, und Samir setzt sich jetzt auf und blickt kurz nervös zwischen Marie, mir und der Haustür hin und her.

Möchten Sie überhaupt ins Krankenhaus, frage ich den Mann und sein schütteres Haar, das im Licht der Straßenlaterne blondgrau reflektiert.

Sicher ned, sagt er, do geh i nimma hin.

Marie hat keine Antwort auf die Situation, ihre Knie bleiben auf dem Beton kleben, während sie ihren Bruder Hilfe suchend anschaut.

Samir legt sich beide Hände auf die Oberschenkel, so, dann würde ich vorschlagen, dass wir jetzt mal alle zusammen aufstehen.

Ich knie mich neben Samir und strecke dem Mann eine Hand hin, um ihm aufzuhelfen, aber er winkt ab und greift mit dem unverletzten Arm in seine Jackentasche. Er hat breite Fingernägel und so große Hände, dass er mit Zeigefinger und Daumen seine Packung Zigaretten ganz umgreifen kann. Die dünngewaschene Frau neben mir räuspert sich und dreht sich dann in Richtung Blaulichter, na dann, sagt sie, schönen Abend noch.

Könnens mir höfn, fragt der Mann und deutet mit einem Finger auf sein Feuerzeug, i krieg die mit ana Hand ned angezündet.

Ich zünde ihm seine Zigarette an. Er hat so ein schlupflidriges, bärtiges Gesicht, dem man nie nah kommen kann, auch wenn man ganz dicht vor ihm kniet. Nur der Arm, den Marie getroffen hat, strahlt uns in Schonhaltung entgegen, und die Haltung des Mannes hat sich verändert, etwas an dieser Situation gefällt ihm, etwas daran, dass wir auf ihn warten müssen.

Hören Sie, sagt Samir, wir würden gerne weiter.

Ach ja, fragt der Mann verärgert, jetzt überlegt ihr, ob ihr abhauen sollt oder was?

Ja, sagt Marie, geht's mit der Wunde? Weil ich will nicht verhaftet werden, ich will nach Prag.

Niemand wird hier verhaftet, sagt der Mann und winkt ab, aber Marie schmeißt ihr Gesicht in die Handfläche, sehen Sie das Loch dort in der Scheibe, und sehen Sie Ihren Arm, das war ich. Und da, sie deutet mit einem Zeigefinger auf die Straße ein paar Meter vor uns, kommt die Polizei, und das hier, sagt sie und deutet auf ihre dunkle Haut, das ist nicht gut. Ich halte nach Erik Ausschau, aber entdecke ihn nirgendwo mehr. Fede hat sich neben mich gestellt und bemerkt meinen Blick, er streicht sich eine Strähne aus dem Gesicht, vergiss es, Anna, wispert er, du bleibst jetzt hier, du hast das mit verursacht.

Ich wollte gar nicht abhauen, erwidere ich, aber Fede winkt nur ab und sagt, ich kenn dich doch.

Darf ich mitkommen, fragt der Mann und nimmt einen tiefen Zug. Samir fährt sich für einen Moment verwirrt durch die Locken.

Nach Prag, fragt Marie.

Na, nur heid Nocht, sagt der Mann zu Marie, ich will auch nichts, nur feiern. Kurz wird es still, wir alle mustern den Mann, der nicht mal so aussieht, als würde er wirklich aufstehen wollen, geschweige denn tanzen.

Gut, sagt Marie zögerlich, wir wollten uns jetzt nur noch betrinken.

Find ich gut, beharrt der Mann.

Na dann, Samir hilft ihm ungeduldig auf, ich bin Samir.

Freut mich, sagt der Mann, Michael. Er steht schließlich, schwankend, aber er steht.

Geht das mit dem Arm, frage ich zögerlich, sicher?

Sicha, sagt er und steckt ihn sich in die Manteltasche, hob schon Schlimmeres erlebt.

Michael, sagt Samir, wir müssen jetzt los, damit wir nicht verhaftet werden. Weil da, sagt er und deutet auf das Polizeiauto, kommt jetzt die Polizei.

Okay, sagt Michael, aber dafür geht das Bier auf euch.

Jetzt lass uns erst mal loslaufen, ruft Samir nervös und schiebt uns alle voran, weg vom Haus.

Wir hinken uns zu fünft ein paar Straßenecken weiter, das Medienmädchen, Linda, Jara und Lukas sind nicht mehr zu sehen. Es ist schon wieder passiert, nie gelingt mir ein Abschied, ich habe keine Ahnung, wo sich Jara und Lukas hin verschoben haben, Linda, das Medienmädchen, mein Vater, jedes Mal bleiben lose Enden, die sich nirgendwo mehr anknüpfen lassen.

Ein Schweigen legt sich über uns alle. Ich spüre, wie Marie nervös wird und in ihrer Jackentasche nach ihrem Tabak kramt, weil Samir schneller läuft als wir alle und Fede meinem Blick ausweicht und ich am liebsten auch woanders wäre. Marie räuspert sich, im Gegensatz zu mir hat sie keine Übung mit der Stille. Spannung kann man aushalten lernen, genau wie Planks, erst dreißig Sekunden und dann immer länger.

Samir bricht das Schweigen. Ich glaube, das reicht mir für heute, sagt er, ich verschwinde.

Wie, fragt Marie, wohin?

Sag ich nicht, meint Samir, vielleicht Prag?

Ich wollte es dir noch sagen, sagt Marie nach einer Weile, und Michael schnauft an ihrem Arm.

Ja, ja, sagt Samir, und Anna wollte mir das sicher auch noch sagen mit Alex, klar, ich gehe. Marie zieht an ihrer Zigarette.

Typisch, sage ich, es geht immer nur um dich, Samir, hast du mal überlegt, dass es an dir liegen könnte, dass dir niemand was erzählt?

Samir läuft schneller, aber findet den Ausgang nicht, hätte ich nicht von dir erwartet, sagt er, Anna, dass du mich auf den Stein schreibst.

Hätte ich nicht von euch erwartet, murmelt Marie, dass du einen Grund hast, ihn draufzuschreiben.

Das ist doch Kindergarten, sage ich, dann gehe ich jetzt.

Wohin denn, fragt Fede und deutet auf mich, du hast heute Morgen deinen Schlüssel an einen Fremden verschenkt.

So fremd war er nicht, sage ich, aber den Schlüssel kriege ich wieder, und Alex hat sowieso den anderen.

Und wo ist er jetzt, fragt Samir verwirrt.

Der Schlüssel, frage ich.

Der Fremde, meint Samir, und ich zucke die Schultern, vermutlich in meiner Wohnung.

Okay, sagt Samir und klingt besorgt. Michael hat sich mit dem gesunden Arm jetzt bei ihm eingehakt und raucht mit dem verletzten. Marie zieht an ihrer Zigarette und wedelt den Rauch gekonnt zu uns allen, jetzt reißt euch zusammen, ich hab grad auch keinen Bock mehr. Sie versucht, die anderen mit dem Handy zu erreichen, um ihre Party wieder einzusammeln.

Sag mal, fragt Fede, und eure Eltern?

Aber Samir antwortet nicht.

Können wir die Steine nicht einfach vergessen, sagt Marie, zumindest bis Mitternacht oder bis ich wieder nüchtern bin? Samir sagt nichts dazu, aber er hört zumindest auf, nach einer Seitengasse Ausschau zu halten, und auch ich kann auf einmal tiefer atmen, was soll das denn, denke ich, und ich denke auch an meine Laufschuhe und das Seitenstechen, das es nicht geben durfte.

Alle wollen vor dem Jahreswechsel irgendwo sein, sagt Fede, während er die Passanten beobachtet, die uns hektisch überholen. Das ist sein bester Versuch, einverstanden zu klingen, alle haben Angst, sagt Fede, nicht rechtzeitig anzukommen. Sonst wäre man doch immer lieber woanders, das ganze Jahr lang sehnt man sich weit weg auf eine Reise, nach den Zugfahrten und Flügen und den Autobahnen, das ganze Jahr über trägt man Kopfhörer. Nur an Silvester möchte man plötzlich ganz da sein, nur da würde es sich wie ein böses Omen anfühlen, würde man um Mitternacht im Stau stehen, nur an Silvester muss man den Countdown runterzählen und warten, bis es passiert.

Silvester, sagt er, ist der einzige Glaube, den wir noch haben, das sind diese zehn Sekunden Ehrfurcht im Jahr, von denen alle immer träumen.

Ich habe keine Ehrfurcht vor Neujahr, sage ich, ich habe schon seit Jahren keine mehr vor gar nichts, nur manchmal träume ich davon, in einer Kirche alle Gedenkkerzen auf einmal anzuzünden.

Du hattest schon immer so einen komischen Tick mit Gott, sagt Fede, und Religion als Hauptfach.

Ich streiche mit der Hand über die Fassade neben mir, über uns spannt sich immer noch die goldgelbe Weihnachtsbeleuchtung.

Wien ist immer nur von unten und von oben schön, wenn man die Fassaden hoch- oder auf die Dächer runterschaut, hat Samir einmal gesagt, als wir auf der Dachterrasse unserer Bar standen. Was man mitbekommt, wenn man hier lebt, das sind die zweiten, dritten und vierten Stockwerke, die Fahrstühle ohne Spiegel, die Vorhänge an den Fenstern gegenüber und nie den Himmel.

Samirs WG-Zimmer hat doppelte Fensterscheiben, erst muss man mit einem kleinen, weiß lackierten Holzgriffel das zur Straße hin auf- und zuschieben und dann das nächste Fenster, mit der dünnen Scheibe, und wenn man beide Fenster zuhat und dann im Wohnzimmer steht, hört man die Autos immer noch genauso laut.

Vertraust du dem denn, fragt mich Fede unvermittelt.

Wem, frage ich?

Deinem Gast, sagt Fede, der in deiner Wohnung ist. Ich denke an David und wünsche mir das Gewicht der Schlüssel zwischen meine Finger. Ich glaube, sage ich, da ist niemand drin.

Also, sagt Marie und dreht sich zu uns um, die anderen sind am Stephansplatz, sollen wir zu ihnen? Oder soll ich alleine? Jetzt ist's eh gleich zwölf, sie winkt mit den Fingern zum Nachthimmel, an dem schon ab und zu der erste Glitzer kratzt. Ich glaube, ich geh gar nicht mehr zurück zum Haus, was machen die Polizisten jetzt darin, fragt sie Samir, suchen die nach Fingerabdrücken?

Keine Ahnung, sagt er schulterzuckend, die sind wegen dir da drin, ich hab nicht plötzlich damit angefangen, Steine zu schmeißen.

Pff, macht Marie, sag das doch deiner Freundin Anna, die musste ja ihren Ex-Freund einladen und uns von ihrer Verlobung erzählen.

Fair enough, sagt Fede neben mir.

Fair enough, wiederhole ich, aber offensichtlich habe ich euch zurecht nicht vertraut, wenn Jara mir nicht mal sagt, von wem sie schwanger ist, und du so tust, als hättest du nichts davon gewusst, und dann einfach auswandern möchtest, ohne uns davon zu erzählen.

Was will die Polizei denn da noch in eurer Wohnung, fragt Michael, mir geht's doch gut jetzt.

Ja, stöhnt Marie, während sie schon wieder ihr Handy ans Ohr presst, um eine Sprachnachricht abzuhören, dann sag du ihnen das doch. In solchen Momenten verwechsle ich Marie oft mit einer Kellnerin, sie hat dann so viel Anspannung in ihrem Oberkörper und versuchte Übersicht in den Augen, als würde sie mir gleich einen Tisch zuweisen, auf irgendeinen Ort deuten und sagen, da ist noch frei. Jetzt bedient sie andere Kunden.

Während Marie mich ignoriert, fragt Fede, ob ich Wertsachen in der Wohnung habe. Vor allem Gin und Averna und Rum, sage ich, und Cola und ein bisschen Bacardi, und dann alles, was in der Schublade des Nachttisches ist, aber das kann Fede sich sowieso denken.

Sobald wir um die nächste Straßenecke gebogen sind, lehnt Samir sich an eine Hauswand. Eine Minute, sage ich, Lagebesprechung.

Ich kann nicht so lange stehen, sagt Michael und nickt uns auffordernd weiter, ich brauch jetzt bald ein Bier, wegen meinem Arm.

Marie lehnt sich an Samir und sieht knapp an mir vorbei in die Leere. Samir reagiert nicht auf ihre Berührung, er schaut über ihren Scheitel und friert den Blick ein, um sich nichts ansehen zu lassen. Und wo, fragt Marie in die Runde, bekommen wir denn jetzt Alkohol her?

Fede hebt sein Handy und scrollt uns die Läden durch, die in der Nähe vom Stephansplatz sind. Michael drückt seine Zigarette auf dem Boden vor uns aus, alles neue Läden, sagt er, früher hießen die noch anders.

Das *Orange*, sagt Samir und richtet sich wieder auf, die haben wieder offen, das ist hier ganz in der Nähe.

Wir haben aber kein Geld, sage ich, oder hat jemand welches dabei? Wir alle schütteln den Kopf, he, ruft Michael, ihr wolltet mich einladen.

Machen wir auch, sagt Marie und hebt beschwichtigend die Hand, ich weiß, wie wir das machen, ich tu so, als wäre ich Aushilfskraft und reiche euch alles rüber, das funktioniert eigentlich meistens.

Meistens, fragt Fede, aber Marie antwortet nicht, sondern schaut abschätzend zu ihrem Bruder hoch.

Könnte klappen, sagt Samir, die stellen immer wieder neue Leute ein, und an mich haben sie sich nur erinnert, weil ich nach der Schicht noch so oft dageblieben bin. Er kratzt sich am Handgelenk mit den Festivalarmbändchen. Marie streicht sich durch die Locken.

Können wir jetzt endlich weiter, fragt Michael und holt sich jetzt selbst eine Zigarette aus der ausgebeulten Jeansjacke, mein Arm fängt an wehzutun, sonst geh ich halt doch zur Polizei.

Mir ist schlecht, seufzt Marie und lehnt sich mit ihrem weißen Fake Fur an die Hauswand hinter uns.

War das ernst gemeint, was du auf den Stein geschrieben hast, fragt Samir.

Marie nickt mit geschlossenen Augen, ich hab meinen Nachtzug schon.

In derselben Sekunde legt Samir seine Hand auf Maries Schulter.

Fede und ich kommen nach, sage ich und winke uns beiden im Dunkeln auf die andere Straßenseite, wir müssen noch mal kurz alleine reden.

Sobald wir aus dem Blickwinkel der drei verschwunden sind, atmen wir gleichzeitig auf. Weil ich die Stille nicht aushalte, erzähle ich Fede vom Naschmarkt und dem Museumsquartier und überhaupt von allen Plätzen, an denen ich sonst auch nie bin.

Gleich sind wir am Rüdigerhof, sage ich zu ihm, der sieht von draußen tatsächlich nicht so spektakulär aus, aber hier trifft man immer wen und man darf noch rauchen. Und, frage ich dann. Im Laufschritt schaue ich zu Fede hinüber. Und was, fragt er zurück. Ich warte darauf, dass Fede seine Lippen zusammenpresst, wie er es immer tut, wenn er sauer ist, erst das Zusammenpressen, dann das Rausplatzenlassen. Es tut mir so, so leid, Fede, sage ich und greife nach seiner Hand. Ich hätte es dir sagen sollen, ich wusste nur nicht, wie.

Ja, sagt Fede und drückt meine Hand, während er den Kopf schüttelt.

Ging nicht, sage ich und weiß nicht mehr weiter. Ich habe immer gewusst, warum ich ihm die Dinge nicht erzählen konnte, weil Fede in Frankfurt das Telefon zwischen seine Schultern klemmt zum Telefonieren, weil er dann fragt, und, was geht bei dir so, als würde er keine lange Antwort erwarten, und weil er am Ende immer liebe Grüße an Alex ausrichtet.

Weil, beginne ich noch einmal, ich dachte, du würdest es nicht verstehen.

Was denn, fragt er, dass eure Beziehung auseinandergeht. Und, sage ich, dass ich eine Affäre habe.

Und, fragt er.

Und was, frage ich.

Und, sagt er, was hätte das geändert?

Was meinst du, frage ich, das war krass, das war nicht einfach, das irgendjemandem zu erzählen. Fede antwortet nicht, sondern weicht von mir ab, er läuft ein paar Schritte voraus, um mich von vorne betrachten zu können.

Ich darf das doch wissen, sagt er dann, ich bin doch dein bester Freund.

Klar, sage ich und denke dabei an alle Dinge, von denen ich ihm nie erzählt habe.

Wegen deiner Mutter, sage ich, ich dachte.

Fede zuckt mit den Schultern, ich wusste doch, einem von uns wird noch etwas passieren, glaubst du, wir kommen einfach unversehrt durch unsere Zwanziger, das sind die Kopfsprungjahre, schaust du kein Netflix.

Auf dem Weg zum *Orange* zähle ich Fede auf, was in den letzten Monaten mit Alex und mir passiert ist, dass wir uns irgendwie voneinander entfernt haben, ich zeige Fede die drei Nachrichten, die er am besten ignoriert hat: Ich glaube, mein schlechtes Gewissen hat dir mehr Liebeserklärungen gemacht als ich.

Und: Wem außer dir soll ich sagen, dass es wehtut.

Und: Zu Neujahr bekommst du von mir eine Liste mit Personen, die mich jeden Tag an dich erinnern.

Ich sage Fede nicht, dass ich nachts immer noch von Alex' Füllwörtern träume und davon, seine Leserlichkeit zu verbrennen, dass ich unsere Geschichte schwärze, damit am Ende nur noch die Worte übrig bleiben, die sich reimen, dass ich unsere Erinnerungen kürze und sie auswendig wie einen Psalm aufsage, weil die ausführliche Geschichte nicht aushaltbar ist.

Inzwischen sind mehr Menschen aus ihren Wohnungen gekommen, um auf den Countdown zu warten, mit vor Kälte roten Nasen und Winterjacken in Uniblau.

Eine Weile laufen wir dann schweigend nebeneinander her, nur ab und zu setzt sich das Geräusch der einfahrenden Tram zwischen uns oder eine meiner Entschuldigungen und Erklärungen und Ausflüchte, dafür, dass ich es ihm nicht früher gesagt habe.

Ist okay, Anna, sagt Fede flüchtig, es ist wirklich nicht so schlimm.

Ich finde schon, sage ich, ich hätte dir alles früher sagen, überhaupt früher etwas sagen sollen. Fede nickt vage und deutet dann nach links, um mir zu zeigen, dass wir abbiegen müssen. Ich denke an meine Mutter, die jetzt vermutlich mit der Stille alleine zu Hause ist, wahrscheinlich sind sie ungefähr gleichzeitig eingeschlafen, die Stille und meine Mutter.

Ich habe ihr nie dafür gedankt, dass sie nur gelacht hat, als ich mit vierzehn auszählen wollte, ob Alex mich wirklich liebt, und dafür ihre Aloe Vera in sechsunddreißig exakt gleich große Stücke geschnitten habe und in zwei Haufen einteilte, er liebt mich, er liebt mich nicht, weil es Winter war, und ich draußen keine Blume finden konnte.

Und ich habe ihr nie gesagt, wie schön ich das fand, als ich sie anbrüllte, du verstehst mich nie, und sie zurückbrüllte, wie auch, ich habe doch auch zum ersten Mal ein sechzehn Jahre altes Kind.

Und ich habe ihr nie gesagt, wie weh es tat, als ich meinen Vater drei Wochen vorher noch fragte, ob er noch einen Wunsch hat, und er meinte, nichts mehr, ich bin ganz froh, dass ich den Absprung noch rechtzeitig schaffe.

Wir haben uns halt lange nicht gesehen, sagt Fede, und ehrlich gesagt, ich habe da auch noch was.

Was denn, frage ich und bleibe mit Fede an der Haltestelle Taubstummengasse stehen.

Er schaut kurz zum Anzeiger, noch vier Minuten, dann winkt er ab. Erzähl du mal zuerst, sagt er, und jetzt sei mal ehrlich.

Neben uns warten noch andere Grüppchen auf die Bahn. An Haltestellen halte ich nach der Dame in Lila Ausschau, aber ich habe sie nie wiedergesehen, wahrscheinlich meidet man im Leben das Warten, sobald man seine Farbe gefunden hat.

Während Fede und ich unsere beigegrauen Mäntel sortieren, fange ich an, von gestern Nacht zu erzählen.

David heißt er, sage ich und erzähle Fede von unserem Abend, von seinen kurzen blonden Haaren und seinem verständnisvollen Lächeln. Dass David gleich aussah wie jemand, der von irgendwem schon lange vermisst wird, weil er eine Bar betritt und dann so tut, als wäre er schon immer darin gewesen.

Du bist jemand, in den man sich schnell verlieben kann, hatte ich ihm später am Abend gesagt und: Soll ich ihr schreiben, soll ich ihr sagen, dass es dir gut geht und du bald wiederkommst?

Ne, ne, hatte er gesagt und mir eine Hand aufs Knie gelegt, lass mal gut sein.

Fede fragt, was denn dann genau passiert sei heute Morgen und wo die Schlüssel jetzt verschwunden seien?

Da standen noch die Umzugskartons, sage ich, keine Ahnung, das habe ich nicht ausgehalten.

Von Alex' Auszug, fragt er.

Nein, sage ich, von unserem Einzug von vor zwei Jahren. Weil er nicht sofort versteht, was diese Kisten in mir ausgelöst haben, überlege ich, was ich ihm noch von heute Morgen erzählen soll. Zum Beispiel, dass ich neben David aufgewacht bin und er schon aufrecht im Bett saß und sich aufmerksam im Zimmer umgesehen hat. Und dass ich denke, dass er jemand ist, der immer alles sorgfältig verschließt, der am Morgen danach in die hintersten Fächer greifen will, um zu wissen, was in den Schränken und Schubladen ist, dass er mit der Hand in den ganzen feuchten Stoff fassen möchte, in die Schmutzwäsche, in den Dreck, der noch in den Rillen der Wanderschuhe im obersten Fach hängt, dass er seine Finger überall ohne Scheu liegen lassen möchte, in Falten und Lippen, dass er dort reingreifen möchte, um ein bisschen zu forschen, er möchte die Kuchenkrümel vom Boden aufpicken, und wenn ich ihn ließe, würde er den Schlafsack auslüften und das Leintuch waschen, er würde die Batterien für die kabellose Maus austauschen, den Adventskranz verstauen und Bilder von uns an die Wand kleben.

Okay, sagt Fede, und zieht das *Okay* sehr lange.

Ich sehe Fede nicht an, die Anzeigen haben hier noch nie funktioniert, sage ich, die springen immer, ich hab's dir nie gesagt, weil du doch so gut von Alex und mir gedacht hast.

Anna, sagt er, und presst seine Wange beim Reden an die rote Stange der Haltestelle, du warst nur genervt von ihm, du hast mir immer nur erzählt, dass er dir nicht hilft und seine Sachen nie in den Wäschekorb macht und dass du alles für ihn tun musst.

Stimmt gar nicht, sage ich.

Klar stimmt das, sagt Fede, das hättest du mir doch früher sagen können, mit Alex und mit Samir und dem anderen Typen jetzt, dann hätte ich auch nicht, Fede lässt den Satz so in der Luft stehen und gestikuliert nur mit eine Hand in Richtung Gleise.

Was denn, frage ich, was hättest du dann nicht?

Mit Samir, sagt er, der Kuss, das war etwas anders geplant. Aber in dem Moment kommt die Tram, und Fede winkt ab, ich erzähl es dir gleich.

Mit uns in die Bahn steigt ein Typ in unserem Alter ein, ein wenig schlaksiger, er stemmt sich mit beiden Händen im Mittelgang ab, ohne dabei seinen Wodka loszulassen, er hat Gel in den Haaren und dann ganz in Schwarz gekleidet mit weißen Schuhen.

Wer lacht denn hier, fragt er und nimmt einen großen Schluck aus seiner Flasche, wer genießt den Frieden? Keiner! Niemand reagiert, und der Typ setzt sich in unserem Vierersitz neben mich und gegenüber von Fede.

Er riecht unangenehm, und ich hasse ihn sofort, weil er so viel Platz einnimmt und ich seinen Atem einatmen muss.

Um nach draußen schauen zu können, wische ich mit meinem Ärmel einen Teil der Fensterscheibe frei.

Ist eh dunkel, sagt Fede.

Der Weg ist das Ziel, meint der Typ und bietet Fede einen Schluck an.

Nein, sage ich, weil ich sehe, dass er zögert. Der Mann nickt mir anerkennend zu, als wären eigentlich wir beide ein Team. Dann beugt er sich nach vorn, hält Fede an seinen Knien fest und drückt fest zu, egal, was passiert, uns passiert nichts.

Fede ist jetzt derjenige, der einfach aus dem Fenster starrt und seine Arme vor der Brust verhakt. Während ich nach dem Arm des Mannes greife, muss ich daran denken, wie einmal auf dem Heimweg eine Dachlawine vom Nachbarhaus abging und Fede sich auf der Stelle in den Schnee fallen ließ und nur die Arme zum Schutz über den Kopf gehoben hat, während alle anderen Kinder zur Seite sprangen. Ich erwarte einen Schlag, als ich das Handgelenk des Typs umfasse und seine Hand von Fedes Knie wegziehe, aber stattdessen kippt sein Oberkörper nach vorn, und seine Flasche fällt auf den Boden. Seine Hand hängt jetzt schlaff in meiner.

Ist er eingeschlafen, frage ich, sag mal, hat der die Augen noch offen?

Niemand dreht sich nach uns um, obwohl alle dabei sind, der ist vielleicht bewusstlos, sagt Fede, weil er wieder atmen kann, er schiebt sich auf den Sitz, der weiter von dem Typen entfernt ist.

Hey, sage ich, tätschle seine Hand und spüre seinen Kopf, der langsam auf meine rechte Schulter rollt, nicht einschlafen. Fede betrachtet mich und den Typen, seine tätowierten Handgelenke, seine Daunenjacke, die knochigen Knie, die sich unter den Skinny Jeans abzeichnen, und flüstert, soll ich jetzt sagen, dass er aufhören soll, dich anzufassen, der Arsch?

Ich schüttle den Kopf und spüre die beruhigende Schwere seiner Handfläche auf meiner und streiche über die schmalen Fingerknöchel des Typen, die ganz friedlich sind und nichts mehr wollen.

Schade, meint Fede, ich hoffe, er verpasst jetzt Silvester, ich hoffe, er wird der Einzige sein, der Silvester in der Tram verbringt, nur er und der Lokführer und dann vielleicht gerade im Tunnel.

Als wir aussteigen, rüttelt Fede den Typen sanft am Bein, und der rollt den Kopf von meiner Schulter wieder auf die Brust, ganz versunken in seinem Pelzkragen.

Der hat was gesagt, meint Fede und geht näher ran.

Wir haben wieder Frieden, übersetzt er mir.

Am Stephansplatz atmet Fede tief durch. Okay, sagt er dann, Anna, ich muss dir auch was erzählen. Immer, wenn Fede nervös ist, fängt er an, zu vibrieren, schiebt seine Unterlippe ein bisschen nach vorne.

Ich hatte immer Angst, sagt Fede leise, ich wollte dir nicht zu nahe treten. Jetzt tritt mir doch nah, sage ich wütend und bleibe vor ihm stehen. Können vielleicht alle mal aufhören, mir nicht zu nahe treten zu wollen, ich hab das Gefühl, niemand will mehr in meiner Nähe sein, sonst hättest du ja mit mir geredet, sonst hättest du mir doch mal gesagt, dass du glaubst, dass es zwischen Alex und mir gerade nicht so gut läuft.

In der einen Hand halte ich mein Handy, in der anderen den Stein in der Jackentasche fest umklammert, ich möchte ihn wegschmeißen, aber wir sind mitten auf der Einkaufspassage, und nirgendwo kann ich werfen, ohne vielleicht einen Mann am Arm zu treffen.

Jedenfalls, sagt Fede, hab ich eins seit Mai, mein Freund ist Vater, sagt er, und Tierarzt.

Dein Freund ist Vater und Tierarzt, wiederhole ich und betrachte Fedes Nase, so piercinglos, und wie er sich heute als Ferdinand vorgestellt hat. Auf einmal macht es Sinn, seine Wut auf mein Verständnis, wie ich ihn verwechselt habe mit einer früheren Version von ihm, wie meine Mutter, die mir Screenshots schickt, und Fede hat mir immer nur mit Herzchen geantwortet, ohne zu sagen, was wirklich Sache ist.

Wie jetzt, frage ich.

Er heißt Mark, sagt Fede, und mehr sagt er nicht. Fede erzählt sonst anders von Männern, er erwähnt ihr Sternzeichen und ihren Schulabschluss und in welchem Verhältnis sie zu ihrer Mutter stehen und warum sie ganz sicher anders sind und welchen Habitus er gleich wiedererkannt hat, aber jetzt sagt er gar nichts mehr, jetzt bleibt da der Punkt hinter dem Namen.

Okay, sage ich, Mark also. Ich spüre mich selbst nicken, mein Magen knurrt, der Alkohol schwappt hin und her, und meine Zehen werden langsam taub vor Kälte. Ich blinzle mich auf die andere Seite des Bürgersteigs. Den Schautafeln an der Haltestelle ist es egal, was sie einblenden, weil sie keinen roten Faden in ihren Assoziationsketten finden müssen. Ich bin neidisch auf ihre fazitlosen Momentaufnahmen, während ich meine Gedanken immer nachverfolgen muss.

Fede atmet weiße Wölkchen in die Luft und scrollt seine Fotos hoch, auf den meisten ist ein rothaariger Junge zu sehen und ein unscheinbarer Mann Mitte dreißig, der seine Hände um Fedes Bauch legt und seinen Kopf auf Fedes Schulter ablegt. Er hat auch einen Sohn, sagt Fede, der heißt Linus. Ein Lächeln umspielt Fedes Mundwinkel, wow, sage ich, Mark sieht aus, als würde er dir abends Wärmflaschen machen, als wäre das so jemand, der dir beim Netflixschauen die Füße massiert.

Genau, sagt Fede, und dieses Lächeln umspielt auch seine Mundwinkel, was soll das dann mit Samir, frage ich, könnt ihr mal aufhören, ständig herumzuspielen?

Wir sagen die ganze Zeit, was Sache ist, meint Fede, wir sind ständig im Dialog, deshalb bin ich mir der Beziehung auch so sicher, weil wir miteinander reden.

Mark weiß das also, frage ich. Fede nickt, Mark hat gesagt, jetzt küss halt jemanden an Silvester, jetzt fahr halt nach Wien.

Das meint doch niemand ernst, sage ich. Doch, sagt Fede, das nennt sich Polyamorie, da bleibt man ständig im Dialog.

Fede zeigt mir weiter Bilder von den beiden, die Monate fliegen vorbei, September, August, Juli, ein Akademikerhaushalt, und Fede passt rein, mir kommen die Tränen, Mann, Fede, sage ich, und jetzt möchtest du Samir küssen, frage ich, oder was?

Genau, sagt er, praktisch als Experiment, wie sich das anfühlt mit der Polyamorie.

Mein Gott sage ich, ich kann dir aus eigener Erfahrung sagen, dass sich das beschissen anfühlt mit der Polyamorie.

Kannst du nicht, sagt Fede, was du gemacht hast, nennt sich Betrügen.

Und was machst du mit der Eifersucht, frage ich.

Die darf dann auch da sein, sagt er.

Und Mark, frage ich, macht er das auch?

Gerade nicht, sagt Fede, aber vielleicht in der Zukunft. Ich ziehe nicht mehr weg aus Frankfurt, fügt er hinzu, ich hätte dir das viel früher sagen sollen.

Warum hast du's denn nicht gemacht, frage ich, und in dem Moment schreibt meine Mutter von einem einsamen Sektglas, *Maus, gleich ist es so weit!*

Stimmt!, schreibe ich und antworte mit einem Bild von der beleuchteten Straße vor uns.

Die ganze Zeit rechne ich damit, dass die Polizei uns einholt und uns wegen der Steine mit ihren Handfeuerwaffen auf den Beton pinnt, aber selbst die Polizei feiert Silvester oder kümmert sich um Wichtiges. Fedes Hand hält meine weiterhin umschlossen, aber er macht mich nicht selbstbewusster, sondern kindischer, alle Ängste, denke ich, hätte ich teilen können, und alle Probleme, die ich hatte, sind unwichtig gewesen. Fede hält nicht an, um sie einzeln zu analysieren, er hebt sie mit einer lapidaren Handbewegung auf, mit einer, mit der man auch einen Staubsaugerbeutel wechseln könnte.

Etwas Brennendes fliegt knapp an meinem Ohr vorbei, und ein paar Typen grölen zu uns rüber.

Warum dürfen die hier zündeln, fragt Fede, ist das erlaubt in Wien mit den privaten Feuerwerken?

Vielleicht haben sie Kinder, sage ich, die auch mal schießen wollen, aber da stehen keine Kinder, nur drei Männer, die auf der Stelle treten, sich schwankend abklatschen und die nächsten Holzstiele der Raketen in die Bierflaschen drücken.

Ich frage mich, wie klein Überwachungskameras inzwischen sind und auf welchen Bildern ich im nächsten Jahr verpixelt erkannt werde und dass ich mich seit zwei Jahren noch nicht beim Bürgeramt gemeldet habe, weil jemand meinte, dass man dann viel Geld nachzahlen muss, wenn man das nicht sofort macht, aber dass es irgendwann rauskommen wird.

Lass uns einfach schnell machen, sage ich, und wir traben mit zwei weiteren Mädchen ein paar Meter an den Männern vorbei, die Countdown zählend auf die nächste Zündung warten.

Diese Schweine, keucht eines der fremden Mädchen neben mir, und ich nicke ihr noch im Gehen zu, während sie abrupt abbiegt und stattdessen direkt auf die Männer zugeht und ihnen vor die Brust schlägt, so was macht man nicht, das ist Umweltverschmutzung.

Fasziniert dreht sich Fede zu ihr um. Inzwischen sehen wir den Männern in den Rücken und den beiden Mädchen ins Gesicht, die auf den Raketen herumtrampeln.

Denkt ihr auch mal an die Umwelt, schreit die eine und hebt eine Faust.

Wir sollten die Polizei rufen, sage ich.

So gut ist unser Karma nicht, meint Fede, die kriegen sich doch gleich wieder ein. Niemand sonst betritt die schmale Gasse, und die nächste belebte Straße liegt noch ein paar Meter vor uns.

Die Männer lassen die Mädchen nach hinten stolpern. Das hält sie nicht davon ab, weiter zu brüllen. Ich betrachte den breiten Rücken des einen und seine Hand, die er neben sich ballt und lockert, als müsste er etwas damit aufpumpen. Drei Männer gegen zwei Mädchen, von denen sich die größere vor der Bierflasche aufbaut, wenn ihr noch einmal schießt, schreit sie, dann sprengt ihr mich mit hoch.

Fuck, sagt Fede überrascht. Ich renne los, weil ich sehe, wie sich der Mann unter der Jacke aufrichtet und den Arm langsam hebt.

Trotzdem spuckt das Mädchen ihm auf die Brust wie ein junges Pferd, das noch nicht handscheu ist.

Ich ducke mich unter seinem Arm hindurch und drücke mich an das Mädchen, das weder mit mir noch mit dem Schlag gerechnet hat, der jetzt mich seitlich am Hinterkopf trifft. Für ein paar Sekunden taumle ich nach hinten, bis wir von der nächsten Hauswand abgebremst werden.

Fuck, sagt der Typ hinter mir und klingt Fede erstaunlich ähnlich. Vielleicht sollte der, statt Samir, sein Neujahrskuss werden, denke ich, vielleicht wäre das irgendwann ihr gemeinsames Wort, so wie, na ja, bei Jara und Lukas.

Oida, sagt das Mädchen, als ich mein Gesicht endlich aus ihrer Halsbeuge entfernt habe und sie mich ansehen kann. Oida, wiederholt sie, während ich höre, wie die Männer hinter uns abziehen.

Fede, rufe ich, das war super von uns, das haben wir ganz super gemacht. Fede ist blass, seine Augen hat er weit aufgerissen, als er mit schnellen Schritten auf uns zuläuft.

Sag mal, ruft das andere Mädchen aufgeregt, hast du Schmerzen.

Ich schüttle den Kopf, ich lasse so was nicht mehr zu, sage ich zu dem Mädchen, das sich jetzt aus meinem Griff windet, da muss man sofort reagieren. Danke, sagt sie erleichtert, und in dem Moment schießen mir die Tränen in die Augen.

Bist du sicher mit den Schmerzen, fragt ihre Freundin verunsichert, und ich denke an Lindas Arzt, der meinte, zeigen Sie mir mal genau, wo es jetzt gerade wehtut, und ich nicke wieder.

Wir müssen das Klima retten, ruft das Mädchen, vor das ich gesprungen bin, während sie ihre Hose abklopft, und wegen Volldeppen wie denen schmelzen die Gletscher.

Für einen Moment antwortet niemand, auch Fede ist sprachlos wegen der Uneigennützigkeit der Mädchen oder wegen meiner.

Ich bin ja auch kein Fan von Fleischessen, sagt er dann langsam, ich hasse Fleisch, aber irgendwann reicht es doch auch. Es reicht was, fragt das Mädchen und schüttelt mich endgültig ab.

Na ja, sagt Fede, was möchtet ihr denn erreichen?

Es geht doch nicht um erreichen, sagt das schmächtigere Mädchen, wir müssen das Klima retten.

Das stimmt, sage ich, wie alt seid ihr denn?

Was spielt das für eine Rolle, grunzt die Größere.

Sechzehn, sagt ihre Freundin.

Ich habe Fridays for Future vermisst in meiner Schulzeit, sage ich zu ihnen, ich hätte mir gewünscht, da eine Gruppe zu haben, die mich versteht. Ich dachte damals, meine Wut wäre eine Phase, aus der ich rauswachsen müsste.

Wie alt seid ihr denn, fragt die Ältere.

Egal, sage ich.

Dreiundzwanzig, sagt Fede.

Das sind sieben Jahre, zählt die Ältere nach, du bist jünger als mein Bruder.

Warum seid ihr dann nicht jetzt dabei, fragt mich die Freundin, das ist doch auch eure Zukunft.

Bin ich doch, jedenfalls folge ich FFF auf Instagram, ich schaffe awareness, oder etwas Ähnliches.

Du bist so klug für dein Alter, sagt Fede, und das Mädchen nickt, ja, oder du dumm für deins.

Wir müssen jetzt los, sagt Fede, bald ist Mitternacht, und ich habe keinen Bock auf Grundsatzdiskussionen, wir böllern auch nicht, versprochen.

Ich beneide die beiden, weil ihnen ihre Wut noch nicht egal ist und sie irgendwie noch nicht genug haben von der ewigen Dauerapokalypse in den Nachrichten, während meine Wut irgendwann in den Hintergrund getreten ist, als wäre sie ein Störgeräusch, an das man sich gewöhnen kann, so lange es nicht unterbrochen wird.

Es muss doch auch Wege geben, friedlicher zu rebellieren, sage ich, als wäre meine Resignation ein Land und ich Patriot.

Okay, sagt Fede und hebt beide Hände, ich würde jetzt sagen, hier trennen sich unsere Wege endgültig, ihr geht die Erde retten, und wir gehen jetzt trinken. Dann greift er mich an der Hand und winkt mit der anderen den beiden zum Abschied zu.

Wir müssen alle die Erde retten, ruft das Mädchen uns hinterher, alle zusammen. Ihre Worte klingen in mir nach, während ich Fede folge, und kurz stelle ich mir das vor, wie es wäre, wenn die Mädchen gewinnen würden und die Erde retten könnten, so wie man ein Kind rettet, das gerade hinfällt, ob die Welt dann plötzlich aufhören würde, zu schreien, ob sie die Tagesschau endlich einstellen könnten.

Hast du das gesehen, Fede, frage ich ihn, wie ich dazwischengegangen bin und wie die Männer dann weggelaufen sind?

Ja, sagt Fede, klar habe ich das gesehen, was ist denn mit dir passiert?

Nichts, sage ich und grinse, weil ich plötzlich doch an Neujahr glaube und an Zivilcourage, die ich von jetzt an tragen kann, so wie emanzipierte Frauen das mit Kurzhaarschnitten und goldenen Vintageohrringen machen.

Ganz ehrlich, sagt Fede zu mir, Klimarettung klingt für mich immer ein bisschen wie Blitzkrieg, das ist doch eine Illusion, wir können die Welt nicht retten, wir können nur mit viel Disziplin zweihundert Jahre später aussterben.

Ich weiß nicht, sage ich und bin ganz froh, dass wir einmal nicht über Mark oder Samir reden, ich finde das irgendwie bewundernswert, ich weiß nur nicht, was sie genau damit meinen.

Genau, sagt Fede, Zivilcourage am Arsch, die Typen böllern jetzt halt woanders. Weißt du, sagt er aufgeregt, natürlich möchte ich die Erde retten, aber ein bisschen mehr möchte ich der Welt etwas heimzahlen wegen ihrer AGBs und den Cookies und dem Kapitalismus.

Ich lasse Fedes Worte in der Luft hängen und will sie wieder aufgreifen, aber in dem Moment müssen wir am Blumenladen rechts abbiegen, und Fede nimmt eine rote Rose aus dem Eimer vor dem Laden und schenkt sie mir im Laufschritt.

Ich klaue nicht mehr, sage ich. Er schüttelt den Kopf, das war nicht geklaut, die werden doch sonst weggeschmissen, wer kauft denn nach Mitternacht morgen noch Rosen.

Ich nehme ihm die Rose aus der Hand und stopfe sie in den nächsten Briefkasten.

Ich halte nach Alex und Elin Ausschau und stelle mir vor, wie er ihr gleich irgendwo in der Nähe Happy New Year in das dunkle Haar raunen wird, während beide staunend und verliebt zum Feuerwerk hochschauen, an den Neuanfang denkend, wie er sie von hinten umarmt und dabei seine Wunderkerze an ihren Hintern drückt.

Wie sie morgen die ersten trägen Januarstunden mit Halbschlafblasen und Weiterschlafen verbringen werden, erst in der Dämmerung zum Einkaufen das Haus verlassen, wie sie darüber reden, dass sie den Tag schon wieder ganz knapp verpasst haben wie einen Regionalzug, der nicht oft, aber manchmal kommt.

Komm, sage ich zu Fede, sobald das *Orange* in Sicht kommt, lass uns noch mal kurz warten.

Weißt du, was das für ein Geruch ist, fragt Fede mich und stellt vorsichtig ein paar Bierdosen zur Seite, bevor er sich auf die Eingangsstufen eines Altbaus setzt.

Ich schüttle den Kopf, von Gerüchen verstehen wir beide nichts, aber von Treppenstufen ganz sicher, von Bordsteinen, Erdgeschosswohnungen und Winternächten und von Pfandgut. Fede schiebt sich zu mir auf die Stufe. Ich bin jetzt schon müde, sagt er und streicht mit der Hand über die dreckige Hauswand, wieder auf der Suche nach irgendetwas, das er einstecken kann. Für einen Moment sind wir in einer Höhle oder in einem Zustand, den man in unserem Dorf *außer Gefecht* genannt hätte.

Fede legt seine Stirn auf mein Knie ab, und ich spüre den Stein in meiner Tasche. Was wir hören, sind zwei entfernte Wasserleitungen drinnen, die gleichzeitig rauschen.

Ist ja auch egal, sage ich, nachdem es ein paar Minuten lang still war.

Dieses beschissene Dorf, sagt er und holt seinen Stein aus der Tasche, das werfe ich jetzt ganz weit weg. Fede holt Schwung und zielt auf einen orangenen Mülleimer, Vorsicht, sage ich, weil gleich daneben die Autos am Straßenrand parken, aber da hat Fede schon geworfen, und der Stein landet genau da, wo er soll.

Treffer, sagt Fede.

Der Stein ist einfach verschwunden, zumindest sehen wir ihn jetzt nicht mehr, sein letztes Jahr klebt jetzt an Dönerboxresten, Bierdosen und Hundekackbeuteln.

Sorry, Lukas, sagt Fede.

Ich starre auf den Mülleimer, was ist, wenn es jetzt nicht mehr wirkt?

Fede grinst, da muss nichts wirken, das ist alles schon Realität, ich habe so viel therapiert im letzten Jahr, da brauch ich keine Räucherstäbchen mehr. Wir machen auch Paartherapie zusammen, sagt er, praktisch prophylaktisch.

Prophylaktisch, sage ich, wirst du jetzt auch Medizin studieren?

Fede grinst, ich schicke Mark nachher ein Video von meinem Silvesterkuss, und dann, mal schauen, was in der Nacht noch so passiert.

Wenigstens, fügt er hinzu, hat dann einer von uns ein Bett.

Oder wir beide, erwidere ich, aber es ist nur eins vierzig breit.

Als Fede mich angrinst, bevor er wieder ernst wird und noch einmal nachfragt, was das denn jetzt für eine Beziehung zwischen Samir und mir ist, da verwechsle ich ihn mit einem Fremden, der gleich mein Feuerzeug benutzen wird, um noch vor Mitternacht den ersten seiner Vorsätze zu brechen.

Ach, sage ich, das ist nichts Ernstes.

Wirklich nicht, hakt er nach, und als ich ihm das eifrig bestätige, es ist sicher nichts Ernstes, ganz sicher, da erwische ich mich bei dem Gedanken, dass ich nur die Zeitspanne ausrechne, in der es Fedes Verliebtheit jetzt zu überbrücken gilt.

Ich finde, ihr passt gut zusammen, sagt Fede, und ich sage, dito.

In dem Moment, in dem wir beide darüber lachen müssen, fällt mir mein eigener Denkfehler auf. Wozu sollte ich die Zeit, in der Fede verliebt ist, überhaupt überbrücken wollen, dafür, dass keiner von außen mehr mitreden kann, in welcher Farbe wir die Schlafzimmerwand streichen, und um uns dann über dem Eichenholz des Bettgestells anzuschreien, bis ich mit ausgestreckter Handfläche auf ihn zulaufe und Samir sagt, ich warne dich, dann einfach das Haus verlässt und fremdgeht oder meine Hand abfängt und mich auf die harte Kante des Bettgestells presst?

Glaubst du, wir können in denselben Mann verliebt sein, fragt Fede.

Ich bin nicht verliebt, sage ich, und Fede seufzt.

Anna, sagt er, ich kenne dich. Für einen Moment gibt es wieder nur mich und Fede, als wären die ganzen Umzüge und Ausflüge, die Nächte alleine und die Tage mit anderen nur ein Traum gewesen.

Ich habe nie mit Dingen abgeschlossen, sondern ihnen immer nur versprochen, irgendwann zu ihnen zurückzukommen, und jetzt sind sie immer schon vor mir in den neuen Räumen.

Ich habe vergessen, wie ehrlich Fede immer zu mir war, als er mir vom Metzger erzählte und mir Videos von lesbischen Frauen auf Pornhub zeigte, weil, wie er sagte, die nirgendwo anstoßen, nirgendwo eindringen und meistens die Gesichter nicht von oben gefilmt werden.

Und wie er dann kurz darauf sein erstes Mal hatte und wir vor ein paar Monaten noch die fünf häufigsten Gedanken aufzählten, die wir haben, wenn der andere in uns eindringt, und seine Top One war der Gedanke an den Blumenstrauß auf dem Schreibtisch und wie er versucht, den Blickkontakt mit der Vase zu halten. Wir hatten neue Wörter dafür erfunden. Wir sagten Freigetränk, wir sagten Schlupfwinkel, wir sagten Fingerfood, wir sagten Aschenbecher, wir sagten Comfort Zone, wir sagten Sommerloch, wir sagten Weinkeller, und weil ich in Wien wohnte, fügte ich noch Würstelbox hinzu.

Ich glaube schon, sage ich, dass das geht, warum nicht, wenn wir doch sonst auch alles teilen oder alles teilen könnten. Ich höre mir zu, während ich rede, um zu schauen, was der neue Mut mit mir macht.

Ich hätte dir viel früher davon erzählen sollen, sage ich leise, ich habe nur irgendwie vergessen, dass du zuhören kannst.

Nicht so schlimm, sagt Fede, geht mir auch manchmal so.

Toll, sage ich in die Stille, das heißt, du hast ein geiles Leben, und ich habe eine untreue Affäre und einen Ex-Freund.

Genau, sagt Fede. Und du hast deine Freunde angelogen, Marie ist bestimmt sauer, wir sollten jetzt los, ich habe nur noch zwanzig Minuten, um das mit dem Kuss sauber hinzubekommen.

8. Kapitel

Im *Orange* ist kein Platz mehr für uns, aber es ist noch Platz für Marie, die sich mit ihren breiten Hüften an den Oberschenkeln der größeren Menschen vorbei auf uns zuschlängelt. Ole, ruft sie dann lächelnd und winkt dem Kellner zu, und Ole drückt ein Auge zu und deutet mit einer Hand auf zwei Plätze an der Theke. Marie trägt jetzt eine grüne Schürze, die ihr über dem Dekolleté spannt, zum ersten Mal an diesem Abend sehe ich sie richtig glücklich, mitten zwischen den Körpern, denen man an das Brustbein atmen muss.

Ole erkennt mich nicht wieder, und die Frau mit den kaputt blondierten Haaren hinter der Theke fehlt heute auch. Ich bin froh darüber, weil sie wahrscheinlich jemand ist, der unberührt und nachsichtig weiter Gläser spült, während alle anderen sich in den Countdown zählen wollen.

Um uns herum wogt ein Meer aus Menschen in das nächste Jahr.

Kommt mit, schreit sie uns entgegen, und weil in diesem Moment die Musik lauter gestellt wird, ruft sie noch hinterher, Party, geil. Dann fängt Marie an, zu tanzen, mit wippenden Brüsten und fliegenden Locken, und immer wieder sehe ich ihre weißen Zähne aufblitzen. Ich beobachte, wie sie die Gegenwart an den Hüften packt, vor Freude ab und zu aufschreit, völlig unbekümmert, während wir uns wieder vor zur Theke kämpfen. Ich kann mich nie so vergessen, ich frage mich sogar beim Geschenkeauspacken, welches Gesicht man den anderen jetzt schuldet.

Während Marie ins Hinterzimmer geht, erkämpfe ich Fede und mir einen Stuhl an der Theke, um die Tür nicht aus den Augen zu verlieren, hinter der Marie verschwunden ist. Ich kratze das

Kerzenwachs unter den Daumennagel und bestelle uns zwei Bier, ein Kellner schiebt uns kurz darauf drei rüber, ich öffne sie uns mit einem Feuerzeug. Ich esse die Erdnüsse leer und halte nach den anderen Ausschau. Niemand achtet auf Marie und wie sie nur so tut, als ob. Keiner arbeitet hier länger, die Bar gehört zu einer Kette, wahrscheinlich ist es ein Job, den man in den Semesterferien bekommen kann.

Die Leute sitzen rum und warten auf den Neuanfang oder einen Weltuntergang, auf ihre Bestellung oder auf die Besinnungslosigkeit. Je länger ich mich umschaue, desto weniger bin ich mir sicher.

Kellnern kann Marie, und sie kann auch gut so tun, als ob. Nach fünf Minuten reicht sie uns noch eine Flasche weiter, ganz offensichtlich so, als hätten wir bezahlt. Ich nehme sie entgegen, öffne sie und frage mich, ob ich immer noch ein guter Mensch bin, weil ich in der Regel versuche, Kellnerinnen und Obdachlose immer anzulächeln.

Fede und ich wechseln einen Blick. Ich spüre, dass er unsicher ist und Marie nicht einschätzen kann. Ist sie sauer, flüstert er, wegen ihrer Party?

Ich glaube schon, antworte ich und beobachte Marie. Sie kommt mit vier Schnapsgläsern wieder zu uns an die Theke und strahlt, weil das Adrenalin da ist und die Euphorie, als wären das zwei weitere Freunde, und Silvester hätte sie nur unter einem Vorwand feiern wollen.

Weißt du, ob Lukas hier ist, frage ich sie, ich muss dringend etwas mit ihm klären.

An Silvester gibt es nichts zu klären, widerspricht mir Marie, Prost. Sie kippt ihren Schnaps und verzieht das Gesicht, ich glaube, er wollte gleich nachkommen.

Und, fragt Fede, steht das mit Prag noch?

Sicher, sagt Marie und sammelt die leeren Gläser wieder ein, gebucht ist gebucht. Wir haben nur noch zwanzig Minuten, flüstert Fede mir nervös zu, hast du Samir gesehen?

Ich schüttle den Kopf und beobachte Marie, wie sie Getränke ausschenkt und Geld einsteckt, Münzen in die Kasse, Scheine in den Brustbeutel ihrer Schürze.

Siehst du Lukas irgendwo, frage ich Fede zurück, ich möchte die Steine noch loswerden. Ich hole meine Steine aus der Tasche und lege sie vor mir auf das Mahagoni, die Schrift nach oben, jetzt ist mir egal, wer mitlesen kann.

Krass, dass du uns da alle draufgeschrieben hast, sagt Fede.

Ja, sage ich, sorry.

Ich sehe mein Spiegelbild, das in der Glasvitrine reflektiert wird, die Flaschen schimmern durch mich hindurch.

Ich rutsche auf meinem Hocker nach links, um mein Gesicht nicht mehr gespiegelt zu sehen, meine Schenkel rutschen auf dem roten Kunstleder.

Bist du jetzt sauer?

Ich bin nicht sauer, sagt Marie, ich bin nur bald weg.

Marie nimmt Bestellungen von anderen auf und verschwindet ab und zu auf die Toilette, wischt sich über die Nase, während ich an meinen Vater denke, der vor seinem Tod etwas Ähnliches gesagt hat. Bist du jetzt sehr böse, wenn ich gehe, hatte er mich gefragt, und ich sagte, böse nicht, aber traurig schon, und er antwortete, gut, dann gehe ich.

Und dann ist er doch nie gegangen, überhaupt ist schon lange nichts mehr von mir gegangen, allem musste ich hinterherlöschen, den Fotos, den Sprachnachrichten, den Videos und den Rückschauen auf alles, was ich heute vor einem Jahr gemacht habe. Ich schiebe die Steine auf der Theke hin und her, Fede beobachtet mich dabei.

Hier ist kein Fluss in der Nähe, oder, frage ich, und Marie lacht. Ich möchte mit den Steinen tauschen und in irgendeinen Strudel hineingezogen werden, während sie hier an der Theke liegen bleiben. Ich beneide Marie, die heute Abend das Trinkgeld einsackt und sich morgen in den Fernbus setzt und dann ciao.

Hey Marie, frage ich, als ihre Locken wieder in meine Richtung wippen, darf ich mitkommen nach Prag?

Natürlich nicht, sagt sie, das ist mein Traum. Das Licht ist gelb, hier kann man drei Bier und dann drei Bier zu viel trinken.

Meiner auch, sage ich, wirklich.

Quatsch, sagt sie, was du brauchst, ist ein richtiges Ziel. Die Lampen erwarten von mir, dass ich ruhiger werde.

Du musst mal fühlen, was du wirklich willst, Anna, wirft Marie mir vor, fühl doch einfach mal rein. Sie wischt meine Frage vom Tisch, darf ich dir was bringen? Vielleicht geht es dann.

Als sie sich von mir entfernt, wundere ich mich über ihre Taille, die ganz weich und energetisch durch den Raum schwebt. Wie können ihre Bewegungen so soft und durchlässig bleiben, frage ich mich, wenn ihr die Welt immer wieder Hundehaufen durch die Hautporen drücken möchte.

Noch zwei Bier, rufe ich ihr hinterher, und der Mann neben mir an der Theke hebt auch einen Finger der unverletzten Hand.

Michael, sagt Fede, und dreht sich zu ihm um, wie geht's deinem Arm?

Ned guad, sagt er.

Ich greife nach den Bierdeckeln vor mir und fange an, sie neu zu mischen. Erinnerst du dich noch an Kartenhäuser, frage ich Fede neben mir, aber der chattet gerade am Handy.

We can pack up our old dreams, and our old lives, scheppert es aus den Lautsprechern. Spielt jetzt tatsächlich Bon Jovi, frage ich.

Romance isn't dead, antwortet Michael, nur weg.

Ich ignoriere ihn, obwohl ich den Satz gut finde, und er ignoriert mich auch, nur seine Stimme nicht, die strahlt aus, während seine Augen auf der Tischplatte bleiben.

Ich, sagt Michael. Ich erinnere mich an Kartenhäuser.

Das ist gut, mit Alex habe ich das oft gemacht, sage ich zu ihm, während ich versuche, das Konstrukt zu stabilisieren. Ich erinnere mich nicht mehr, was die höchste Etage war, die wir jemals geschafft haben. Ich habe sie sicher fotografiert, aber alle Bilder gelöscht vor zwei Wochen, ich habe nicht mal mehr die Bilder von den Cocktails, die ich mit ihm getrunken habe, von den speckigen Barhockern und den klebrigen Tischen, von den Bierdeckeln und von seinem Löffel in meinem Zucker.

Alle gelöscht, sage ich.

Wirklich alle, fragt er mich.

Ja, lüge ich.

Weil ich die Nacktfotos meiner Ex-Freundin noch habe, die ist aber letztes Jahr gestorben, sagt er und reicht mir seine Schachtel Marlboro. Ich ziehe mir fünf heraus, überlege dann, rolle ihm zwei Zigaretten wieder zurück, mein Beileid.

Ja, sagt er, letztes Jahr, ich hasse das, mein Beileid, was soll das denn sein?

Keine Ahnung, sage ich und frage mich kurz, ob das jetzt schon Nekrophilie ist, wenn er sich die Bilder seiner toten Freundin immer noch ansieht.

Dann denke ich, dass er recht hat, und möchte ihn trösten. Ich möchte mein Beileid nicht sagen, sondern zeigen, ich denke, bei seinem Leid ist wirklich schon lange niemand mehr gewesen, aber da ist der Hocker zwischen uns und seine abgewandte Schulter, sein eingezogener Kopf und meine Angst vor seiner Leere.

Die ist einfach umgekippt, sie war tot, bevor sie den Boden berührt hat, zack, meint er, ich bin arbeiten, und sie fällt um und stirbt im Fallen. Ich weiß nicht mal, in welchem Winkel.

Ich kann nichts sagen, also stütze ich mich nur auf meine linke Hand und bleibe ihm zugewandt, damit er weiß, dass ich ihm zuhöre. Um uns herum beginnt plötzlich eine Lichtershow, grüne Planeten gleiten durch den Raum, streichen über unsere Arme hinweg, die Musik wird lauter, aber ich kenne das Lied nicht.

Immer habe ich gedacht, Marie wisse gar nichts von ihrem Schmerz, so, wie man es nicht weiß, wenn man einen schwachen Händedruck hat oder ein wenig zu oft blinzelt. Dabei hat sie nur eine andere Taktik, und zwar in ihren Erinnerungen die Straßenseite zu wechseln.

Weißt du, sage ich, ich habe dir vertraut.

Ich dir doch auch, sagt Marie, ich vertraue dir doch immer noch.

Plötzlich bin ich mir nicht mehr sicher, was genau sie damit meint, die selbstreflexiven Gespräche beim Abendessen oder die Kaffeepausen in der Uni, die kurzen Momente, in denen wir dem anderen zwischen der ganzen Selbstständigkeit eine Zusammenfassung der inneren Zustände gegeben haben.

Klar, sagt Marie geistesabwesend.

Warte, rufe ich ihr hinterher, kannst du nicht noch eine Weile in Wien bleiben?

Spinnst du, wenn mein Vater nach Hause kommt, bringt er mich um. Sie lacht nicht, während sie das sagt, ich denke an die nächtliche und die schulische Gewalt, sie hebt das Bierglas in ihrer Hand wie einen Zauberstab. Jetzt mach nicht so einen mitleidigen Blick, sagt sie, ich nehme vielleicht zu viele Drogen oder falle durchs Studium, sagt Marie und schwenkt es hin und her, aber immerhin sage ich nicht, es liegt an meinen Eltern.

Das heißt, du möchtest dich jetzt einfach weiter ablenken, sage ich.

Marie nickt, noch vierzig Jahre lang, aber die werden dann immerhin richtig gut.

Sechzig, sage ich, aber Marie lacht nur und deutet auf ihre Hosentasche, so alt werde ich nicht.

Ich spüre Michaels Blick auf meinen Händen, die das Kartenhaus jetzt freiwillig abbauen.

Es ist so laut hier, wiederholt er und dreht seinen Kopf in unsere Richtung, es ist so laut, sagt er und betrachtet immer noch meine Finger, das ist gut, dass es so laut ist, weil sie einem immer stille Trauer wünschen mit ihren Karten, weil man so tun muss, als wäre der Tod, weiß ich nicht, sagt er, irgendetwas, ein Kunstwerk, vor dem man staunen soll, dabei ist er einfach nur Dreck.

Ja, sage ich, es tut gut, das zu hören.

Ich weiß, sagt der Mann, und ich sage es gerne noch einmal.

Im April wollte sie ins Planetarium, sagt er, weil sie das Programm nicht mehr geändert haben, seit wir zwölf Jahre alt waren. Und dann lacht er, das Planetarium, was hätte ich da sollen?

Ich schiebe ihm meinen neuen Schnaps rüber, er kippt beide.

Das Medienmädchen kommt auf uns zu, noch zehn Minuten, schreit sie und stößt mit uns an, die anderen sind schon oben auf der Dachterrasse. Fede zeigt uns sein Display, damit wir noch einen Jahresrückblick vom letzten Jahr mit Mark sehen können.

Darf ich auch, fragt das Medienmädchen.

Klar, nickt Fede und hält uns das Handy schräg, damit wir besser sehen können, ich bin poly.

Ich schaue zu Marie, die uns nicht hören kann, mit einem Lappen beginnt sie das Spülbecken energisch auszuwischen.

Cool, sagt das Medienmädchen, ich auch. Sie quetscht sich zwischen uns, und ich rutsche etwas von meinem Hocker, damit sie zur Hälfte mit draufsitzen kann. Ihre Halskette hängt ihr in den Ausschnitt, ein silbernes Amulett mit Mondstein.

Marie hört uns doch zu, sie deutet auf das Medienmädchen, sie tindert nur, damit sie regelmäßig etwas Lustiges twittern kann.

Stimmt nicht, sagt sie, ich nenne es meine selbstlose Seite, weil ich die Typen date, bei denen man in der Bio schon ablesen kann, dass sie noch nie in einer Therapie über ihre Mutter gesprochen haben.

Sie holt ihr Handy hervor und fährt mit dem Zeigefinger eine Beschreibung nach. Hier zum Beispiel, wenn er schreibt, lern mich doch kennen, ich bin eigentlich immer gut drauf. Sie zeigt mir ein Bild von einem gut aussehenden Typen, dann lerne ich ihn kennen und rede so lange mit ihm, bis er versteht, dass das nur Coping-Mechanismen sind, weil er als Kind gelernt hat, dass er seine Wut unterdrücken muss, um gemocht zu werden.

Was ist, wenn er immer sagt, er will nichts Ernstes, und dann ist er plötzlich doch verliebt, frage ich, was macht man dann?

Ach, sagt sie, ich bin immer ein Fan von nichts Ernstem, warum soll sonst immer alles Spaß machen, nur in der Liebe wollen Sie dann was Ernstes, weißt du, was ich glaube, die suchen gar keine Liebe, die suchen wieder ein Elternhaus, in dem sie bestraft werden, wenn sie sich falsch verhalten.

Oder was Festes, ruft sie, stellt ihr Schnapsglas auf der Theke ab und beugt sich vor. Alle, die etwas Ernstes oder etwas Festes wollen, die suchen nur nach Halt, weil sie sich sonst so wenig spüren, die wollen endlich mal wieder ganz eng umschlossen werden, wie in einer Gebärmutter. Die wollen keinen Sex zum Selbstzweck, sondern nur Intimität gegen eine vermeidlich sichere Beziehung eintauschen, und wer das macht, sagt das Medienmädchen, der hat seine Verlustängste noch nicht überwunden.

Oida, sagt Marie.

Isso, bekräftigt das Medienmädchen, da kann mir keiner was erzählen. Du musst das tun, was sich für dich richtig anfühlt, sagt sie. Ich zum Beispiel spende nie, ich unterschreibe noch nicht mal Petitionen, aber ich zahle monatlich für die ethischen Pornos auf der xconfessions Seite von Erika Lust, und das fühlt sich fast genauso richtig an.

Eine ältere Frau greift nach meinem Arm und fragt mich, ob ich mich für Jesus interessiere. Ich schüttle den Kopf und deute zu Fede, aber mein Freund hier könnte ihm mal eine Chance geben, sage ich, er probiert grade mehrere Männer Anfang dreißig.

Nein danke, sagt Fede.

Ich hole mir eine Handvoll Zündhölzer aus der gläsernen Vase. Wann hörst du endlich auf, Kleptomanin zu sein, fragt Marie mich, während sie uns einen Schnaps einschenkt und Michael neben mir die Jesusfrau zu sich winkt.

Für wenn wir nie wieder in meine Wohnung kommen, sage ich und stecke die Zündhölzer ein, und wir dann Feuer machen müssen. Danach skizziere ich einen Lebensentwurf auf einen Bierdeckel und bekomme Angst, bei einem Plagiat erwischt zu werden.

Fede zeigt mir währenddessen seine Safe Spaces auf den Fotos, ihre Betten, die Serie, die Mark und er zusammen schauen, die Unitoilette und das Sofa mit dem Spannbetttuch, diese Kellerwohnungen, die Kippen im Vorhof, die Treppenstufen und die Bäckereien an den Kreuzungen.

Ich möchte gar nicht mehr weg aus Frankfurt, sagt er, das war wirklich ein Volltreffer. Er spricht von den Raben im Stadtpark, von den Hunden in der Tram, die an den Knöcheln ihrer Besitzer hängen, und von den Mäusen, die durch die U-Bahnhallen rennen, sozusagen seine Spirit Animals. Er atmet einmal tief durch und lächelt mich dann an, während er meine Steine in der Hand abwägt. Ich bin mir der Liebe einfach so sicher, sagt er, ich weiß, dass er sich einfach mit mir freut, wenn ich mich jetzt noch sexuell mit jemand anderem ausprobiere.

Magst du die behalten, frage ich ihn und nicke zu den Steinen in seiner Faust.

Nein, sagt Fede, ich wollte dir nur sagen, wie gut die Zukunft wird.

Sieht toll aus in Frankfurt, sagt das Medienmädchen, aber Spirit Animals sollte man nicht sagen, das ist Cultural Appropriation.

Sorry, sagt Fede, wusste ich nicht.

Man lernt nie aus, sagt das Medienmädchen, und ich find's gut, wenn wir uns gegenseitig weiterbilden.

Bullshit, sagt Marie, die Inuit hatten gar keine Spirit Animals.

Doch, klar, sagt das Medienmädchen, mit der heiligen Natur.

Aber keine Spirit Animals, widerspricht Marie, das Wort kam erst in der Popkultur auf, in irgendeinem Artikel stand das, ich such mal.

Bist du sicher, frage ich.

Ja, sagt sie, ich schick dir den Link.

Wie dem auch sei, sagt Fede, sorry jedenfalls.

In der Bar spielt gerade Bob Dylan *It ain't me babe*, und Marie summt beim Bierausschenken mit.

Was ich auch hasse, sagt Michael neben mir, ungeachtet meiner starren Haltung, ist, wenn jemand sagt, ich muss mich jetzt neu erfinden. Ich habe kein Geld dafür, mich neu zu erfinden, was heißt das denn überhaupt, ich könnte mir noch nicht mal einen neuen Kleidungsstil leisten, höchstens ein T-Shirt in Grün, was ich sonst nie anhabe, und was bringt mir das dann?

Die Jesusfrau nickt verständnisvoll, und ich nehme einen großen Schluck von meinem Bier.

Es geht ja nicht gleich um neu erfinden, sage ich ihm und hebe eine Hand. Manchmal reicht es ja vielleicht, wenn man nur nicht so schnell vor sich selbst davonrennt, wenn es manchmal eher so ein eiliger Laufschritt ist oder man auch mal auf sich selbst bis zur nächsten Straßenecke wartet.

Ich stoße mein frisch gebautes Kartenhaus um und bin mir nicht mal sicher, ob ich davon irgendetwas ironisch gemeint habe, weder das mit dem Wegrennen noch das mit den aneinandergestellten Bierdeckeln.

Michael neben mir räuspert sich. Schau, sagt er, ich denke gerade darüber nach, über das Vor-sich-selber-Wegrennen.

Er nimmt einen tiefen Zug aus seinem Glas, aber ich versteh's nicht, und es ist mir auch wurscht.

Er reicht mir einen Flyer von der Jesusfrau weiter.

Mir auch, sage ich, meine Therapeutin meinte einmal, mein Unterbewusstsein hat mir den Zugang zu meinen Gefühlen versperrt, also habe ich mir verschiedene Einbruchsmöglichkeiten überlegt und dann noch mehr Fluchtwege.

Aha, sagt er.

Meine beiden Steine schiebe ich zu Fede rüber. Ich will die nicht, sagt Fede. Und überhaupt, dachtest du wirklich, du würdest noch mal was mit Alex haben wollen.

Klar, sage ich, oder nicht, ich will ihn nur haben, verstehst du, irgendwie besitzen.

There, there, sagt das Medienmädchen, endlich werden wir ehrlich, ich heiße übrigens Lara.

Ich sehe durch die Bar zum Aquarium, das hinter der Bar in einer Ecke steht, klein, aber sauber, mit einem großen schwarzen Deckel und Wasserpflanzen darin. Ich kenne überhaupt niemanden mehr mit einem Aquarium, sagt Fede dann.

Passt, sagt Michael neben ihm, nachdem er eine Weile überlegt hat, wir müssen uns das genauer anschauen.

Gleich, sage ich.

Noch ein Bier, fragt Marie mich, oder magst du Wein lieber.

Lass uns zu dem Fisch gehen, sagt Michael, ich zahle auch, und er schiebt mir ein Bier in die Hand und meinen Hocker nach hinten.

Wir stellen uns vor das Aquarium, in dem tatsächlich ein paar Fische herumziehen. Skalars sind das, sagt Michael und klopft gegen die Scheibe, schau, die haben sogar Babys, ich brauche mein Bier. Ich betrachte die Fische, die fasrigen Algen, die langen Flossen und die schwarzen Streifen und die Wasserschnecken, die gräulich an der Scheibe kleben, bis Michael wieder neben mir steht.

Die sind ziemlich lebhaft, sage ich und weiß nicht genau, was ich damit meine, vielleicht nur, dass ich nicht verstehe, was sie tun und wohin sie wollen. Das ist ein Weibchen, sagt Michael, wir hatten auch mal welche. Er deutet auf einen Skalar mit langem, hellem Schweif, der jetzt direkt auf die farblosen Jungtiere zusteuert.

Der isst sein Kind, sage ich. Das machen sie nur selten, beruhigt mich Michael, ich glaube nicht, und in dem Moment hat das Weibchen schon das Baby geschluckt, und der Fisch streicht weiter durch die Algen und an den Wasserschnecken vorbei, als wäre nichts passiert. Die hat das Kind gegessen, sage ich, oder das ihrer Schwester.

Der Skalar blinzelt nicht, als ich ihn durch die Scheibe hindurch anstarre, er kreiselt einfach mit starrem Blick weiter durch das Becken, ohne von den anderen gemieden zu werden.

Michael neben mir bewegt sich einen Moment gar nicht, was mir sofort auffällt, weil er sich sonst die ganze Zeit bewegt, nicht viel, mehr wie eine Alge, und dann höre ich ihn atmen und plötzlich das Aquarium. Wasser spritzt auf meine Jacke, und für einen Moment springen nur Blasen an die Wasseroberfläche, die Fische stieben auseinander, und die Lichtröhre des Deckels zerspringt irgendwo.

Danach wird es still. So was macht man nicht, sagt Michael. Ein Skalar treibt leblos oben, und Michael legt beide Hände an die Scheibe, beginnt, zu weinen, und faltet sich dann einfach breitschultrig an der Kneipenwand zusammen.

Ich setze mich neben ihm auf den klebrigen Boden. Dafür musst du dich nicht schämen, sage ich, das hast du super gemacht.

Michael ist kein Mann, dem man normalerweise sagen würde, dass er Dinge super macht, weil er mit seiner lauten Trauer immer zwei Hocker braucht und weil sein Blick während des Redens auf das Holz der Theke gerichtet bleibt und nur die Stimme ausstrahlt, und weil er sich mit Jesusfrauen unterhält und ihre Flyer mit nach Hause nimmt.

Aber gerade ist nicht normalerweise, und ich merke, wie meine Worte bei ihm ankommen und wie mein Herz laut klopft vor lauter Begeisterung, das war ganz, ganz super, sage ich zu ihm, das war wunderbar.

Im Hintergrund läuft gerade *No Surprises* von Radiohead, und ich nehme seine Hand in meine, weil wir beide kein Bier mehr halten müssen, no alarm and no surprises. Marie hebt eine Flasche nach oben, ich schüttle den Kopf, sie nickt nachdrücklich, kommt hinter der Theke hervor und steckt sie mir in die Jutetasche.

Die Hand des Mannes ist eine Faust, die stark zittert, darin hält er meine Hand eingeschlossen. Es tut mir leid, sagt er, es tut mir leid, es tut mir leid.

Es muss dir überhaupt nicht leidtun, sage ich, ich lade dich ein, Marie ein Schnaps und einen Spritzer.

Ich muss zum Wuzzler, sagt Marie und transportiert zwei Bierkrüge an uns vorbei, ich bin gleich bei euch.

Niemand geht hier wuzzeln, und niemand fängt an, jetzt Spritzer zu trinken, sagt Michael, gleich ist Silvester.

Nach dem Schnaps löse ich meine Hand aus seiner. Ich muss jetzt meine Steine wegschmeißen, sage ich, aber wenn du willst, kannst du mitkommen.

Er schüttelt den Kopf. Ich will jetzt zahlen, sagt er zu Marie, ich geh jetzt heim, und noch fünf Euro, weil mir das mit dem Fisch leidtut. Dann stolpert er müde aus der Bar, den einen Arm in Schonhaltung in seiner Jackentasche vergraben, die Trauer nimmt er mit.

Als ich mich wieder zur Theke durchdrücke, sehe ich, wie Samir und Fede sich umarmen. Im Gegensatz zu mir muss Fede sich nicht kleiner machen, als er ist, um perfekt in Samirs Armbeuge zu passen, er strahlt darunter hervor wie ein aufrechter Sieger und streckt gleich darauf eine Handfläche aus, um mich näher zu ihnen zu winken.

Drei für euch, sagt Marie und drückt mir die Schnapsgläser in die Hand, während ich aufstehe. Eigentlich bräuchten wir jetzt keinen Schnaps, sagt Marie wehmütig, eigentlich bräuchten wir jetzt ordentlich MDMA.

Marie, rufe ich, meine Steine, hab ich die hier liegen lassen?

Ich taste das Mahagoni der Theke ab, aber meine Steine sind verschwunden. Keine Ahnung, ruft sie gestresst, gleich ist Mitternacht.

Anna, ruft in dem Moment jemand anderes, ich kann die Stimme nicht gleich einordnen, es ist Lukas, rotzbesoffen, das Bienentier in der Hand, hast du Jara gesehen, sie hat das in der Wohnung vergessen.

Zum ersten Mal in meinem Leben habe ich das Bedürfnis, Lukas ins Gesicht zu greifen, ich möchte ihm die Kälte abstreifen, während er weint, jetzt sag schon, ist sie hier?

Ich hab sie nicht gesehen, antworte ich, ich dachte, sie wäre bei dir.

Ne, sagt er, ich bin weggerannt, als die Polizei kam.

Du bist weggerannt, als die Polizei kam, wiederhole ich, du bist schon wieder weggerannt?

Ja, schnieft er und hebt seine überlangen, dünnen Arme hilflos übers Gesicht, ich hasse mich doch auch.

Ich nehme ihm das Bienentier aus der Hand und stopfe es in meine Jackentasche. Obwohl es aus Plüsch ist, sieht es hier nicht fehl am Platz aus, als wäre es seine Aufgabe, durch seine warme Glanzlosigkeit die kleinsten Löcher der Stadt zu stopfen.

Mann, Lukas, sage ich.

Sag nichts, wimmert er. Er sieht gar nicht mehr aus wie er, ohne seinen ergonomischen Rucksack und mit Flecken auf dem braunen Pullover.

Ich lege meine Arme um ihn, und er verschränkt seine hinter meinem Rücken wie zwei Streichhölzer, sein Rücken ist fest, und ich streichle ihn, du bist nicht der Einzige, sage ich, hör mal, mein bester Freund hat seine Sexualität neu entdeckt und wird jetzt mit meiner Affäre rumknutschen, und zwar vor dem Liebesschloss, das ich mit ihm im Sommer da angebracht habe, als ich noch in einer Beziehung war.

Dann mach doch mit, schnieft Lukas nach ein paar Sekunden in mein Ohr, ist doch auch deine Mitternacht.

Ich trau mich nicht, sage ich.

Für einen Moment lösen wir uns beide nicht aus der Umarmung, so nah war ich das letzte Mal jemandem, als sich im Zimmer meines Vaters ein Brett von der Wand löste und die Scherben dann auf dem Boden lagen, zusammen mit der

Blumenerde und ein paar Büchern, die wie aufgeschlagene Vögel aussahen. Zuerst hatte ich versucht, die größten Scherben aufzusammeln, aber dann war ich zurück auf das Bett meines Vaters gekrochen, und wir haben den Anblick ein letztes Mal einfach nur eine Ewigkeit lang zusammen ausgehalten. Ich versuche, mir alles genau vorzustellen, die Erde, das Brett, die Bücher und die gemusterte Bettdecke, auf der seine Hände lagen, die jeden Tag farbloser wurden.

Lukas lässt mich los, sollen wir trotzdem gemeinsam nach oben, fragt er mich, und kannst du mal versuchen, Jara anzurufen.

Mach ich, sage ich, und dann nehmen wir zwei Stufen auf einmal, um so schnell wie möglich zu den anderen aufzuschließen.

Außer Atem kommen wir eine Minute vor Mitternacht oben an, Fede legt den Kopf schräg, und Samir macht sich groß und reckt das glatt rasierte Kinn, er deutet auf den bedeckten Himmel, und Fede schaut nur mäßig interessiert hin, weil ein Sternbild eben kein GIF ist.

Erik macht ein müdes Peace-Zeichen, als er mich sieht, und hinter ihm explodierenden die ersten Feuerwerkskörper.

Neben mir steht Lara, die beiden, flüstere ich ihr ins Ohr und deute dann auf Samir und Fede, brauchen gleich ihren Neujahrskuss. Laras Gesicht leuchtet auf und sie nickt mir begeistert zu, unbedingt, hüpft sie, komm, sage ich, wir feuern sie an.

Fede, der vorher noch Angst hatte, aus der Gruppe ausgeschlossen zu werden, lehnt sich jetzt ganz selbstbewusst an ein fremdes Geländer, ohne nach mir Ausschau zu halten. Für einen kurzen Augenblick kreuzen sich unsere Blicke, doch dann legt Fede seine Hand auf Samirs, so wie er denkt, dass ich es bei Joni getan habe.

Alle zittern, weil plötzlich wieder etwas passiert oder, wie Fede meinte, weil man endlich ganz anwesend sein muss oder, denke ich, weil man einmal wieder an seine eigene Endlichkeit erinnert wird, aber in dem Moment würde ich das Damoklesschwert gegen eine Handfeuerwaffe tauschen.

Die beiden, brülle ich, die brauchen einen Neujahrskuss. Ihr seid so cute, quietscht Linda, das machen wir.

Samir stellt sich breitbeiniger vor Fede auf, so wie er es bei mir macht, wenn er zu einem Schlag ausholt.

Fede versteift sich plötzlich, wie er es vorher in der Bahn tat, als der Typ seine Hand auf seinem Schenkel hatte. Seine dünnen Kniekehlen beugt er durch und hört auf, zu lächeln, dann steckt er das Kinn in den Mantelkragen, die weißen Knöchel verkrampfen um das Geländer.

Marie beginnt euphorisch von zehn runter zu zählen, neun, quietscht Lara mir ins Ohr, acht, rufe ich, sieben, sechs, fünf.

Kuss, ruft Linda, Kuss! Kuss! Kuss!, stimmen die anderen mit ein und Samir drückt Fede mit seinem kräftigen Daumen das Kinn wieder nach oben, vier, drei, zwei, höre ich meine eigene Stimme, die alle anderen übertönt, als wollte sie mir etwas sagen, aber ich höre ihr nicht zu.

Um Mitternacht explodiert alles um uns herum. Und wir stehen auf der Dachterrasse, ganz groß und unantastbar. Während Samir Fede küsst, bin ich erleichtert.

Ich habe mir das schlimmer vorgestellt, dass sie eintauchen ineinander und nie wieder atmen müssen, aber das Geländer hinter ihnen bleibt mir treu, die Zeit vergeht nicht schneller oder langsamer, sie vergeht einfach, während Fede die Augen zukneift und Samirs Kippe ein Loch in seine Jacke kokelt.

Samir wirft mir einen Blick zu, während er seine große Hand in Fedes schmalen Nacken legt und seine Haare nach hinten zieht, so wie er es bei mir gemacht hat, als er mich das erste Mal in seiner Wohnung an die vitrinenlose Wand gestoßen hat.

Wo ist denn die Steinsammlung, hatte ich gefragt, und er hatte geantwortet, ich sammle gar nichts, was nicht stimmte, Wochen später wusste ich von drei Dingen, die er sammelte, originelle Postkarten von kleinen Theatern, ironisch gemeinten Kitsch von Freunden und Begründungen, was seine Eltern in der Erziehung falsch gemacht hatten, dass aus ihm derjenige werden konnte, der er jetzt war.

Über uns explodiert ein blauer Nebel, und Fede eskaliert an Samirs Lippen, Linda schreit vor Begeisterung neben mir auf, ungefähr so, wie die Kursleiterin im Fitnessstudio während des dritten Satzes Squats jauchzt, wenn alle noch mal vor dem Cooldown eine gute Zeit haben sollen.

Zum ersten Mal sehe ich Samir beim Küssen als Außenstehende, seine engen Jeans, seinen breiten Rücken und seinen lockeren Kiefer, und Fede, der die Augen geschlossen hält und so aussieht, als würde er in seinen Mund seufzen, so leise, dass nur Samir hören kann, dass Fede für immer dableiben will, wo er ihn gerade hinballert.

Für einen Moment verwechsle ich uns miteinander, als würde ich mir selbst beim Küssen zusehen, und ich muss mich von beiden abwenden, weil ich es nicht aushalte, wie wenig sich die Welt verändert, wenn man nicht einer von beiden ist. Dann sind das nur zwei Köpfe, die in den Haaren des anderen wühlen und ihn dann näher heranziehen, und davon werden wir also eifersüchtig, denke ich, mehr wollen wir also wirklich nicht vom Leben, Speichel schlucken und alle anderen für einen Moment vergessen.

Die anderen sind schon wieder weiter und haben Samir und Fede hinter sich gelassen, sie starren jetzt in den Nachthimmel und stoßen ihre Gläser aneinander.

Auf einmal wünsche ich mir, genauso Teil von etwas zu sein, das auch von außen bedeutend aussieht, die Feuerwerkskörper schrammen jetzt über den Nachthimmel, Funken schlagend bis an die Ränder der Stadt.

Marie neben mir verschränkt die Arme und hält den Kopf in den Nacken, froh, dass auch endlich die letzte freie Fläche von etwas Leuchtendem durchschnitten wird. Sie fängt meinen Blick auf, über die Musik hinweg sehe ich nur, wie sich ihre vollen Lippen zu Worten formen.

Was ist denn, fragt Marie und tanzt sich in meine Richtung. Ich hebe beide Hände an den Mund und rufe zurück, ich will mich auch einfach mal so fallen lassen. Marie rollt die Augen und formuliert, dann lass dich doch einfach fallen, bevor sie die Augen schließt, den Kopf in den Nacken legt und wie zur Demonstration zum Bass tanzt.

Samir hört auf, Fede zu küssen, und weil Fede nicht außen stand, sondern innen gerade Hollywood auf der Haut hatte, leuchtet er jetzt anders, frohes Neues, strahlt er in Samirs Gesicht.

Während ich auf Samir und Fede zulaufe, suche ich Samirs Gesicht nach seinem entrückten Grinsen ab, das im letzten Jahr immer mir gewidmet war. Ich halte Ausschau nach der Verunsicherung aus dem Badezimmer, die mir versichern würde, dass er zwar die Hand meines Freundes hält und mit ihm die Getränke teilt, dass er ihm zuhört und über seine Witze lacht, aber immer noch und ausschließlich, um mir etwas damit zu beweisen.

Und, fragt Samir, als er neben mir steht, hat es dir gefallen? Ich spüre seine Hand, die sich mir kalt in den Nacken legt, und erst sein Räuspern macht mir klar, dass das tröstlich wirken soll, und ich lehne mich in seine Handfläche, die nicht zudrückt.

Frohes Neues, sage ich, und er küsst mich auf den Mund.

Ihr beiden, sagt er dann, das ist jetzt für uns alle eine ungewöhnliche Situation.

Fede fängt gerade erst an, mich anzugrinsen, da wird Samir schon wieder unterbrochen, wir haben noch Wunderkerzen, schreit Marie, die immer erleichtert ist, wenn irgendetwas noch abbrennen kann. Wunderkerzen sind wie Sternschnuppen für Faule, ruft sie, ihr könnt euch dabei jetzt auch einfach mal was wünschen nach dem ganzen Losgewerden von der Scheiße des letzten Jahres. Marie grinst, als sie Fede, Samir und mich zusammenstehen sieht.

Samir kann das nicht auf sich sitzen lassen und muss irgendjemanden an beiden Schultern festhalten und ihm von dem Prozess mit seinem inneren Kind erzählen, doch bevor ich das bin, schlüpfe ich unter seinem Arm hindurch und nehme etwas Abstand von den beiden.

Frohes Neues, rufe ich, Marie tanzt wild an mir vorbei, und Fede hält mich am Ärmel fest, das war Wahnsinn, oder, Anna, hast du es gefilmt?

Ja, sage ich, nein, sorry, nicht gefilmt, aber frohes Neues. Fede zwinkert mir zu. Für einen Moment denke ich, er wird mich auch küssen, so wie wir uns schon mit vierzehn vor den Jungs geküsst haben, mitten zwischen den billigen Anmachen und den günstigen Umständen. Die Raketen jaulen an uns vorbei, und wir quietschen mit, ein bisschen so, wie ich mir Krieg vorstelle, nur noch sinnloser.

Ich möchte Marie glauben und tanze erst mit Samir und ergreife dann Fedes Hand, um ihn in der Menge nicht zu verlieren, aber ich lasse sie auch nicht los, als wir uns bis zum Geländer vorgedrängt haben. Ich spüre Samirs Blick auf unseren Händen.

Fede legt mir eine Hand auf die Knie, um sich darauf abzustützen, während er Lara ein Frohes neues Jahr ins Gesicht brüllt. Wir stehen Ellenbogen an Ellenbogen mit den anderen Barbesuchern zusammen, und durch die Menge hindurch erhasche ich einen Blick auf Erik, der genauso ratlos wie ich auf das neue Jahr starrt, das jetzt so euphorisch begrüßt wird, als wäre ein neues Jahr eine gute Nachricht.

Erik sieht aus, als würde er gerade auch nicht an die Schönheit der Welt, sondern an die gerade entstehende Luftverschmutzung denken oder daran, dass wir zwischen zwei Vulvalippen aus einem Bauch gepresst werden und das Geburt nennen, oder daran, dass wir auch im nächsten Jahr noch Tiere in ihren eigenen Darm zurückstopfen, in sehr dünne Scheiben schneiden und sie uns dann aufs Brot legen, und wenn man daran denkt, kann einen eigentlich gar nichts mehr wundern.

Ich solidarisiere mich mit seiner ganz leise implodierenden Einsamkeit, vielleicht wäre es besser, denke ich, während ich wieder zu Samir und Fede sehe, wir wären stattdessen aus Eiern geschlüpft, vielleicht würden wir dann endlich aufhören, ständig wieder mit jemand anderem eins werden zu wollen.

Mit beiden Händen greife ich nach Marie und Samir und ziehe sie eng an mich, für einen Moment sind wir uns ganz nah zu dritt, und ein Unbehagen durchfährt mich, sodass ich mich sofort wieder aus der Umarmung löse und in einer Spirale aus dem Kreis tanze.

Samir holt mich wieder ein, das Schloss, sagt er, wollen wir das wegmachen, ich habe mir Benzin von Ole geliehen. Er klopft sich auf die ausgebeulte Jackentasche, komm, sagt er, lass uns das jetzt machen.

Daran habe ich gar nicht mehr gedacht, sage ich und presse mich enger an ihn, weil ich immer weiß, wie ich mich verhalten muss, um von ihm behalten zu werden.

In seiner Halskuhle warte ich ab. Wie kann man ein Gefühl provozieren, frage ich ihn, es so lange provozieren, bis es zuschlagen muss?

Samir hält mich ein paar Sekunden ganz fest, als könnte er das Gefühl aus mir herauspressen, aber innen bleibt es stumm, selbst, als ich mit dem Zeigefinger seine Augenbraue nachfahre und meine Hand mit seiner verschränke, bin ich mir nicht sicher, ob man überhaupt davon sprechen kann, dass wir etwas miteinander haben, wenn wir beide so schlecht sind im Teilen.

Gib mir noch zehn Minuten, sage ich, das Feuerwerk genießen, und dann können wir es abmachen.

Okay, sagt Samir. Er deutet auf Ole, der gerade Knatterbälle und Gartenvulkane verteilt, ich geh ihm mal helfen.

Am Naschmarkt fahren Rettungswagen vorbei, Lukas stellt sich neben mich, Anna, sagt er keuchend, hier, ich habe sie wiedergefunden. Er drückt mir meine Steine in die Hand, einer eckig, einer runder, die sind jemandem runtergefallen und lagen unter dem Tresen.

Danke, sage ich, und wiege sie in meinen Händen, Lukas lächelt mich an, das Bienentier hängt ihm aus der Tasche. Für einen Moment sieht er traurig aus, als müsste er nicht Jara suchen, sondern seine Existenzberechtigung. Ich schaue mich nach einem Gegenstand um, mit dem sie jetzt ihr Herz vergleichen würde, wenn sie hier wäre, womöglich mit den Raketenhölzern, die jetzt wieder verkannt auf der Erde liegen.

Zusammen atmen wir den Geruch ein, den Silvester ein paar Minuten nach Mitternacht macht. Das letzte Mal, sagt Lukas, habe ich mich auf dem Sprungturm im Freibad vor fünf Jahren so gefühlt.

Wie, frage ich.
So weit oben, sagt er.
Ich war immer das Mädchen, das unter dem Baum auf die Sachen aufgepasst hat, sage ich, während alle anderen schwimmen gegangen sind.
Ah, nickt er, so einen hatten wir auch.
Kommst du klar, frage ich, Lukas nickt und schwankt.
Ich sage nichts mehr, weil ich weiß, dass Lukas keinen braucht, der sagt, du kannst jederzeit anrufen, wenn es dir schlecht geht, er braucht eigentlich jemanden, bei dem er sich nicht schlecht fühlen müsste, wenn er es dann tun würde, aber das ist unmöglich, weil Zeit stiehlt man ja jedem. Einmal, sagt Lukas mir ins Ohr, während die anderen tanzen, bin ich vom Zehner gesprungen, und Jara saß am Beckenrand und hat sich in dem Moment ein altes Pflaster vom Schienbein reißen wollen, in dem meine Freunde mir zugerufen haben, dass ich springen soll.
Und, frage ich. Fede macht gerade Fotos von Marie, während sie mit ihrer Wunderkerze ein Herz in die Luft malt.
Und, sagt er, hat sie gemacht, aber als ich zu ihr geschwommen bin, hat es wieder geblutet.
Die Abstände zwischen den Raketen werden immer länger, der Himmel riecht so, als müsste unsere ganze Milchstraße dringend lüften.
Konntest du denn deine Steine noch wegwerfen, frage ich zurück. Mein Handy zeigt mir an, dass es der erste Januar ist, eine Freundin aus Kanada postet, heute wäre die erste Seite von 365 leeren Seiten, die noch vor uns liegen und gefüllt werden wollen.
Ne, sagt er, ich hab mich nicht getraut, na ja.
Und gute Vorsätze?
Habe keine, sagt er, und du, du doch sicher auch nicht.
Ich auch nicht, sage ich, aber ich bekomme gerade Lust auf Vorsätze, das passiert mir jedes Jahr wieder für ungefähr zwei Stunden nach Mitternacht, da melde ich mich doch online wieder fürs Fitnessstudio an.
Ist doch okay, sagt er, das kann man dann ja doch noch vierundzwanzig Stunden lang stornieren.

Erstens, sage ich, kündige ich meine Wohnung.
Wann, fragt Lukas.
Morgen, sage ich.
Gut, sagt Lukas, was noch.
Ich trenne mich von Alex, sage ich, noch heute Nacht.
Okay, sagt Lukas, aber sah nicht so aus, als wäre das noch nötig.
Er hat noch seine Sachen in der Wohnung, meine ich, und die müssen jetzt alle raus.
Lukas nickt.
Und dann, sage ich, werde ich einfach nicht mehr über alles nachdenken heute Nacht und Urvertrauen in die Welt haben.
Urvertrauen, wiederholt Lukas, ich dachte, das ist das Ding, das man als Baby von den Eltern bekommt, wenn sie immer wieder das aufheben, was man absichtlich auf den Boden schmeißt.
Ich glaube, sage ich, das stellt sich einfach ein, wenn man aufhört mit dem ständigen Nachdenken.
Lukas schweigt eine Weile, dann dreht er sich zu mir um und sagt, ich wollte mich mal mit dem Tod auseinandersetzen, und jetzt trage ich seit eineinhalb Jahren einen Organspendeausweis mit mir herum, der undeutlich ausgefüllt ist, und habe deswegen noch mehr Angst, zu sterben.
Lara kommt mit einer flüchtigen Umarmung auf uns zu, ich muss leider noch weiter, der Typ von Tinder ist jetzt unten und möchte einen Neujahrskuss, und man soll doch immer gehen, wenn's am schönsten ist.
Cool, sage ich, also dann, wir bleiben lieber noch ein bisschen. Wir winken dem Medienmädchen länger als nötig hinterher, selbst dann noch, als sie längst verschwunden ist.
Woran liegt es, frage ich, und drehe mich etwas, um auf die Stadt unter uns zu deuten, dass man Menschen von oben viel leichter lieben kann, selbst die Böller und die Hunde sehen von hier aus irgendwie friedlich aus, jetzt verstehe ich Gott und seine Liebe zu den Menschen und auch, warum er nie eingreift.
Lukas zieht die Nase hoch und macht ein Bild, derselbe Ausblick, nur als Panorama.

Fede stellt sich neben mich, Samir sucht dich, sagt er, er meint, du sollst zum Geländer kommen.

Fede, sage ich, ich muss dir noch was sagen.

Was denn, fragt Fede.

Ich hab hier auf der Dachterrasse mal mit Samir zusammen ein Schloss befestigt, da sind unsere Initialen drauf.

Fede antwortet erst nicht, bis ich ihm ins Ohr brülle, und das, brülle ich, werden wir jetzt wegmachen.

Aber nicht wegen mir, oder, schreit Fede zurück, und ich schüttle den Kopf, nein, wegen dem Neuanfang.

Zu dritt schreiten wir das Geländer ab. Es muss gleich hier sein, sagt Samir aufgeregt zu Fede in seinem publizierenden Tonfall und geht mit dem Zeigefinger die Stangen ab. Er wiederholt das ein paar Mal, während wir die verpulverte Nachtluft einatmen und Betrunkenen ausweichen.

Weil Samir so oft und immer zuversichtlicher sagt, dass es gleich hier in der Nähe ist, werde ich fast aufgeregt, als hätten wir doch ein größeres Geheimnis gehabt und würden jetzt von etwas Spektakulärem erwartet werden, das ich Fede stolz präsentieren könnte. Als ob ich sagen könnte, schau, das haben wir uns zusammen erarbeitet, deshalb konnte ich nicht darüber reden. Als wären wir ein Start-up-Unternehmen, das inzwischen Millionen erwirtschaftet hätte, aber als wir am richtigen Pfeiler ankommen, hängt da doch nur ein Schloss, auf das mit Edding ein schönes S und ein hässliches A geschmiert wurde, kleiner als meine Handfläche, und es sieht immer noch aus wie neu.

Das ist es, sage ich, und Fede sieht mich für einen Moment irritiert an.

So, sagt Samir, hier ist das Benzin. Aus seiner Jackentasche holt er vorsichtig einen feuchten Lappen hervor, den er in eine Plastiktüte eingeschlagen hatte.

Das machen wir jetzt weg, erkläre ich Fede, als würde ich vor einer Tafel stehen und mit dem Finger auf eine komplizierte Formel deuten, um neu anzufangen.

Der Edding geht viel schlechter ab, als gedacht, was die Situation erst unangenehmer und dann leichter macht. Fede findet noch einen geklauten Jägermeister in der Tasche, wir stoßen am Geländer an, und jeder darf einen kleinen Schluck trinken, da ist die Freiheit ganz da, und Samir küsst mich auf den Mund, während um uns herum die Restböller abgeschossen werden und die Rastlosen uns anrempeln, und dann küsse ich Fede, nicht zum ersten Mal, aber zum ersten Mal seit sehr vielen Jahren wieder auf den Mund. Samir fasst mir in die Haare, was mich dazu bringt, ihn härter zu küssen, und Fede umklammert meinen Anorak, und schon wieder heult eine Sirene hinter uns auf, das ist die erste Nacht, in der ich mehr auf die Rettungswagen achte als darauf, ob der Mond zu- oder abnehmend steht. Fede zu küssen fühlt sich ähnlich an, wie Freud zu zitieren, nicht unbedingt richtig, aber doch bedeutungsschwer. Alles, was mir drinnen Angst macht, schnüre ich ab.

Auf einmal fällt mir ein Satz von früher wieder ein, Mädchen sind einfach weiter, wusste ich damals, die ganze Zeit lang, in der ihre Lippen auf meinen lagen. Mädchen sind einfach weiter, hatte meine Mutter gesagt, weil Alex im Unterricht viel öfter ermahnt wurde als ich, und manchmal denke ich immer noch daran, wenn die Verkäuferinnen mir neue Reizwäsche in Papier einschlagen oder wenn mir ein Mann sagt, wow, du bist so einfühlsam. Eine Zeit lang habe ich mich dafür geschämt, wie gut ich weiß, wie ich am meisten gemocht werden kann, bis mir klar wurde, dass ich das zwölf Jahre lang gelernt hatte, und auch, wie ich noch mehr gemocht werden könnte, so wie jetzt zum Beispiel, wo ich Fede anstrahle, Benzin in seinem Haar verteile, Samirs Hand drücke und sage, mir geht es gerade super.

Mir auch, sagt Fede und legt mir seine Hände um die Schultern, um das Gesicht in meine Halsbeuge zu pressen. Fede und ich halten uns aneinander fest, und nur für Samir sieht das gerade wie eine Umarmung aus.

Ich ärgere mich nicht mehr darüber, dass er vieles nicht versteht, für Fede und mich war es immer leicht, unseren Müttern ähnlich zu sein, die immer warm und verständnisvoll im Hintergrund herumstanden, in welcher Hinsicht hätten die Jungs den Vätern denn auch ähnlich sein sollen, wenn sie noch keine Verträge unterschreiben und sich nicht tagelang in Luft auflösen konnten.

Wenn man nicht darüber nachdenkt, ist nichts daran seltsam, dass Samir meine Hand hält und Fede das zum Lächeln bringt, er lächelt verzaubert erst mich, dann Samir und dann wieder mich an, so, wie man früher nach einer Zirkusaufführung gelächelt hat und dachte, es ist eben doch möglich mit dem Dreiersalto, und niemand ist abgestürzt, wer hätte das gedacht?

Wir wechseln uns ab mit dem Lappen und rubbeln erst am &, dann am A und dann am S herum, ist das wirklich so wichtig, fragt Fede, und Samir nickt, es ist sehr wichtig, oder hast du heute noch was vor?

Fede schüttelt lachend den Kopf und legt ihn auf meiner Schulter ab, aber ich, sage ich zögernd, ich muss gleich los, um Alex noch vor der Wohnung abzufangen, er räumt gleich noch seine Sachen raus.

Okay, sagt Samir, wir kommen nach, wenn wir hier fertig sind.

Ihr macht das hier, frage ich, habt ihr einen Edding dabei, dann könnt ihr zumindest das S neu schreiben.

Geh weg, meint Samir, und Fede winkt mir mit dem Lappen zu, wir kommen nach, ruf an, wenn du fertig bist.

Ich wende mich ab und kann den Knall zuerst nicht zuordnen, bis Marie kreischt und zu Samir springt.

Hau ab, sagt er, und sie schreit, du brennst aber. Jetzt haben es die anderen auch bemerkt, und Samir presst sich die Jacke zwischen die Schenkel, es war nur der Ärmel, ruft er, es ist alles in Ordnung.

Plötzlich ist es ganz still und rauchig auf der Dachterrasse, Samir ist am Geländer neben Fede zusammengesunken, den Arm weiterhin zwischen die langen Beine gedrückt, als wage er es selbst nicht, ihn herauszuziehen. Alles gut, sagt er wieder, es war nur der Ärmel.

Als sich keiner rührt, zieht er ihn langsam zwischen den Knien hervor, öffnet und schließt seine Hand, da ist nichts drangekommen, ruft er laut, der hat mich nur gestreift, jetzt haut schon alle ab.

Linda lacht auf, Marie schaut besorgt, und Fede möchte auf ihn zugehen, aber dann tauschen wir Blicke aus, und er zieht sich zurück. Nach ein paar Minuten sammelt sich Samir. Als er Maries zögerlichen Schritt in seine Richtung sieht, hebt er den Zeigefinger.

Ich warne dich, sagt er und richtet sich langsam und alleine wieder auf.

Sorry, sagt Marie und hält die Faust mit dem Feuerzeug hoch, ich dachte, der geht in die andere Richtung. Sie deutet hilflos erst die Flugbahn an, die der Böller versehentlich genommen hat, und dann die, die er hätte nehmen sollen. Ihr Arm schlackert durch die Luft, es trennt sie keine doppelt verglaste Fensterscheibe mehr von der Welt, und trotzdem bleibt die Platzangst im Körper und die Akkordarbeit im Kopf. Ihr Eyeliner sitzt, der ist wasserfest.

Marie dreht sich im Kopf, sorry, sorry, sagt sie wieder, und fängt fast an, zu weinen, aber sie kann sich nicht an Samir wenden, der sie immer tröstet, wenn sie mal wieder über die Stränge geschlagen hat. Er blickt stoisch geradeaus, während er sich seinen Weg bis zur Terrassentür bahnt. Mit dem gesunden Arm hält er sich den verkohlte Ärmel seiner Lieblingsjacke aus billigem rotem Achtzigerjahreplastik, die er auf Vinted gefunden hat. Schon ok, winkt Samir ab, aber kannst du mal aufhören, immer irgendwas zu schmeißen?

Während Marie, Fede und Jara gemeinsam ein paar zerbrochene Flaschen aufsammeln, husche ich Samir hinterher und versperre ihm den Weg nach unten.

Wie geht es dir, frage ich außer Atem. Für einen Moment bleibt er im Rahmen der Terrassentür stehen, größer als ich und still.

Anna, sagt er und dann eine Weile nichts mehr, ich möchte nach seinem Nacken greifen und meine Wange an seine pressen, aber irgendetwas hält mich ab, während er sagt, ich komme gleich mit, ich muss mich nur kurz richten.

Ich bleibe im Türrahmen stehen, während er beginnt, sich im Schutz des Windfangs vorsichtig die Jacke abzustreifen.

Hilf mir mal, sagt er, sein Kiefer tritt nun stärker hervor, als hätte er sich zwei Kaugummis auf einmal in den Mund gesteckt. Vorsichtig kremple ich ihm den verbrannten Ärmel zurück, die Haut darunter ist rot und klebt etwas fest. Das macht dich an, oder, fragt Samir, und ich sage, was? Und er meint: Nie wegzusehen.

Statt einer Antwort versuche ich nur, den Blickkontakt mit ihm zu halten, um ihm stumm mitzuteilen, als was ich mich noch für ihn verkleiden würde, um im hinteren Teil seines Lebens nicht aufzufallen, als Wasser, das ihm bis zum Hals steht, als sein dritter Versuch eines Neuanfanges, als sein Herzblatt aus Recyclingpapier. Stück für Stück schiebe ich meine Fingerspitzen zwischen Haut und Plastik, taste mich durch die Nässe am Unterarm.

Fede hat der Kuss gefallen, sage ich, und Samir wendet sich ab, sobald ich ihm den Jackenärmel über das Handgelenk ziehe. Er mustert seinen Arm und sagt, nächstes Jahr dann du. Der Satz klingt nicht bestimmend, sondern resigniert, als hätte er jetzt schon vor dem neuen Jahr kapituliert und vor allen Entscheidungen, die er darin treffen wird.

Wir schweigen beide, bis Marie ihren Bruder wiederentdeckt und mit den Armen voller Flaschen auf uns zukommt. Sie ruft ihn, als stünde er viel weiter entfernt. Brauchst du irgendwas, fragt Marie, Bepanthen?

Als Samir ihr nicht antwortet, schaut Marie hilflos zu mir.

Ich glaube, sage ich, nur Ruhe.

Quatsch, widerspricht Marie, ich bin's doch, sie geht einen Schritt auf Samir zu, aber er dreht sich zur Wand.

Im schwachen Licht des Treppenhauses sehe ich Maries Gesichtszüge, die mit 200 km/h entgleiten, als gäbe es gleich Schwerverletzte. Mit einer Hand kramt sie in ihrer Tasche, auf der Suche nach Tütchen oder Tabak oder sonst etwas Tröstendem.

Jetzt nicht, Marie, sage ich und sehe zu, wie sie ihre Arme enger um die leeren Flaschen schließt.

Komm her, sage ich, als sie sich wieder umgedreht hat, zum Balkon und zu der guten Aussicht. Samir kommt zu mir und sinkt in meine Seite, damit ich ihm über den Rücken streichen kann, der erst langsam weich wird und dann anfängt, zu zittern.

9. Kapitel

Auf dem Weg zu meiner Wohnung versuche ich selbst, so zu laufen, als würde ich auf Schnitzel und Schlagringe stehen. Fede hat mir noch nachgewunken, als ich verschwunden bin, wir kommen gleich nach, sagte er, schreib mal, wenn du alles mit Alex geklärt hast.

Die Raketenhölzer liegen abgebrannt und ausgeflogen vor mir auf der Straße, what a time to be alive, denke ich und sonst nichts.

Auf halber Strecke hole ich das Handy wieder aus der Tasche.

Nach einer halben Minute hebt meine Mutter ab.

Entschuldigung, sage ich, bevor sie etwas sagen kann, habe ich dich geweckt, weil das wollte ich nicht.

Und sie antwortet mir verschlafen, ja, und ich sage, entschuldige, ich wollte dich nicht wecken, und sie sagt, doch, es ist gut, dass du mich weckst, ich bin wohl am Küchentisch eingeschlafen.

Tja dann, sage ich, und nachdem ich es eine weitere Minute rascheln gehört habe und es dann wieder still wird, frage ich, liegst du jetzt im Bett?

Jetzt, ja, sagt meine Mutter, und dann atmen wir eine Weile zusammen ins Telefon. Ich frage mich, ob sie sich nicht manchmal überlebt fühlt, so wie andere sich überarbeitet fühlen. Ja dann, sage ich, und sie sagt auch, ja dann, noch mal danke fürs Wecken.

Klar, sage ich, entschuldige noch mal.

Du musst dich nicht entschuldigen, wiederholt sie, aber warum möchtest du nicht vorbeikommen?

Ich biege in die Straße ein, in der Alex und ich zusammen älter werden wollten, und atme ein paar Mal in den Hörer.

Mama, möchte ich sagen, noch jemand hasst die stille Trauer, das sind nicht nur wir beide. Mama, möchte ich sie fragen, kannst du deine Zwänge überhaupt noch von meinen Zwängen unterscheiden und meine Hand von deiner Hand, und waren unsere Griffe nicht immer ungefähr gleich fest, haben wir uns nicht immer ungefähr gleich stark wehgetan?

Ich kann grade nicht kommen, sage ich, ich fange gerade eine neue Beziehung an, es ist grad mega kompliziert.

Mama, frage ich, nachdem sie eine Weile lang geschwiegen hat.

Ist doch gut, sagt sie dann langsam, ich habe auch jemanden kennengelernt.

Du, frage ich, jemanden?

Genau, sagt sie, erzähl ich dir dann mal, wenn du kommst. Oder ich, fügt sie hinzu.

Okay, sage ich, freut mich.

Mich auch, sagt sie, ich schlaf mal weiter, liebe Grüße an Fede.

Ganz liebe Grüße zurück, sage ich, und in dem Moment sehe ich Elin und Alex schon von Weitem, nicht weil sie so auffällig sind, sondern weil sie in der treibenden Masse besonders still stehen können.

Ganz stumm warten Elin und Alex mich ab, ohne die Arme zu heben und ohne mir entgegenzukommen, nebeneinander, als hätte Alex sich plötzlich verdoppelt, als gäbe es jetzt endlich jemanden, der die Dinge einfach mit ihm ausharrt und annimmt, statt sie immer zu überstürzen.

Hey, sage ich sofort und lauter als nötig, weil trotz der Bewunderung, die ich für die beiden empfinde, doch noch der Drang da ist, ihr Schweigen zu zerschlagen.

Hast du die Schlüssel dabei, Alex, frage ich hastig, ich glaube, sie feiern immer noch.

Möglich, antwortet Alex und nickt mit seinem schmalen Kinn in den vierten Stock, in dem drei Hände gleichzeitig aus dem Fenster aschen.

Gesichter sind keine zu erkennen, nur einige Köpfe, drei Arme, und im Hintergrund unsere vibrierende Deckenlampe und drei Neonlichter, die abwechselnd orange, rot und grün flackern.

Ich kenne die auch nicht, verteidige ich mich, und Alex zieht einmal die Nase hoch, weißt du, meint er, das macht es jetzt irgendwie nicht besser.

Es ist so, hole ich aus und trete mit der Schuhspitze ein bisschen Streusalz in den Beton, aber weil eine Wohnung kein Kindergartenkind ist, von dem ich behaupten könnte, es wäre gerade in der Trotzphase, weiß ich auch nicht mehr, was ich dem noch hinzufügen könnte.

Wir können jetzt ja mal hoch und deine Sachen holen, sage ich schließlich, also, wenn da noch welche sind.

Ich bleibe hier, sagt Elin, wenn ich was runtertragen soll, sag Bescheid.

Im Treppenhaus schweigen wir, während Alex in seiner Wetterjacke jetzt wieder zwei Stufen auf einmal nimmt, wie bei unserem Jahrestag, nur dass da jetzt feine Schlammspritzer auf dem wasserabweisenden Stoff sind, die ich nicht wegwischen kann.

Oben angekommen, wummert uns der Bass schon im Treppenhaus entgegen. Ich werfe vorsichtig einen Blick auf die Haustür gegenüber, aber hinter der ist nichts zu hören.

Alex und ich kennen unseren Nachbarn nicht sonderlich gut, in eineinhalb Jahren haben wir uns nur zwei Mal im Flur gegrüßt, dabei dachte ich am Anfang, wir würden so eine gute Nachbarschaft pflegen und uns ab und zu Gebäck rüberbringen, weil der Mann von nebenan uns zum Einzug zwei Pizzen rübergebracht hatte. Brot und Salz kann doch nichts erhalten, hat er gesagt, und an Gott glaube ich sowieso nicht.

Der ist super, hatte Alex zu mir gesagt, und ich hatte das erwidert, ja, der ist wirklich super, aber das nächste Mal hatte ich ihn erst ein halbes Jahr später wiedergesehen, und da hatte er uns nur von Weitem zugewunken.

Der ist vielleicht gar nicht da heute, sage ich.

Hoffentlich nicht, erwidert Alex und schaut, genau wie ich, etwas länger als nötig auf seine, statt auf unsere Haustür.

Also, räuspere ich mich und wische mir die Hände noch einmal an den Hosenbeinen ab, dann mal rein.

Als nach dem dritten Klopfen niemand öffnet, werde ich unruhig, und auch Alex neben mir möchte am liebsten wieder nervös auf seine Fransen treten, die nicht mehr existieren.

Sag mal, fragt er leise, wem hast du denn die Schlüssel gegeben.

David heißt er, sage ich klopfend, glaube ich jedenfalls. Glaubst du, fragt Alex, also kennst du ihn gar nicht.

Nicht wirklich, sage ich, aber das machen Leute doch die ganze Zeit, ihre Wohnungen an Fremde vermieten.

Aber nicht kostenlos, erwidert Alex.

Wer sagt denn, dass das hier kostenlos ist, meine ich gereizt. Ich lüge nicht, so, wie sich das drinnen anhört, zahle ich vermutlich drauf.

Jetzt, denke ich, das ist die Chance, Alex um Verzeihung zu bitten oder ihn zumindest zu fragen, ob er sich an das Fangspiel aus unserer Kindheit erinnert, bei dem es kein anderes Ziel gab, als den anderen möglichst schnell und möglichst stark mit beiden Armen einzuklammern.

Ob er sich daran erinnert, dass ich ihm dabei einmal aus Versehen in den Bauch geschlagen habe und er sich sofort übergeben musste, ob er sich daran erinnert, dass sie am selben Tag beim Abendessen im Radio einen Vergewaltiger suchten, der einen Schriftzug auf den Oberarm tätowiert hatte, LOVE IS PAIN.

In dem Moment öffnet sich die Tür.

Hey, sagt David strahlend, ich bin David. Er schüttelt Alex' Hand und nimmt sie dabei in beide Hände, so wie Samir das tut, und möchte dann bei mir weitermachen, muss dann lachen, küsst mich auf die Wange und sagt, ach, du bist es, kommt rein, ich habe euch gar nicht gehört.

Den ganzen Hinweg lang hatte ich mich nicht an Davids Gesicht erinnern können. Heute Nacht sieht er aus wie ein kerniger Bootsbauer, einer, dem ich, mit ein paar Extraleben, die Arche Noah zugetraut hätte.

Hallo David, sage ich, während ich seinen Blick erst suche und ihm dann ausweiche, das ist unsere Wohnung.

Deine, sagt Alex neben mir, während er über Davids Schulter einen Blick ins Wohnzimmer wirft, jetzt bist du endlich dazu gekommen, die Kartons auszuräumen.

Ich stelle mich auf die Zehenspitzen, um seinem Blick folgen zu können, und tatsächlich stehen da neben einer Traube

Menschen auch die leeren Umzugskartons und ein IKEA-Regal an der Wand, das heute Morgen noch nicht dastand.

Das hat die Samira gemacht, sagt David, der unserem Blick gefolgt ist, ich bin handwerklich nicht so begabt.

Was fällt dir ein, unsere Wohnung aufzuräumen, sage ich.

Das ist ihre, sagt Alex, ich will nur meine Sachen.

Obwohl die Musik ohrenbetäubend laut ist, sieht es tatsächlich ordentlich aus, trotz der vielen Menschen, die das Wohnzimmer und die Küchennische besetzen, die auf den Sofalehnen und Küchenstühlen hocken. Bis auf einige Frauen, die auf dem Teppich zu der psychedelischen Musik tanzen, bewegen sich alle auf diesen sechzig Quadratmetern langsam und träge wie eingedickter Pudding, der nur noch ab und zu auf der Herdplatte Blasen schlägt.

Die Frauen sehen aus, als würden ihre Männer seit acht Monaten nicht mehr mit ihnen schlafen und stattdessen ständig über ihre neuen Teslas reden, aber auch, als hätten sie jetzt einen Ort gefunden, um sich den Vaginismus aus der Seele zu schreien, oder so ähnlich.

Während ich neben David stehe, versuche ich, mich an sein Gewicht zu erinnern oder an seine Hände, sogar an seinen Gesichtsausdruck, der heute ganz sanftmütig und erleuchtet aussieht, ob er mich nicht mehr gewollt haben muss, wo waren die Mundwinkel, die entscheiden, ob man jemanden noch mit hochnimmt oder nicht.

David und ich halten den Blickkontakt, für einen Moment sieht er aus wie das Medienmädchen, woher kamen die plötzlich alle, die Anfangdreißiger in ihrer Mitte, wann hatten die sich denn selbst gefunden und mit ihrem inneren Kind versöhnt.

Und, fragt David in meine Richtung und legt mir sanft eine große Hand auf die Schulter, geht es dir besser?

Ich nicke bloß, weil ich jetzt wieder sicher weiß, dass wir gestern nicht miteinander geschlafen haben, dass ich David nur mit nach oben genommen und gesagt habe, kannst du dich bitte auf diese Seite legen, ich muss morgen früh raus, du siehst aus wie jemand, der einfach keinen Stress macht.

Ich weiß, dass David noch gefragt hat, ob ich etwas brauche, eine Fußmassage vielleicht, und da wusste ich schon, das ist jemand, der niemals ein Liebesschloss an einer Brücke anbringen würde, höchstens an einem Baustellengeländer, und mit mindestens drei oder vier Namen darauf.

Ich spüre, wie Alex neben mir David noch einmal von oben bis unten mustert, mehr als sonst spüre ich seine Präsenz neben mir, Alex wird eigentlich immer von Dingen umgeben, die versichern, dass er mit im Raum ist, ohne dass er sich zur Bestätigung noch sonderlich anstrengen muss.

Setzt euch doch noch eine Weile dazu, sagt David mit einer einladenden Handbewegung, ich hole dir schon mal eure Schlüssel.

Davids Gäste sind vielleicht im ersten Arbeitsjahr oder in der Promotion, sie lächeln uns an oder rauchen am Fenster oder tanzen selbstvergessen vor sich hin.

Während David im Jackenhaufen auf dem Sofa gräbt, schüttelt Alex neben mir den Kopf, ich kann mir immer noch nicht ganz erklären, warum du ihm einfach deine Schlüssel geschenkt hast.

Ich habe sie ihm nicht geschenkt, sage ich. Bist du dir sicher, fragt Alex zurück, ich will nicht wissen, ob du es ernst meinst, sagt er, ich will nur wissen, ob du dir wirklich glauben kannst.

Ich habe ihn nur nicht davon abgehalten, sie zu benutzen, murmle ich, aber das zu sagen fühlt sich falsch an in dem Moment, in dem ich es ausspreche.

Ich beobachte David, der lächelnd einen Schlüssel hochhält, den er gerade aus der untersten Jacke hervorgezogen hat, ich glaube, David meint wirklich nichts davon böse, er ist nicht mal hinterhältig, er ist einfach ein Typ, der gut darin ist, seine Chancen zu nutzen, wenn sie sich ihm bieten.

Bevor er zu uns kommt, überwinde ich mich, hole einmal tief Luft und sehe Alex an, der traurig neben mir steht, es tut mir leid, sage ich, ich habe das heute verbockt, und du und Elin, ihr hattet sicher auch was Besseres vor heute Abend.

Alex reagiert nicht gleich, dann lächelt er in den Satz hinein und hebt eine Hand, um sie für einen Augenblick auf meine

Schulter zu legen, Alex' Lächeln ist dasselbe, aber sein Waschmittel ist jetzt ein anderes.

Ich spüre seinen Blick auf mir, der bleibt, bis ich sage, mir ging's nicht so gut die letzten Wochen, aber das wird schon wieder. Alex erwidert nichts Spitzfindiges mehr, er atmet nur einmal ganz lange aus und dann noch mal, bis er ein Lächeln andeutet, seine Hand von meiner Schulter nimmt und sagt, okay, dann packe ich es jetzt mal.

Ein paar der Leute grüßen uns nickend oder heben eine Hand, als wir weiter ins Wohnzimmer treten.

David steht wieder neben uns und strahlt mich zuversichtlich an, das sind alles herzensgute Menschen hier, sagt er, wir sind alle Yogalehrer und Yogalehrerinnen. Und die Wohnung, ergänzt er und faltet dabei die Hände vor der Brust, ist wunderschön.

Als Alex sagt, das ist sie wirklich und dabei etwas Bedauern in seiner Stimme mitschwingt, wird mir klar, dass wir zum letzten Mal zusammengewohnt haben.

Was ist, fragt David, und ich sage, sie ist wunderschön. Hier ist die Küche, sage ich und deute links von mir auf die Küche, da ist das Wohnzimmer, ich zeige geradeaus, und rechts ist das Schlafzimmer, und das Bad ist gleich daneben.

Ich weiß, lächelt David, habe ich schon rausgefunden. Dann deutet er noch einmal auf die Küche, es gibt sogar noch ein paar Brownies, aber teilt euch am besten erst mal einen und wartet dann ein bisschen ab.

Nein, danke, sagen Alex und ich gleichzeitig, und ich ergänze noch, vielleicht später, und dann schauen wir in die gleiche Richtung, und ich frage, willst du, oder soll ich.

Du musst, sagt Alex, ist deine Party.

Ich gehe die paar Schritte auf die Schlafzimmertür zu und stoße sie vorsichtig auf, aber David schüttelt nur gekränkt den Kopf und ruft uns zu, da habe ich niemanden reingelassen, ich bin doch kein Assi.

Im Schlafzimmer geht Alex zielstrebig auf seinen Kleiderschrank zu, zieht eine Sporttasche aus dem untersten Fach und beginnt langsam, den Raum nach seinen Gegenständen zu inspizieren.

Ich helfe dir, sage ich, aber bleibe dann stehen, weil ich nicht weiß, ob es jetzt tatsächlich Sinn macht, die Reißzwecken von der Wand abzupinnen, um ihn sein *Attack of the 50 Ft Woman*-Poster einzurollen.

Wie stellst du dir denn das vor, frage ich und deute auf die Tasche, die ich noch aus dem Sportunterricht in der zehnten kenne, da kriegst du doch gar nicht alles rein.

Lass nur, sagt Alex, ich mach schon.

Er nimmt von allem nur etwas mit, seine Lieblingsshirts und seine Lieblingsbücher, seine Bürste und seinen Föhn, seine Videospiele und seine Badehose, und dann ist er schon fertig mit dem Schlafzimmer, bevor er überhaupt zum Nachttisch gekommen ist. Siehst du, sagt er dann, das Wichtigste ist drin.

Für einen Moment bleibt er stehen, worauf ich gehofft habe, und sieht sich um wie jemand, der gerade aus einem Traum aufwacht. Sobald er nur einmal stehen bleibt, habe ich gedacht, müsste er sofort auf die Knie fallen, um einfach zu sagen, sieben Jahre, sieben Jahre, sieben Jahre.

Nichts davon passiert, er drückt bloß die Tür auf und geht zurück ins Wohnzimmer und grüßt die anderen mit einem Nicken und räumt die wenigen Bilder aus dem Regal, packt das kitschige Kreuz ein, das über der Spüle hängt, und oben auf die Sporttasche seine Müslischale.

So, sagt er, fertig.

Wie, fertig, frage ich, wütend darüber, dass ich nicht nur mit meinen Sachen zurückbleibe, sondern auch mit denen, die ihm einfach nicht wichtig genug sind, um sie einzupacken, aber was habe ich erwartet, wenn man derjenige ist, der erst geht, und dann derjenige, der nicht zurückgelassen werden will.

Was ist mit der Pfeffermühle, frage ich und zeige zum Esstisch.

Kannst du behalten, sagt er.

Ich will sie aber nicht, du wolltest die klauen.

Stimmt nicht, sagt Alex, das war deine Idee gewesen, jetzt behalt sie doch. Oder, sagt er, verschenk sie.

Alex sieht sich noch einmal um im Wohnzimmer, in dem ich mich auf den Teppich geworfen habe, in dem die Stunden, Tage, Monate wie Wandfarbe verstrichen sind, Tapete über Tapete, die jetzt mühsam abgekratzt werden wollen, in dem ich ihm gesagt habe, ich spüre gar nichts mehr. Ich sehe aus dem Fenster, und draußen steht Elin ganz still, und dahinter geht es Richtung Naschmarkt. Als er wegschaut, schiebe ich ihm meine Steine in die Tasche und vergrabe sie unter dem Shirt mit dem Halbmarathonaufdruck von 2011.

Und du bleibst jetzt hier bei deinen neuen Freunden, fragt Alex, und beinahe möchte ich verneinen, um als gescholtener Familienhund bei Alex und Elin einziehen zu dürfen.

Keine Ahnung, sage ich, ja.

Okay, sagt Alex.

Okay, sage ich. Und dann winkt er noch einmal.

Ich sehe ihm aus dem Wohnzimmerfenster nach, wie er meine Steine ins Treppenhaus trägt, zwischen den Hauswänden verschwindet, hin zu einer Wohnung mit einem anderen Grundriss.

Hinter mir steht David.

Das vergesse ich immer, dass dann doch meistens jemand da ist. Der fängt einen nicht auf, aber reicht einem zumindest eine Zigarette rüber oder teilt einem die Uhrzeit mit oder lächelt ganz kurz und sagt, dir auch einen schönen Tag.

Geht es dir denn gut, fragt David, du sahst heute Morgen irgendwie gestresst aus. Er fragt das mit sorgenvollem Blick und berührt mich dabei nicht. Er trägt eine schwarze Stoffhose, die teuer genug ist, um zu jedem Anlass passend auszusehen.

Was steht denn grade auf deiner Bedürfnisliste ganz oben, fragt er und schaut auf die Uhr, ich persönlich habe das Gefühl, ich würde gerne noch mal Liebe ins Wohnzimmer lassen, das bietet sich doch an.

Liebe ins Wohnzimmer lassen, wiederhole ich.

Ja, sagt David, ich habe dir heute Morgen von dem Ritual erzählt. Er nickt zu den Sofakissen und den Frauen, die auf der frisch geborenen Tanzfläche Bauch an Bauch tanzen. Ah, ja, sage ich, und erinnere mich halb an etwas, das er über Berührung erzählt hat und über den Fluss der Liebe. Ich weiß noch, dass ich dachte, ihm ist das wirklich wichtig mit dem Weltfrieden, ich würde auch gerne für die Menschheit einstehen, aber ich unterschreibe noch nicht mal online Petitionen, weil ich keine Lust habe auf die Spam-Emails.

Passt schon, sage ich, obwohl ich noch mehr sagen möchte, woran liegt es, dass ich eigentlich gar keinen Sugardaddy, sondern einen Beichtvater brauche?

Bevor alles hochkommt, entschuldige ich mich mit einer flüchtigen Handbewegung ins Badezimmer.

Zum ersten Mal seit zwei Jahren erinnert mich Alex' und mein Bad an so ein Bad, das man im Club betritt und in dem man sich sofort mit dem Zeigefinger die Wimperntusche von den Augenringen wischt.

Irgendjemand hat meine Lippenstifte ausprobiert, aber sie zumindest wieder in das Bambuskörbchen gelegt, ich wundere mich über mich selbst, über mein Vertrauen David gegenüber, das zwar verzweifelt, aber gerechtfertigt war.

Als ich wieder ins Wohnzimmer komme, nehmen mich die Frauen sofort in ihren selbstlosen Tanz auf, sie bewegen sich dynamisch und bewusst, als wäre ihr Körper nie ein Hindernis gewesen, sondern ein Ort, in den sie sich zurückziehen, um Kraft zu sammeln.

Es ist wirklich total angenehm hier, sage ich zu David und finde es wirklich total angenehm, im Gegensatz zu ihnen kommen mir meine Leute aufgekratzt und verwundet vor. Ich tanze mit den Frauen, bis meine Knie schmerzen, und fühle mich selbstsicher, weil mir die Dinge, die Alex aus der Wohnung mitgenommen hat, nicht fehlen, überhaupt fehlt mir wenig, weder meine Gegenstände noch die, die nicht mehr Alex' Gegenstände sind, ich nehme seine Tennisbälle und seine Duftkerzen, seine Weingläser und seine Ein-Euro-Kakteen von der Fensterbank und drücke sie den Frauen in die Hand, und weil so Frauen es gewöhnt sind, alles Mögliche achtsam in die Hand gedrückt zu bekommen, Redestäbe, Sprachmuscheln und Pfauenfedern, verweigert sich niemand, und drei verneigen sich vor mir.

Der wird dich begleiten, sage ich und schenke auch David einen Tennisball. Hier, sage ich, für dich, weil ihr so nett seid, und er nickt und sagt, du kannst gerne auch zu uns kommen, dienstags, donnerstags und sonntags haben wir die Kurse für Anfänger und Anfängerinnen.

Alles klar, sage ich und bekomme tatsächlich Lust, mich schon wieder als Teil von etwas zu fühlen, als Teil einer Beziehung, als Teil einer Gemeinschaft, für die ich besonders wichtig werde, weil ich den besten Kartoffelsalat oder wenig Stress nach dem Sex mache.

Ich ziehe mich etwas aus dem Wohnzimmer zurück und lehne mich an den Kühlschrank, um die anderen von dort aus zu beobachten. Die Leute hier stellen sich auch zu Hause ein Kerzenlicht auf ein orangefarbenes Seidentuch, einfach, weil sie es können, mit ihren Sonnengrüßen und den Herzen ohne Paywall.

Eine sehr dünne Frau schiebt sich an mir vorbei zum Backblech, ein dicker Bergkristall hängt ihr an einer Lederkette in den Ausschnitt, und der Bund ihrer Leinenhose schnürt sich um ihre Hüfte wie der Schwarzgurt der Achtsamkeit. Machst du auch gleich mit, fragt sie und nickt zum Wohnzimmer.

Beim Liebe-Reinlassen, frage ich.

Genau, sagt sie, in zehn Minuten oder so. Sie sieht aus dem Fenster, ohne meine Antwort abzuwarten, und hat Tränen in den Augen, als sie sagt, ich spüre da einen Abschied in meiner Brust, der ist gar nicht meiner.

Ach, sage ich.

Ja, sagt sie, während sie zwei Brownies auf einmal in die Hand nimmt und abwechselnd links und rechts davon abbeißt, das Schlimmste am Abschied, weißt du, was das Schlimmste ist?

Und ich sage, die Reste im Kühlschrank, die noch sehr lange haltbar sind.

Und sie sagt, nein, ich finde, das Schlimmste ist das verschlossene Wurzelchakra.

Eine Weile schweigen wir, sie kauend, ich müde, sie hat in ihrem Beckenboden die Wahrheit gefunden, und ich suche immer noch überall nach einer Objektivität. Gerne hätte ich mal einen

Satz in Anführungszeichen, der deutlich macht, was außen stattfindet, bevor es innen ankommt. Nie weiß ich, was in der Welt ist, ohne dass ich etwas dazudenke, in Wirklichkeit bin ich gar nicht auf der Suche nach einem festen Partner, sondern nach einem zuverlässigen Erzähler.

Ich komme ja eigentlich aus der Mitte Deutschlands, sagt die Frau plötzlich, und ich nicke, ohne zu sagen, wo ich herkomme. Man muss aufpassen mit solchen Sätzen, irgendjemand sagt sonst immer, wie klein die Welt doch ist. Die Chakrafrau leckt sich die letzten Krümel von den Fingerspitzen, so viel habe ich die ganze letzte Woche nicht gegessen, ruft sie mir glücklich zu, wankt ins Wohnzimmer und setzt sich dann mit dem Po auf unseren Tisch, so selbstverständlich, wie ich es nicht getan habe, nicht mal, als Alex und ich ihn nach unserem Umzug einweihen wollten.

Plötzlich fallen mir all die Dinge auf, die eigentlich mir zustehen, mein Handy, das ungeklaut auf dem Esstisch liegt, und die dunklen Flecken im Holz, auf dem schon Jaras Auflauf stand, die Farbe, die Alex und ich an die Wand gestrichen haben, und der Boden, den ich gewischt habe, nicht oft, aber manchmal, der kleine Balkon, auf dem Jara und ich saßen, und das Bett, in dem wir gefickt und geschlafen haben, und die Badewanne.

Du bist jetzt ja ein bisschen früher zurückgekommen, als erwartet, sagt David und stellt sich mit einem frisch gebrühten Tee zu mir in die Küchentür. Er bleibt ganz bei sich, während er das sagt, er versucht nicht mal, den Satz schnell weiterzuführen. Stattdessen atmet er zweimal ganz bewusst durch und lächelt.

Also, Anna, sagt David dann, als er lang genug geschwiegen hat, mehr muss er gar nicht sagen, seine Handfläche lädt mich ein, und sein Zeigefinger deutet auf das Wohnzimmer und auf die Gruppe dort, die sich gut kennt und kein Problem hat mit Nähe. Also, sagt er, Sexualität ist ja auch Lebensenergie.

Ja, voll, sage ich, meine auch, es gab noch nie eine Zeit, in der ich nicht darauf gewartet habe, dass ein Mann mir antwortet.

Wirklich, fragt er, ich meine, gestern fandest du es spannend, aber heute nicht, sagt er, sondern nur. Er mustert mich kritisch, sag mal, wie viel habt ihr denn getrunken?

Nicht so viel, glaube ich, und höre in mich rein, aber drinnen schwankt es nur.

Okay, sagt David, wenn du magst, führe ich dir mal aus, was ich mir gedacht habe für heute Abend. Er streicht sich durch die Haare und sieht wieder zu dem Kreis, den er sich eingeladen hat. Da sind sicher auch Ex-Freundinnen dabei, aber von denen muss jetzt niemand irgendwelche Steine auskippen, die verstehen sich alle noch super und können ab und zu miteinander schlafen und sagen dann, sie hatten ein schönes Wochenende gehabt.

Ne, sage ich, schon verstanden, macht doch, ich bin da offen, und das Bett ist frisch bezogen, oder zumindest noch okay.

Wir brauchen kein Bett, horch mal in dich rein, ob das wirklich okay ist.

Ne, sag ich, wir sind alle voll offen, wir sind da poly.

Okay, sagt David, dann hast du schon Erfahrung mit Tantra?

Warte, sage ich, ein Freund ruft gerade an, dem wird das gefallen.

Wir sind fertig geworden, brüllt Fede euphorisch in die Leitung, wir sind in zehn Minuten da. In dem Moment klingelt es an der Haustür.

Soll ich sie öffnen, fragt David lautlos, und ich nicke.

Super, sage ich in den Hörer zu Fede, komm hoch, und bring Samir mit, ich glaube, David wäre genau sein Typ.

Als David die Tür aufzieht, werden ihm erst mal Jara und Lukas in den Flur gespült. Jara zieht noch im Gehen ihre Schuhe aus und lässt ihre Armreife auf den Küchentisch fallen, sie schüttelt ihre Haare aus und wirft zwei Wollpullover hinterher, mein Gott, sagt sie, was ist das denn für eine Sauna.

Hier tanzen ein paar Yogalehrer, sage ich und schlittere ihnen entgegen, Yogalehrer und Yogalehrerinnen.

Lukas klebt blass im Türrahmen. Jara sieht sich in der Wohnung um und meint dann schulterzuckend, dafür sieht sie aber noch ganz okay aus.

Finde ich auch, sage ich, und das Regal haben sie auch aufgestellt, wo warst du, und warum bist du vorhin einfach weggerannt?

Eigentlich sind wir Tantramasseure, sagt David und verneigt sich höflich, Tantramasseure und Tantramasseurinnen.

Erkläre ich dir gleich, sagt Jara und winkt David fahrig zu, ich bring ihn mal zur Toilette, ich glaube, der muss sich übergeben.

Ich denke an die abgebrochenen Nachrichten, die ich ihr nie gesendet habe, weil ich Angst hatte, das Ende könnte ein schlechtes Licht auf mich werfen, aber Jara wirkt so, als würde ihr gerade ein Anfang passieren.

Wir haben uns gerade innerlich getrennt, ruft sie mir über die Schulter hinweg zu, während sie Lukas ins Badezimmer führt, aber erst mal nur bis übermorgen.

Ist alles okay, fragt David.

Ich nicke und fühle mich dicht und gut, betrunken und ganz leise, in mir ist kein Widerhaken. So fühlen sich vielleicht Yogalehrer die ganze Zeit, denke ich, nur irgendwie auf nachhaltigere Weise und ohne dafür zwei Liter Wein trinken zu müssen. Ich nicke, wir müssen mal kurz die Musik noch lauter drehen.

Ich glaube, sagt David, ich mache deinem Freund mal einen Tee.

Kurz darauf wankt Jara wieder mit Lukas aus dem Badezimmer und sucht sich einen Weg durch die kleine Tanzfläche, damit Lukas auf unserem Sperrmüllsofa die Beine hochlegen kann.

Es gibt schöne Wandbehänge aus Indien, ruft David mir im Vorbeigehen auf dem Weg zu Jara zu, die eignen sich auch super als Überzug.

Ich laufe mit ausgestreckten Händen auf Jara zu, während sie Lukas den Kopf streichelt.

Was soll das, frage ich, warum bist du jetzt hier, wir sollten erst mal reden.

Ich hab dich angelogen, sagt Jara, und das war scheiße.

Ja, sage ich.

Ich hab mich nicht getraut, dir zu sagen, wie es wirklich war. Sie zuckt die Schultern. Ich setze mich vor sie auf den Teppich und mustere Jara von oben bis unten, ohne Ringe und Schmuck sind ihre Finger nicht mehr magisch, nur noch schön lackiert in einem hellen Türkis.

Sie streicht Lukas damit durch den lichten Schopf, auf seiner Stirn stehen Schweißperlen, aber er atmet ruhig und gleichmäßig. Etwas an seinem Anblick macht mich nervös, sein blasser Hals, den Jara sich, ohne nachzudenken, über den Oberschenkel gelegt hat, in der Annahme, dass das Schlimmste schon vorüber ist.

Das Bienentier hängt ihm aus der Hosentasche, Jara zieht es heraus und stellt es neben sich auf die Lehne. Dann greift sie doch noch einmal zu und klopft dem Bienentier auf den gestreiften Rücken, so wie ein Kriegsveteran seinem Vierjährigen auf den Rücken klopft, wenn er aus ihm einen Mann machen möchte.

Und, frage ich und versuche, Lukas dabei nicht anzusehen, wo hast du deine Steine jetzt?

Jaras Wangen werden von dem Licht im Wohnzimmer abwechselnd sanft rot, orange und blau beschienen, hm, fragt sie, welche?

Die von Lukas, antworte ich.

Ach so, sagt sie, weggeschmissen, kurz vor Mitternacht.

Was, frage ich, ernsthaft?

Ja, in die Donau, lächelt sie in Rot, Blau, Grün.

Krass, sage ich.

Jeder macht mal Fehler, sie streichelt Lukas' Stirn und legt ein Bein hoch auf die Couch.

Im Treppenhaus kommen mir Samir und Fede entgegen. Sie nehmen die abgetretenen Stufen synchron, Fede ein bisschen schneller als sonst und Samir langsamer, weil er die linke Hand tief in einer Sweatshirtjacke vergraben hat.

Als ich ihn nach seinen Schmerzen frage, stellt er sich so hin, dass ich seinen Arm nicht mehr sehen kann, und sagt, gut geht's mir, keine Sorge.

Ich kann dir auch helfen, sagt er dann und deutet auf die drei schweren Umzugskartons, auf denen *zu verschenken* steht.

Das schaff ich alleine, sage ich und sehe an der braunen Pappe vorbei auf ihre strahlenden Gesichter, die sich den ganzen Weg über einig waren, geht ihr schon mal rein.

Was ist das denn für Musik, fragt Samir irritiert. Nicht mal er hat schon genug Herzöffnungen gemacht, um die psychedelischen Vibes genießen zu können.

Nicht meine, sage ich.

Ich nicke hin zur offenen Wohnungstür, drinnen ist ein Mann, der euch gefallen wird, er sieht aus wie der gute Bruder von Räuber Hotzenplotz und kann auch ganz im Moment leben.

Cool, sagt Fede, winkt mit seinem Handy und zwinkert mir zu, Mark sagt liebe Grüße. Danke, sage ich, und drücke mich an ihnen vorbei ins Treppenhaus, meine Mutter auch.

Als ich zurückkomme, tanzen im Wohnzimmer immer noch die anderen. Nicht so wie im *Orange,* sondern mit schlackernden Gliedern und weiten Gesten, die niemand anderen vom eigenen Körper überzeugen wollen. David klatscht einmal kurz in die Hände und stellt sich im hüftbreiten Stand auf den Teppich. Fede und Samir sind zu Jara und Lukas auf die Couch gerutscht, und ich fläze mich zwischen die beiden.

Samir zuckt zusammen und schiebt seinen Arm zur Seite. Nicht da drauf, sagt er und betrachtet den Arm verwundert, eine große Brandblase hat sich inzwischen dort gebildet, wo Maries Böller ihn geschrammt hat. Ich sehe, dass sie halb gefüllt ist mit Flüssigkeit.

Ich verletz mich nie, sagt Samir, eigentlich. Er lockert und streckt seine Finger vorsichtig.

Ihr Lieben, sagt David, ich würde jetzt gerne beginnen, habt ihr schon euren Partner beziehungsweise eure Partnerin? Wenn sich das für euch stimmig anfühlt, dann würde ich da jetzt gerne den Raum für halten.

Den Raum für was, flüstert Fede.

Keine Ahnung, sage ich, ich dachte, das wird einfach eine Orgie.

Wir wollen das Jahr gleich sexuell beginnen, sagt David, weil Sexualität auch Lebensenergie ist.

Okay, sagt Fede und tippt aufgeregt auf sein Handy, das heißt, wir haben eine Orgie?

Ja, sage ich und nicke vage. In gewisser Weise finde ich das konsequent, das Jahr gleich mit großen, groben Begriffen zu beginnen, so wie ich versucht habe, es zu beenden.

Jetzt atmet mal in eure Mitte, sagt David und strahlt einmal achtsam in die Runde.

Das ist so jemand, flüstert Fede und deutet zu David, der erlebt nichts, der erliebt alles.

Ich schließe die Augen, aber atme immer zu nahe am Rand, egal, wo ich mich in mir befinde, ich hangle mich an ihm entlang und wechsle immer nur die Bereiche, Schwimmer- oder Nichtschwimmerbecken.

Okay, sage ich und beobachte die anderen Tantramasseurinnen, die gar nicht anfangen, aneinander rumzufummeln, sondern alle nur sanft in ihre Eierstöcke atmen, ich bin mir nicht sicher, ob ich das kann.

Was, flüstert Fede, du musst gar nichts.

Ich weiß, dass ich gar nichts muss, sage ich. Aber ich weiß auch, dass das so ein Satz ist, der schon immer egal war. Warum ist Marie nicht hier, frage ich, die sollte so was mal machen, ich bin doch schon mega offen.

Marie ist auf der Polizeistation, sie ist da grade freiwillig hingegangen. Samir hält den Blick auf David gerichtet, während er das sagt, und beobachtet dann die anderen Pärchen dabei, wie sie sich langsam einander zuwenden und sich im Schneidersitz an den Händen fassen.

Ich halte in meiner Bewegung inne und drücke meine Hände in ein Sofakissen, sollen wir zu ihr?

Samir schweigt einen Augenblick und schiebt das Kinn dabei vor. Nicht nötig, sagt er dann, sagt sie zumindest, sie meinte, sie wird das alleine klären.

Ich stelle mir vor, wie Marie mit ihren Händen die Polizei einrahmt und zum ersten Mal nicht nach ihrem Bruder Ausschau hält. Wie leer das Haus sein wird, wenn ihr Vater seinen Koffer im Wohnzimmer abstellt und sagt, was ist denn hier passiert, der schöne Boden! Und Marie kellnert dann gerade in einem tschechischen Hotel, verliebt sich in einen Geigenspieler der

Prager Philharmonie, pulvert sich durch die Orchesternächte und scheißt auf Germanistik.

Ich streiche mir müde und langsam übers Gesicht, so wie eine werdende Mutter sich mit einer Hand über den Bauch fährt.

Wenn ihr euch gegenübersitzt, beginnt David, könnt ihr euren Partner oder eure Partnerin gerne einladen, sich jetzt einfach mal zu entspannen. Ich spüre Jaras Blick auf mir und sehe, wie sie Lukas übers Haar streichelt. Dann blicken wir beide gespannt zu den anderen Paaren, die sich jetzt neben uns auf dem Sofa und unter uns auf dem Teppich langsam ausbreiten und sich achtsam ausziehen, ihre Kleider danach sogar sorgsam neben sich stapeln.

Ich habe mir das anders vorgestellt, flüstert Samir. Fede neben mir ist verstummt, er betrachtet die Körper, die plötzlich sichtbar werden und doch unaufdringlich bleiben. David steht ein paar Meter von uns entfernt und meidet uns, ich spüre deutlich, wie er uns Raum lassen möchte, um zu entscheiden, ob wir das wirklich wollen.

Warum gibt es immer einen in der Mitte, der es gut mit einem meint, und warum gibt es dann meine Angst vor allem, was kommt, immer noch, nicht anders als vor acht Stunden? Wann ist diese Nacht vorbei, denke ich, und endlich wieder irgendein Dienstagvormittag im Februar?

Ich mach das nicht, sagt Fede, ich glaub, das geht gleich eher um Berührung. Er steckt sich sein T-Shirt in die Hose, dafür bin ich zu betrunken.

Samir neben uns schweigt und starrt auf seine Hände, ich sehe zu David, den ich unterschätzt habe. Er hebt keinen Zeigefinger, um etwas zu erklären. Er bleibt nur in der Mitte und hält den Raum für alle, die jetzt langsam atmen. Doch, sage ich, ich mach's, und streife mir mein Shirt über den Kopf, wo soll ich mich hinlegen.

Hier ist noch Platz, sagt Jara und schiebt mir ein Sofakissen unter den Kopf, während ich meinen Oberkörper vorsichtig nach hinten ablege. Ich spüre den rauen Sofastoff unter meiner Haut und sehe zur Decke.

Der Partner oder die Partnerin darf sich jetzt hinlegen und einfach mal spüren, was da so hochkommt, höre ich David sagen, welche Berührung fühlt sich jetzt gut an?

Samir berührt meinen Arm, wie fühlt sich das an, Anna, fragt er vorsichtig, jetzt gerade? Er fährt so sanft über meinen Unterarm, als würde ihn das ehrlich interessieren.

Seinen verletzten Arm lässt er im Schoß ruhen, auch mit ihm ist er geduldiger geworden, fast so, als hätte er sich an das Pochen gewöhnt. Samirs Berührung fühlt sich fürsorglich an. Ich warte, dass mein inneres Kind darauf anspringt, das sich endlich, endlich behütet und gesehen fühlt. Aber innen ist nichts, das innere Kind ist ausgezogen oder spielt irgendwo Playstation mit Kopfhörern im Hinterzimmer.

Gib mir noch eine Minute, sage ich und schiebe Samirs Hand von meinem Arm.

Vielleicht hält euch noch etwas zurück, weshalb ihr euch noch nicht ganz auf die Berührung einlassen könnt, höre ich Davids Stimme von der Raummitte aus sagen, sie klingt weit entfernt.

Fede hat sich neben mich gelegt, ich höre ihn tief und gleichmäßig atmen, so, als wäre er in Wirklichkeit kurz vor dem Einschlafen.

Hier, flüstert Samir schließlich, friemelt seinen Kieselstein aus der Hosentasche und schiebt ihn mir in die Hand, ich hab das ernst gemeint, den möchte ich loswerden.

Der Stein wiegt schwer in meinem Handteller. Ich will den nicht, sage ich, ich habe gerade meine weggegeben.

Lies doch mal, was draufsteht, sagt Samir und schließt seine Hand um meine.

Kann ich euch irgendwie helfen, höre ich die Stimme der Brownie-Frau. Während ich den Kopf in ihre Richtung drehe, kniet sie sich neben uns an die Sofaecke.

Lukas' Steine liegen hier, sagt Jara und deutet neben sich auf die Lehne, könntest du die mitnehmen, sonst ist er morgen so traurig.

Das sind Sachen, die wir loswerden wollten, sage ich und drücke ihr schnell auch Samirs Stein in die geöffnete Handfläche.

Die Brownie-Frau umschließt die Steine sofort, als würde sie sich mit fremden Steinen auskennen, wie sie sich anfühlen, wie schwer sie sind und wie lange man sie tragen kann.

Kein Problem, sagt die Frau. Ich blinzle ihr zu, um uns herum beginnen die Paare sich unter Davids Anweisung zu berühren und zu verharren, mit einer Hand am Brustkorb und einer auf dem Bauch.

Wirklich nicht, frage ich, ich glaube, die sind magisch, Lukas hat da einen Workshop gemacht.

Kein Problem, wiederholt sie.

Sobald sie sich mit den Steinen in der Hand entfernt, beginnt Lukas, erst leise und dann immer lauter zu weinen.

Pssst, sagt Jara neben mir, doch Lukas weint noch lauter.

Ich lache, aber als Samir frustriert seufzt, lenke ich ein, okay, sage ich, probiere es noch mal.

Samir macht es so vorsichtig, so, wie sich ein erstes Mal in Filmen anfühlen muss, in denen der Junge konzentriert das Gesicht des Mädchens im Auge behält.

Als Alex zum ersten Mal mit mir schlief, hatte er mich genau so angesehen, tu ich dir weh, hatte er gefragt, nein, hatte ich gesagt, ich liebe dich, das ist unser erstes Mal, sagte er, und dann musste ich lachen, weil ich an Joni und den Acker dachte, und dann fing ich an, zu weinen, uff, sorry, meinte er, ich geh wieder raus, wir probieren es ein anderes Mal. Nein, sagte ich, du musst nur härter, aber da ging es schon nicht mehr, sein Penis saß klein vor mir, der konnte gar nichts hart, der konnte nur, wenn man ihn davor in die Hand nahm und sagte, ich liebe dich auch.

So, fragt Samir, wie fühlt sich die Berührung für dich an? Sein Finger streicht leicht über meine Ellbeuge.

Gut, sage ich.

Spür mal hin, sagt er, wie möchtest du berührt werden?

Kannst du mich nicht stärker anfassen, frage ich.

Nein, sagt Samir, fühl mal hinein. Sein Finger fährt weiter in Zeitlupe über meinen Bauch, es macht mich nervös.

Lukas wimmert immer lauter neben mir.

Ja super, sage ich schließlich, aber es klingt genau so, wie sie es in den Filmen immer sagen, Ekstase habe ich nirgendwo anders beigebracht bekommen.

Lukas schafft das mit der Hemmungslosigkeit, er presst das tränennasse Gesicht ungeniert in Jaras Bauchnabel, während ich nicht in meinen Körper komme, ich bleibe mit den Gedanken direkt hinter den Augenlidern, die ich zusammengepresst halte und hinter denen ich mir derweil den Raum um uns herum vorstelle.

Ich hab doch noch Schlösser aufgehängt, sage ich und öffne die Augen. Ziemlich viele. Ich starre auf Samirs Brandblase, die langsam zur Landkarte wird und aufzeigt, wo genau hineingeglüht wurde, bevor Marie die Flaschen und Holzstäbe vom Boden aufsammelte, aus denen man, mit etwas Geschick und Seidenpapier, wieder Drachen basteln könnte.

Samir sagt dazu nichts, obwohl er weiß, wie oft ich Heimweh umformuliere. Er fährt einfach weiter in Slow Motion mit der weichen Handfläche über meinen Brustkorb.

Einfach nur wahrnehmen, sagt David von weit weg, nicht werten, nur wahrnehmen.

Auf einmal werde ich sehr müde, ich wünsche mir Zigaretten und einen Balkon, Ruhelage und einen Innenhof.

So, fragt Samir nach einer Weile und bleibt mit seiner Hand auf meiner Bauchmitte liegen, aber ich kann auch aufhören, wenn es dir gar nicht gefällt.

Nein, sage ich, es ist nicht schlimm, ich fühle nur nichts. Lukas wimmert müde, Jara murmelt beruhigende Laute, und Fede neben mir ist mit dem Handy in der Hand eingeschlafen. Was auch immer ihr fühlt oder nicht fühlt, höre ich David sagen, das ist auch in Ordnung, vielleicht ist da gerade eine Erschöpfung. Die darf da sein und auch da bleiben. Ich spüre nicht Samirs Hand, sondern meine Bauchdecke und etwas darunter. Noch ein bisschen zurück, sage ich schließlich, bleib da. Samir bleibt an der Stelle, bis ich anfange, zu weinen, und selbst dann hört er nicht auf.

Sophia Fritz, Martin Bechler

Kork

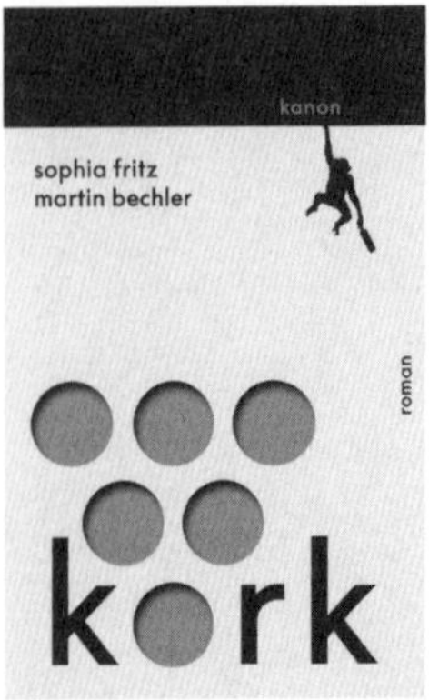

Roman
Sophia Fritz,
Martin Bechler
215 Seiten
gebunden mit Schutzumschlag
ISBN 978-3-98568-017-7
Auch als E-Book und Hörbuch,
gelesen von den Autor:innen,
erhältlich

Der richtige Wein im falschen Leben

Sophia hat ihr Studium abgebrochen und kellnert im Bacchus. Martin ist Musiker und schweigsamer Stammgast in der zwielichtigen Weinstube. Beide können ihre dunklen Geheimnisse nur schwer vor einander verbergen. Sie werden allerbeste Tresenfreunde in einem gefährlichen Spiel: Denn der Wein, den sie schwenken, führt entweder in den Himmel oder in die Hölle. Dieses Buch ist der Weisheit letzter Stuss und eine Ode an die Önologie. Darin treten u. a. auf: der Nazi-Onkel Hubert, die hinterfotzige Glühweintante und ein Minister der Bundesregierung als Teufel.

»Total blödsinniges Buch. Hervorragend!«
Isabel Bogdan

kanon verlag

kanon colours

Bov Bjerg
Deadline
Roman · 174 Seiten
ISBN 978-3-98568-079-5

•

Domenico Müllensiefen
Aus unseren Feuern
Roman · 336 Seiten
ISBN 978-3-98568-081-8

•

Stine Pilgaard
Meter pro Sekunde
Aus dem Dänischen von Hinrich Schmidt-Henkel
Roman · 254 Seiten
ISBN 978-3-98568-077-1

•

Katharina Volckmer
Der Termin
Roman · 128 Seiten
ISBN 978-3-98568-078-8